故园情深

郭秀峰 著

天津出版传媒集团
百花文艺出版社

图书在版编目（CIP）数据

故园情深 / 郭秀峰著. -- 天津：百花文艺出版社，2023. 5
ISBN 978-7-5306-8399-6

Ⅰ. ①故… Ⅱ. ①郭… Ⅲ. ①散文集-中国-当代 Ⅳ. ①I267

中国版本图书馆 CIP 数据核字（2022）第 198169 号

故园情深
GUYUAN QINGSHEN
郭秀峰 著

出 版 人：薛印胜
选题策划：胡晓童 **责任编辑：**胡晓童
装帧设计：肖景然
出版发行：百花文艺出版社
地址：天津市和平区西康路 35 号 **邮编：**300051
电话传真：+86-22-23332651（发行部）
+86-22-23332656（总编室）
+86-22-23332478（邮购部）
网址：http://www.baihuawenyi.com
印刷：成都兴怡包装装潢有限公司
开本：145 毫米×210 毫米 1/32
字数：272 千字
印张：10.875
版次：2023 年 5 月第 1 版
印次：2023 年 5 月第 1 次印刷
定价：68.00 元

如有印装质量问题，请与成都兴怡包装装潢有限公司联系调换
地址：成都市金牛区西华街道付家碾村 6 组 152 号
电话：（028）86965207 邮编：610037

内容简介

本书是作者散文作品的菁华撷选，是作者精神世界的生动勾勒，也是作者一次深情的纸上还乡。

作者以温情脉脉的真挚笔触，与岁月深情对望，让诗意从生活中潺潺流出。“远望可当归”寄托着对故乡的一往情深；“但愿人长久”深藏着对亲人的殷殷挚爱；“山水情未了”书写着对山川的流连忘返；“冰心在玉壶”流淌着对友人的一腔热忱；“往事知多少”诉说着对光阴的万般感念；“会有岁稔时”记录着对阅读的种种心得。

时光荏苒，风雨人生。何人不起故园情？让我们跟随作者的一笔一画，走进故乡的一草一木，品味书中的一点一滴，追忆心中的一情一景，不断丰富我们的心灵家园。

序一

乡恋是一棵不断生长的树

张 蔚

“我们是漂泊他乡的游子，就像风中的树叶。”在昏黄的灯光下，年幼的我尚不能体会母亲在吐出这句话时的心绪，母亲的眼神里有忧愁、有希望，还有许多我看不懂的意蕴。许多年过去了，我也成了从他乡再到他乡的一叶小舟，在这陌生世界的汪洋里飘摇着，此时的我仿佛才理解了母亲当时的心情——故土难离。无论我们带着什么样的梦想离开故乡，无论我们在哪里生活，我们注定要与出生的那片土地产生千丝万缕的厮磨。跨越千山万水，游子的脚步终有一天将踏回故乡。这本书，正是母亲从心灵小径开始的寻根之旅。

母亲是从什么时候开始写作的，我已印象不深了；母亲是从什么时候开始有了一群可爱的文友，我也无从考证。因为，母亲始终是我的母亲，为了做好“母亲”一职，她几乎奉献了所有，故而，我渐渐忽视了她作为“母亲”之外的存在。我习惯了母亲变着花样、准时准点的一日三餐；我习惯了母亲对我学习与成长的高度关注；我习惯了家里干干净净、衣服清清爽爽；我习惯了亲朋好友热闹地做客，满足地回家；我习惯了一切都有母亲。直到我自己也成为母亲，我才知道，这一切不是理所应当。我们的日子、生活的美好、今天的一切，是母亲用勤劳的双手和智慧的头脑创造的，母亲是能够变出幸福的魔术师。

而今，母亲要出书了，母亲用笔写出了作为“母亲”之外的更大、更美的精神世界。母亲的写作大约是从书写故乡开始的。一篇篇感人至深的小散文令人身临其境，其中饱含对故乡的热爱，也总是被刊登在山西沁源的各类文学刊物上。后来便一发不可收拾，母亲的笔下出现了许多故乡的亲人，在清新隽永的文字中是母亲的一片深情。再后来，母亲写了许多生活的片段，旅行的见闻，还主动采写了不少她欣赏的文友以及为家乡做出贡献的人们，母亲用她的一支妙笔描绘世界，记录真善美。因为我学文学，母亲爱和我交流她的写作和阅读，经常问我最近在看什么书，还热烈地和我探讨其中的章节。我时常感觉到，文学的世界能够有母亲这样一朵小小的浪花快乐地翻涌，是文学的魅力所在，也是文学和美丽心灵互动的丰盈果实。

我无法揣测母亲在她离开故乡时，是一种什么样的心情。我想对母亲说，你或许早已不再是一片飘零他乡的树叶。你的乡恋是一棵不断生长的树，这么多年她一直扎根在你的心灵深处，而今，已果实累累，这些果实就窖藏在这本叫《故园情深》的书中，永久芬芳。

你的女儿

2023 年 5 月于北京师范大学

序二

寸草报春晖

张 涵

我的母亲是一名普通的人民教师，更是一个本分善良的人。

“谁言寸草心，报得三春晖。”这是儿时背诵的唐诗《游子吟》中的一句，上学后才知道这句诗的意思是：子女如小草般微弱的孝心，怎能报答如春晖般温暖的慈母之爱？我对母亲的书写的感悟，或许也和对母爱的报答一样，注定是一场渺小的努力。然而，当寸草在春晖的抚爱下茁壮成长，如她所期，无论如何，作为春晖，也一定会感到欣慰吧。

我对母亲，有着深深的依恋。第一次和母亲不得已长久地分开，是我四岁时，那时候母亲在山西省教育学院上学进修，半年后父亲将工作调动至宁夏银川市，带着我和姐姐先行前往。母亲曾对我说起过当年分别时的情景，当我们父子仨在太原火车站和母亲分别时，我抱着母亲不放，母亲一边哄我一边流着泪把我塞给父亲，我对着送行的母亲大喊：“妈，你下了课，就赶紧来！”姐姐也说起过，我们到银川后，每当我想念母亲时，就在屋里喊叫：“妈，妈……”为了安慰我，姐姐就在隔壁屋子里不停地答应“哎”，我叫一声，姐姐应一声，后来每每回忆起这个场景，母亲仍会流泪。无论何时，每当我想起母亲，心里都非常温暖，虽然我现在也做父亲了，但是母亲的爱是我走不出的世界。

我的母亲，有着中国传统女性的美德，善良朴实。记得我上高中时，语文老师让写一篇关于父亲或母亲的文章，我写了性格鲜明的父亲，老师表扬了我。因我的老师和母亲是同事，他对我说：“你这篇文章写得不错，要是写你妈，还真不好写，因为你妈这个人太好，反而不好下笔。”现在想起老师的这句话，感觉母亲能够在她的一个同事心目中有这样的形象着实难得。

母亲对工作、对家庭都是一个非常尽职尽责的人。无论她的工作多么繁忙，我和姐姐的一日三餐全部在家里吃，我们的衣服也总是干净整洁的。每天早上，母亲是全家最早起床的人，我们则是被早餐的味道叫醒。我放学回家的第一句话常常是：“妈，吃甚呢？”迎接我和姐姐的永远是我们爱吃的热气腾腾的饭菜。

母亲对我们的学习抓得很紧，因为工作之便，每次考试后，母亲总是先于我们知道成绩，发现我们学习中存在的问题，有时也对我们着急起火，但更多的时候能温和对待，并及时和科任老师沟通，至今我们姐弟俩高中期间的所有考试成绩，母亲还记录在案。

记得2003年，我刚升高一，第一篇全文背诵的文章便是儒家经典《劝学》，母亲特意标注了其中的金句：“骐骥一跃，不能十步；驽马十驾，功不在舍。锲而舍之，朽木不折；锲而不舍，金石可镂。”当时觉得这些大道理谁都懂，背会了又能怎样？直到今天，母亲经过十几年的笔耕积累，精挑细选出来的文章，即将随沁源县文联组织的“沁之源·文之脉”系列丛书第二辑付梓，我才知道母亲如是说，如此做，对子女用心之良苦，可见一斑。

《故园情深》这本书的面世，是母亲多年的心血凝聚，更是她用实际行动为故乡文化建设所尽的一份绵薄之力。作为她的儿子，我大力支持，并为她写了如上文字，愿她心想事成！

你的儿子

2023 年 5 月 1 日于北京

序三

亲情永润我心田

郭丽峰

欣闻大姐在整理稿件，准备出一本她的文集，不禁为大姐高兴起来。悠悠岁月，流水年华，几十年来，大姐相夫教子，不仅把日子过得井井有条、蒸蒸日上，孩子们也雏凤清声，各有成就。业余时间，大姐仍然笔耕不辍，不时采撷生活中的朵朵浪花，化成笔下流畅清新的文字，这些文字读来犹如“话家常”般亲切温暖，也令我感慨不已，回味万千。

在家里，我的大姐对我们情真意切。这么多年以来，她勤奋好学、锐意进取，无私呵护弟弟妹妹，她深深影响着我们。

记忆被情感的丝线牵引着回到了我的儿时。记得有一次，我的肺炎又犯了，脸烧得红彤彤的。大姐焦急地站在我跟前说：“只要妹妹能好，你要什么姐姐都给你。”尽管当时烧得迷迷糊糊，我还是说，想要她的那块花手绢。因为我在心里早对那块花手绢惦记上了，现在还清楚地记得那上面是一朵含苞待放的荷花。在那个物资极度匮乏的年代，那样的一块手绢是极其珍贵的，也算是大姐的一件奢侈品了。大姐听我说完，毫不犹豫地从她的口袋里掏出来送给了我，口里还念念有词地祈祷着让我快点好起来。现在想来，大姐那时也是个比我大不了几岁的孩子，那样的忍痛割爱需要多大的勇气和爱啊！

大姐从小爱学习，心里一直都希望能考出去。那时的我懵懂无知，有一次和大姐拌嘴的时候，我赌气对着她说："你肯定考不上想去的学校！"谁料想，没过多久，一纸鲜红的录取通知书就送到了我家，当时我顿感无地自容，现在想起来都脸红。但是，大姐早已用她那一颗宽容的心原谅了我的负气，并嘱咐我要好好学习，中学毕业后也考上一所好学校。当她看到我写的这件儿时糗事时，笑着问我："还有过这事？我怎么一点也不记得了？"然后哈哈大笑。

后来，在工作当中，大姐仍然不忘进取，先后在山西省教育学院和宁夏大学继续深造，更是在不惑之年评上了中学高级教师的职称。在她的言传身教下，如今她的一双儿女也格外出众，儿子大学毕业后考入中央直属机关，成为一名公务员；女儿北京师范大学硕士研究生毕业后，选择了留校任教，继续从事太阳下面最光辉的职业。

现在，大姐又义无反顾地担当起协助我们姊妹几个教育子女的重任。谁家的孩子她都循循善诱，耐心开导，竭尽所能帮助我们，使我们的孩子在前行的道路上尽量少走弯路，沿着自己的兴趣和特长继续发展。大姐也因此成了我儿子的楷模，每每说起他的大姨，他脸上骄傲的表情就会情不自禁流露出来。

大姐作为家里的老大，小时候父母参加农业劳动时，大姐总是义不容辞地挑起照顾我们的责任。大姐到哪里玩，我们都紧追其后，使得她的童年从来没能像别人那样痛痛快快地玩过一场。

现在想来，大姐为我们真是付出了太多太多，正因为如此，亲情就这样无声地把爱溶进了我们的心田、我们的生命。

当然记忆里我们几个也有淘气的时候，每每这时，妈妈就会说："长大了让你们都离得远远的，想见一面都见不上，到那时看你们还怎么闹？"

如今，我和大姐都已步入祖辈的行列，各自忙着照料孙辈的事情，平常的日子难得见面相聚。趁着大姐的新书《故园情深》即将付梓，我借助文字，把儿时的点点滴滴记录下来，将思念大姐的情愫化作鸿雁，飞书与我那至亲至爱的胞姐。感谢你，一直默默为咱们家的发展奉献着。也祝愿你，在书写中永远幸福地生活着，更被我们的爱团团包围着。我们爱你，亲爱的大姐！

你的妹妹

2023 年 5 月于山西沁源

目录 Contents

故　园　情　深

GUYUANQINGSHEN

chapter

01

远望可当归（故乡篇）

故乡在哪里？

偶尔翻阅余秋雨老师的《乡关何处》，文章的字里行间充溢着浓浓的怀乡之情，它深深地触动了我心底那根久违的脆弱的不敢轻碰的神经，思乡的河流在我的心田悄悄流淌，泪水不由得在眼眶里打转。曾几何时，那个美丽的山城——山西省沁源县，离我越来越远，远得似乎有些陌生。那片熟悉的土地、那些熟悉的乡亲、那一座座熟悉的山、那一条条熟悉的河、那一片片熟悉的庄稼地……现在想起来，虽已模糊但依然万分亲切。

离开家乡很多年了，几次回家探亲也是来去匆匆，家乡于我来说已然是故乡了。为工作、生活而忙碌的我，整日奔波于筑满各色楼厦、霓虹闪烁的都市间，穿行在车水马龙、熙熙攘攘的人群中……可是，每每夜深人静，安然入睡，梦境中出现的永远是故乡的山、故乡的水、故乡的人、故乡的事，那些久违了的思念，便会悄悄地跑进我的大脑，打开尘封的记忆，使我醒来后突然间会生出一种“日暮乡关何处是？烟波江上使人愁”的感觉，故乡真的就这样被我丢失了吗？

随着岁月长河的流淌，已步入不惑之年的我，这种怪异的梦境不断濒临，困扰着我，令我欣慰，令我惆怅，剪不断、理还乱，这也许就是人们所说的“乡愁”吧？想想还是把它写出来或许会好些，聊以自慰，因为那片贫瘠而又神奇的土地养育了我，留给我太多美好的回忆。可是，回忆从何谈起？那就从记忆中的几个碎片说起吧。

老　院

我的童年居住的老院是一个不规则的成“T”字形的开放院子。听我的爷爷说，那是中华人民共和国成立前村子里崔姓地主家的长工院，中华人民共和国成立后分给了我家及另外两个血缘较近的伯伯家，因为实在太破了，后来几家人又先后重新翻修了房子。西房是五小间土坯平房，我三伯伯家住三间靠北的上屋，我的爷爷一家住两间靠南边的房子，北面是三伯伯家的三间地基，多年没盖房，一直当菜地用，东面是属于我家的三间地基，盖了两个猪圈，供三家使用，我二伯伯一家住的是三间南房，东南角有个茅厕，这就是当时所谓的四合院，其实就是一个简陋的野院子。我的父母结婚时先是借住在一个邻居家的一小间南房（我就出生在这间屋子里），后来在爷爷奶奶的屋子旁边又盖了一间房子，父母才带着我回到自己家的院子里生活。几年后，两个妹妹和弟弟先后到来，我的两个姑姑也先后成家了，父母又接着盖了两间土坯房，这样两大一小五间房子，一家十来口人总算能住得下了，随着我们姐弟几人长大，家里条件有所改善，我父母亲后来又顺延接出两间西房，这样西房就成了十间房子，事实上延伸出去的四间房子已经不在正院了，其中两间被我二伯伯家房子挡得几乎见不到阳光，由此便构成一个不规则的“T”字形院子。不大的院子中间我的二伯伯种了棵梨树，就这样我们三家十几口人同住一个院子，同在一个屋檐下生活了二十多年，几家人虽说不富裕，但一直和睦相处。只是偶尔三伯母会说几句，我们

“富”不起来，都是因为老二在院子种树惹的祸，方院似口，口里有木，便是“困”，怎么能“富”起来？但仅仅是闲来开个玩笑而已。其实那时家家如此，我们小孩子也没有贫富之差的概念。

我的童年虽然不属于物资极度匮乏，但也仅仅是填饱肚子而已，也尝过饿肚子的滋味。尽管生活艰难，但是几家人一直和睦相处，生活依然其乐融融。记得那时不管谁家改善生活，总会给另外两家送一点过去。几个馒头、一碗面条，吃起来总是那样津津有味。记得那时最热闹的时候就是夏天的夜晚，我的三伯伯常会拿个小凳子，坐在院子里的梨树下给我们讲故事，我最早听说“牛郎织女”“木兰从军”“劈山救母”的故事，就是从我这个一字不识的伯伯嘴中讲出的……现在这些老人早已离开我们了，但童年的记忆，使我至今还能清晰地回忆起当时老院热闹的情景，祖辈们的音容笑貌、举手动作，从来不需要想起，永远也不会忘记。

古　井

在我二伯伯的房背后，即我家房子延伸出去的所谓“院子”的东南角，有一口古井，开凿年代不详。当年日本侵略者侵略中国，在我的故乡横行了“二年半”。在共产党的领导下，沁源人民开始了艰苦卓绝坚壁清野的“沁源围困战”，老百姓为了不让敌人饮水，往井里扔了死猪、死狗，战争结束后这口水井一直封口未用。后来随着村里人口不断增长，仅有的几口水井，已不能满足大家的需要，每天担水的人总要排很长时间的队，才能挑一担水，有时还要耽误上工。于是我父亲便和我的三伯伯商量，决定重新启封开用这口古井，他们在参加集体劳动之余对古井进行了清洗修复，我还记得当时的情景，他们将粗麻绳的一头拴在辘轳上，一头系在腰上，下井干活的人双手紧握绳子，另外的人小心翼翼地手抓井辘轳，慢慢往下摇，然后再把井里掏出的脏物一筐一筐往上摇，直到淘干净井底后，又重新修了井口，并加了井盖，这样既避免了危险，也能保持井水卫生，经过几天的辛劳，这口古井终于可以重新利用了，从此院子里便更加热闹了，每天来挑水、抬水的大人、小孩络绎不绝。

夏天井水清且甜，喝一口透心凉，那可真叫“爽”。我至今还清楚地记得一个邻居胡奶奶，老人家是烈属，她的大儿子解放战争时牺牲了，老伴去世后，老人家便随小儿子一起生活。从开井后老人家几乎每天中午都要坐在井旁，拿一个茶杯，和挑水的人讨一杯刚打上来的水喝，并说每天喝一杯这样的水，对眼睛好，不知科学与否，反正老人活了九十多岁，依然眼不花，耳不聋，而她用的那个搪瓷水杯是县里慰问军烈属时给她的纪念品，个中滋味只有老人心里明白。

现在想想，这老人多像我家院子的这口古井，当你需要她时，她会把自己的一切都奉献出来——哪怕是自己的亲生骨肉，当你遗忘她时，她没有半点怨言，依旧默默无闻地过自己的日子。

山楂树

在古井的旁边长着一棵高大茂密的山楂树。从我记事起，它就年年开花、年年结果、年年丰收。每当春天来临，满树的白花竞相开放，远远望去，一簇一簇的白花堆砌在浓密的绿叶上，远远望去好像一座白绿相间的高塔，成群的蜜蜂、蝴蝶在花丛中飞来飞去，忙个不停；秋天一串串红玛瑙似的果子挂满枝头，真让人有口水欲流的感觉。由于它长得枝繁叶茂，像一把巨大的伞，古井因此得到庇护。夏天树荫下是我们乘凉的最好地方。多少个夏夜，大人们在树下纳凉，做针线活，孩子们在树下数天上的星星，听大人讲优美的神话传说。冬天浓密的枝干又把雪花高高托起，古井旁边的地面永远不会潮湿结冰。这时大树底下又成了孩子们捕捉麻雀的最好猎场。我们用一个很大的箩筐，在箩筐边缘系上一根长长的绳子，再用一根木棒将箩筐支起，下面撒上谷子，这时饥饿的麻雀便会成群结队，叽叽喳喳，呼朋引伴，前来觅食。我们用手紧紧拉着绳子，眼睛紧盯着吃得起劲的麻雀，瞅准机会用力一拉绳子，箩筐下便会扣下我们的猎物……这个游戏是我童年最好的记忆，因为我们从不担心失败，永远是胜利者。

听父亲说这棵山楂树是 20 世纪 50 年代初村里兴建果园时，被种树人挑拣树苗后剩下扔掉的，父亲捡来把它种在了水井旁自己家的菜地里，大概受了井水的滋润，这棵树生长得很快，三四年就开始挂果了，而且年年丰收。那时我记得村里也就只有两三棵山楂树，所以每年秋天爷爷总要临时挖一个地窖，再挑回一些沙子，在收获的山楂中挑一些个大又发沙的，埋在地窖里，上面盖上沙子，储存起来。村里的女人怀孕了，想吃酸的东西就会到我家找山楂吃，奶奶总会慷慨地送给人家，剩余的便偷偷地卖掉，换些油盐酱醋。

20 世纪 80 年代中期，我家重建新房搬走离开时，那棵树根深叶茂，依然挺立在古井旁，年年开花，年年结果，年年丰收，无须主人的料理。

现在，我的祖辈、长辈大都离世了，我的弟弟姊妹及院里长大的侄儿侄女，也都相继走出了这个老院，或在他乡生活，或在村子的另一个角落，以各自的方式过着自己的日子。原先热闹拥挤的院子，好一点的房子租给了不相识的人，不好的便闲置一边了。后来村子里统一兴建了自来水，古井的水位不断下降直至干涸了，那棵曾经为我家做出巨大贡献的山楂树也慢慢干死被人砍掉了……

几年前，当我回家看望父母时，特意到我家的老院走了走，看了看。当我又站在这方不成规则的、留着几代人脚印的小小院落时，面对几张陌生的面孔，一种说不出的惆怅、失落油然上心，使我泪眼模糊……那些曾经的温情、友爱、良善，或深或浅、或浓或淡、若即若离、若有若无、抓不住又放不下的一缕情愫不停地萦绕在我的心头，不招自来，挥之不去。或许就是这段简单朴素的纯真年代，让我的心永远地留在了童年的老院……纵是世事变迁，岁月流逝，永远不变的是这份珍藏于心底的“真”，它使我在物质如此丰富、竞争如此激烈的社会，始终能保持一颗平常心，勤勤恳恳工作，老老实实做人，不计名利得失，与人和睦友善。

远离故乡的日子，我渐行渐远……

又是一年春来到，当记忆的碎片渐渐拼出故乡的轮廓时，远在异乡的我，找到了我的乡关。我的故乡，原来它并不曾被我丢掉，因为它已经深深地根植在我的心坎上，从来不需要想起，永远也不会忘记。此时此刻，我不由得想起李白的诗句“此夜曲中闻折柳，何人不起故园情”，那浓浓的乡情，淳朴的民风，让泪水不由得再次溢满我的眼眶。随着时代的前进，故乡也在发生着日新月异的变化，处处渗透着现代文明的气息，我会在遥远的塞外深深地祝福我的故乡，祝福我的父老乡亲。

愿我的故乡蒸蒸日上！

愿我的乡亲生活幸福！

2010年3月30日21：52于银川

怀念我的故乡

走近故乡

离开故乡十几年了，由于方方面面的原因，这期间仅回去过两三次，而且都是带着孩子匆匆小住。每一次离开，父母亲和我的弟弟妹妹们都难过地落泪，我也是擦着眼泪不敢回头。印象中的故乡依然是那座小小的山城，窄窄的街道，老百姓过的日子依然是面朝黄土背朝天，我曾为自己的逃离而窃喜，沉醉在自己的小天地里，甚至有点乐不思蜀的茫然，故乡于我来说除了自己思念的亲人，似乎没有什么太值得让人留恋、让人怀念、让人无法割舍的念想。

远离故乡的日子，我渐行渐远，偶然的回望，也只是不经意的一瞬，无法勾起我的思乡心绪。然而，当我真正静下心来，举家重返故乡时，突然间便生出一种想“扑向故乡”的感觉，飞机一小时的行程，于我来说似乎都有点漫长，当我的脚踏上三晋大地时，顿时有一种找到“根”的踏实，从太原回沁源，汽车一路奔驰在“太长”高速公路上，沿途风景如画，翻过沁县、沁源交界的“圣佛岭”，真正踏上养育了我们的这片土地时，我的眼眶不由得涌上了泪花，嘴里不由得哼起了“故乡的山，故乡的水……”是的，这块土地留给我太多的记忆，这里的一山一水，一草一木都让人到中年的我，自然而然地感到那样的亲切和格外的舒适。

在故乡的日子里，每一天都被暖暖的亲情、友情、乡情包围着，我的心被一些人和事感动着，我要慢慢梳理我的思绪，尽可能地把该记得的都记下来，用记忆中的点点滴滴，拼出我对故乡的思念，这是一种久远的牵挂，一种温馨的慰藉，一种刻骨铭心的怀念。

在故乡的东山顶上

我在这个群山环抱的小城生活了二十多年，记得仅有的两次登山都是春天时学校组织种树，每个同学拿一把小铁铲，背着半书包松树子，到县城西边的小松山上，按照要求，划片分工，沿着已修成梯田状的山坡，把种子埋在规定好的树坑里，浇上水就算完成任务了。或许现在看到的青山翠柏中，就有我们当年播下的树种长成的树呢。

一个好朋友告诉我，在县城园林化建设中，周边的山上都进行了绿化美化，像我们北园村就重新修建了介神庙、山神庙，发展乡村旅游，站在县城就能看见几个山顶上修建的漂亮亭台，远远看去就像一个个迷人的美眉在笑迎八方来客。老公的战友是个非常热心的人，一见我们就高兴地介绍这几年县里的变化，还主动说要带我们到县城的东山上看看。

一个红霞满天的傍晚，老公和我一起坐着战友的车，来到了沁河东岸的东山脚下，远远地我们便闻到了花草和松树的清香，走进山里就像走进一个天然氧吧，这里的确是县城居民休闲健身的好去处啊。大概是天快黑了的缘故，来这里游玩的人并不多，在一个很大的停车场，我们只见到一辆车，一个中年男子带着三四个小孩，已经下山准备离去。

顺着铺好的石头台阶，我们开始爬山，山并不高，坡也不陡，抬头望去，葱郁浓密的树木，遮天蔽日，满眼皆绿，低头看小路两边，灌木丛生，野花遍地，头顶上不时有小鸟飞过，花丛中蝴蝶在翩翩起舞，兴奋的老公和他的战友边走边喊，山谷中不时回荡着他们的叫喊声、笑语声，站到山顶上，县城的全貌尽收眼底，在夕阳的余晖下，染成一片朦胧的粉色。

山上长满了松树，树上结满了松果，有的松果已经开花，露出饱满的松子，真是美极了。老公的“快门”不时闪动，恨不能把这美景全部摄入他的相机。一对恋人在山顶相依低语，为这静态的美增添了动感。站在山巅，我不由得想起谭晶的歌“在那东山顶上，升起白白的月亮……”可惜我们来得不是时候，看不到东山顶上升起月亮的美景了，但是，我能想到当那轮金色的月亮升起时，故乡的东山一定会像一幅精美绝伦的油画，呈现给热爱她的人们。

夜幕就要降临了，我们开始下山，山风轻吹，斜阳晚照，走在山间小路上，心情真是无比的舒爽。

再见了，美丽的东山！我们把脚印留在了故乡的东山顶上，愿这座美丽的小山也能记住曾经来看望过她的游子。

悄悄地，我们走了，我不由得挥挥衣袖，作别西天的云彩，双手捧一把东山的泥土，我要把故乡的芳香留在心间！

为我的母亲河祝福

我的家乡——山西沁源，得名于沁河源头。这是一个青山环绕、历史悠久的好地方。

沁河是黄河流经山西时汇入的一大支流，它从沁源发源，呼朋引伴，风雨兼程，流经安泽、沁水、阳城等数县，而后浩浩荡荡出山西进河南，扑入黄河母亲的怀中，一路高歌，奔向大海。小时候，常听老人们说：沁源水土硬，硬到连沁河水在汇入黄河后仍保留着一股清流，远远看去，就像一根白线漂在黄河里，直到几十里外才逐渐融入变成黄水……

一方水土一方人，巍巍太岳，滔滔沁河，养育了一代又一代的沁源人，喝着沁河水长大的人们，不仅勤劳、智慧、善良、朴实，而且在他们的身上还具有坚强不屈、宁折不弯的倔强性格。20 世纪 40 年代，在这片古老的土地上，曾演绎过一幕幕气吞山河、可歌可泣的壮丽篇章。至今，我们在沁源秧歌里还能听到："1942 年正在秋收天，日本侵略者横行霸道进攻沁源，又杀人又放火真呀野蛮，从此后沁源人民遭下了大难……"在艰苦卓绝的年代里，面对日本侵略者的"三光"政策，沁源人民付出了沉重的代价和巨大的牺牲，但是，沁源没有出一个汉奸！无数优秀的沁源儿女，为了保卫自己的家园，为了国家的独立和民族的解放，他们同仇敌忾，英勇抗击着来犯的日本侵略者。烈士的鲜血染红了沁源大地，染红了抗战的伟大旗帜，著名的"沁源围困战"受到了延安党中央的高度评价，沁源成为全国闻名的"抗日模范县"。

一条沁河水，弯弯向南流；一曲沁河谣，万古唱不休。沁河，见证着沁源的历史，历经磨难，历经贫穷，送走严冬，迎来春天，母亲河在她的儿女们的精心打扮下，就像一位雍容华贵的妇人，迈着款款的脚步，带着迷人的笑颜，向我们走来……

巍巍太岳，悠悠沁河，山水相依，媚态万千。在阳光的照耀下，沁河水像一面镜子，河水波光粼粼，远处的青山，倒映在水中，景色美不胜收，沁河两岸，矗立着一排排高大笔直的白杨树，像威武英俊的绿色卫士，日夜守护着美丽的母亲，近处原先的乱石滩，如今已披上了漂亮的盛装，芳草青青，花儿遍地，行走期间，能闻到清香阵阵，置身在她的身旁，真的有一种想亲吻她的欲望。

我想在词汇的花园里采集，构筑我心中最美好的诗篇；我想在音韵的瀚海上游渡，谱写我心中最壮丽的乐曲。我想为母亲河高歌一曲，可我既不是诗人，也不是音乐家，只能把对母亲河的祝福，写在自己的心底！

愿我的沁河永远清澈，愿我的母亲河永远欢歌！

愿我的家乡永远美丽，愿我的乡亲们永远幸福！

2010 年 8 月 10 日于银川

写给故乡

——散文五题

魂牵梦萦的故乡

我的一切都是故乡给的，我的故乡给了我一切。

我的故乡给了我血浓于水的亲情，我的故乡给了我人间不能忘却的种种情谊，我的故乡给了我淳朴、善良、正直、自尊、坚韧的个性，我的故乡给了我此生不变的乡音。这里是我生命的起点，我的人生从这里扬帆。从我离开故乡的那一天起，我的心就成了一个相框，无论我走到哪里，都永远装着故乡的肖像。

一方水土养一方人。哺育我成长的这块黄土地，早已将它的精神因子注入了我的血液。这里的山、这里的水、这里的风、这里的雨、这里的阳光、这里的时间、这里的乡俗、这里的人情，无不给我以别样的风情；伴我成长的田间地头、山沟河畔、萝卜土豆、五谷杂粮，那一菜一汤、一勺一羹背后的艰苦劳作，无不记录着生活的苦乐酸甜，给了我别样的味道；那一个个普普通通的农家小院，一张张饱经风霜的脸膛，一双双粗糙有力的大手，对远方的游子来说无不是一种亲情的召唤！那些梦中冷却的故事，那些曾经尘封的记忆，真的无法忘记；那些像雪花一样飘飞的日子，时远时近，模糊又清醒……

一年又将尽，千里人未归。如风的往事多少次从心上吹过，让我在梦里编织对故乡的刻骨思念。无论世间有多少绚丽色彩，我只想看你青山碧水；无论人间有多少优美歌曲，我只想听你悦耳乡音；无论世上有多少动听故事，我只想听你山里传说。

沁源，我可爱的故乡！在我的心里，你是一张画不够的画，一种剪不断的情，一首唱不尽的歌，一篇写不完的文章……

袅袅飘荡的炊烟

在喧嚣的城市生活久了，我不由得怀念起乡村那种田园般随意的生活。在享受现代生活带给我们的种种便利时，我却总忘不了故乡的炊烟，忘不了炊烟中飘来的母亲的呼唤。每每闻到炊烟的味道，我就好像闻到了家的味道，如同听到了母亲的声音。

每次回家，一望见自己家屋顶的炊烟，心里就会升起一种难以表达、难以抑制的温暖和幸福的感觉。

记忆中的故乡是由土房、柴炭、鸡鸣、狗叫组成的一个个的小村落。每逢饭前那矗立于一座座农家小屋房顶上的烟囱里，就会冒出一缕缕的如白似灰、如蓝似青、或浓或淡的袅袅炊烟。那缕缕炊烟掩映下的村庄，就好像一幅幅朴素而淡雅的农家水墨画；那一缕缕随风飘散的炊烟，是对劳作农人的慰藉，是对贪玩孩童的召唤。记得童年时，妈妈常嘱咐我们几个孩子的一句话是："看到村里的烟筒冒烟了，就该回家吃饭啦。"伴着袅袅炊烟，常常能听到村子里母亲们呼唤孩子回家的声音。伴随自己成长的，除了那座简朴的村庄，就是那飘扬在轻风中的炊烟，炊烟中有母亲香喷喷的饭菜，炊烟中有全家人坐在热炕头上吃饭的温暖。

时光总是在不经意间，就从人们的指缝中溜走了，在送走的一个个日子里，我们在渐渐长大并老去，现代工业文明让乡村的人们也享受上了做饭不用炉火的日子。当我们走进今天的农村，几乎看不到屋顶的烟囱了，当然也就再也看不到炊烟缭绕的景象了，但是故乡的炊烟一直是留存于我心底的最温暖的记忆。那一排排土房顶上的一缕缕青烟，就如同一只只绝妙的画手，描绘出一幅幅人间最和谐的生活图景。炊烟缭绕里，有汗水变成粮食的收获；炊烟里，有母亲温暖慈爱的召唤；炊烟里，有孩子们天真无邪的渴望；炊烟里，有一家人幸福生活的甜蜜！

异乡不弃的“和则饭”

我移居的城市银川素有“塞上江南”之称。这里盛产的水稻、小麦、硒砂瓜、黄河鲤鱼、牛羊肉营销全国，甚至出口。连我这个从小不吃牛羊肉的人，经过这一二十年的熏陶，竟也能做出一手味道相当不错的“羊肉菜”系列。但是，如果有人问我：“你最爱吃的是什么？”我总会脱口而出“和则饭”，我的很多朋友问我那是一种什么饭？我告诉他们，那是一种以“小米”为主，然后加入“黄豆或豆角、南瓜或北瓜、土豆或红薯”，通过不断熬煮，最后再加入“面条或面片”和适量的盐，混搭而成的一种简便快捷，既好吃又好消化的“饭食”。有的朋友听了马上说，那叫什么饭呀？乱七八糟怎么吃？看着他们疑惑的表情，我很认真地告诉他们，我就是吃这样的饭长大的，的确好吃。

在我的记忆中，“和则饭”是家乡百姓每日必吃的“主餐”。20世纪六七十年代，家乡的多数人家，一日三餐中早晚两顿几乎都是“和则饭”。现在，我能想起的最好吃的“和则饭”，是童年过生日时，妈妈做的特殊的“和则饭”。那时家里很困难，一年吃不上几顿白面，但是，在爷爷、奶奶和我们几个孩子过生日的时候，妈妈总是要想办法为我们做顿像样的“和则饭”。记得，那时我们能吃到的“长面条”，基本上是用豆面、玉米面和白面合成的“杂面斠则”，玉米面在当时担当的是“主角”，豆面是“配角”，白面放得很少，主要作用是让口感“光滑”而已。所以，妈妈每次给我们做这样的“长寿面”时，总是格外小心，先用温水把面和得硬硬的，然后再小心翼翼地擀面，就怕把面弄破，擀好面片后，慢慢折叠好，用刀切成又细又长的面条（我们当地叫“斠则”），下进熬好小米和蔬菜的锅里，最后在勺子里放一点油，在火上烧热炝葱花，再用手捻上一小撮盐，趁热把油勺往煮好面的锅里一插，迅速地盖上锅盖，就听见锅里先是“嚓啦”一声，接着发出轰隆隆像打雷一样的声音，随后一股香气扑面而来，沁人心脾。揭开锅盖，便可看见一层泛着绿色的“油花”飘在饭上面，很是诱人。其实那时我们家每天晚上几乎都是这样的饭，只不过平时饭里不煮面条也不炝油，只有家里人过生日时才有这样的口福，也只有自己生日时碗里的面条才会比别人多一点。所以，那时我们格外盼望家里能有人过生日，我们就可以跟着沾沾光，吃一顿特别的“和则饭”。

离开家乡二十多年了，生活让我们改变了很多。但是，唯一没有改变的就是吃饭离不开老家的“和则饭”！每周至少得吃一次，只不过加进去的食材有所不同，做法步骤却依然相同，当我们吃着用异乡食材做成的“和则饭”时，老公总会感慨地说：“真好吃呀！在这里只有在自己家里，才能吃到这种飘着家乡味道的‘好饭’啊！走到哪也不敢丢了我的这口‘和则饭’啊！”是的，老公的话是发自心底的感慨！

古人云：“自古达人轻富贵，倒缘乡味忆回乡。”我们虽然做不了“达人”，但却永远忘不了故乡的味道，忘不了妈妈的味道，那就让家乡的“和则饭”伴我们一路前行吧。

剪不断的土豆情结

我的故乡盛产土豆。在20世纪“菜篮子工程”没有实施之前，一年四季陪伴我们时间最长的蔬菜就是土豆，菜窖里贮存的蔬菜，保质期最长的是土豆，旧土豆能吃到接上新土豆，妈妈常说：“土豆是最好的东西，既当粮食又当菜。”

记得小时候，我们家的一日三餐都离不开土豆。早上妈妈会在蒸窝窝头的笼屉里放几颗土豆，蒸熟后把土豆去皮，放到每个孩子的碗中，怕我们吃“伤”，妈妈总是先用筷子把土豆夹成小块，然后拌上盐、醋、辣子，才让我们吃，现在想起来还让我回味无穷。午饭的蔬菜，土豆永远是主角，只不过形状不同，配料不同，丝也好片也罢，块也行条也成，其中搭配上一点别的蔬菜，遇到节日还能吃到和土豆搭配在一起的肉或粉条、豆腐之类，那对我们来说真是“美味佳肴”了。那时最好吃的是，妈妈做的土豆丝炒粉条和土豆玉米面饼。有时自己也很奇怪，吃了那么多年土豆，怎么就没有吃“伤”，至今还依然那么爱吃，每次买菜总少不了土豆？

今天，我们的餐桌上，土豆虽已不是主角，但是“风采”依旧。北方家常菜中的“土豆烧牛肉”“酸辣土豆丝”“铁板土豆片”等等还是离不开土豆的。就连西餐中的麦当劳、肯德基必配的“薯条”，也是土豆当家。

也许自小在农村长大，有时在菜市场买菜，看到那一颗颗沾满泥土不起眼的土豆，心里也会有一种莫名的感动，它们多像在土里刨食的农民，坚韧、淳朴、低调、简单、奉献，只要给一块土地，不需要多少肥料，不需要精心打理，就能很自然地生根、发芽、开花、结果，从不炫耀，默默无闻。

也许正是因为这种割舍不断的情结，让我在跟随时代行进的途中，能永远保持一种质朴、低调、简单、本色的为人。

歌甜花香的故园

我的故乡山西沁源，位于太岳山腹地。四周群山环抱，一条沁河蜿蜒东流，山灵水秀，风光无限。春夏季节，你随意到沁河两岸的田间地头走走，映入眼帘的除了绿色的树木、庄稼、小草，就是那生长于田间地头、垄堰石缝中的各种野花，一丛丛，一簇簇，五颜六色，竞相怒放。深秋季节，置身小城，放眼四周，近处是一派“山明水秀夜来霜，数树深红出浅黄”的景象，远处是被秋色染成金黄或赤红的灌木丛。远远望去，就像一朵朵美丽的绒花被墨绿色的苍松翠柏包裹着，高矮相间，层次分明，好一片和谐秀美的田园风光……

这样的山水，养育了勤劳乐观、能歌善舞的沁源人民。沁源秧歌小调多达两百多种。这里的男女老少，说起他们心爱的沁源秧歌，都能随意给你唱出几段。我的父亲是一个性格开朗、喜欢热闹的人，更是一个热爱唱沁源秧歌的人。从孩提时代起，只要村子里闹红火唱秧歌，就能看到他的身影。我记得童年印象最深的画面是：一日三餐的饭前，总是母亲围着灶台在忙碌，而父亲则盘腿坐在炕上，他的身边围着四五个孩子，父亲一首接一首不停地唱秧歌给我们听，那充满浓郁地方特色的家乡小调，或婉转或高亢，或欢快或凄凉，或诙谐或低沉，土生土长自然流畅。至今我还能想起父亲唱过的《梳妆台》《拣兰炭》《卖芫荽》《碾糕面》《大观灯》《小二姐梦梦》《小寡妇上坟》《光棍哭妻》等，有时自己也会情不自禁地哼几声，心底顿生一种“回家”的感觉。

2012 年的 9 月，我收到了沁源秧歌协会寄来的刊物《沁源秧歌》，那极具沁源秧歌特色的封面，彩页上正月十五闹元宵的热烈场景，一幅幅五彩缤纷的画面，无不勾起我对故乡的思念，划旱船、踩高跷、斗狮子、扭秧歌，自己曾经目睹和参与过的这些活动，今天看来依然非常亲切。书中整理记录的几篇《沁源秧歌锣鼓曲谱》和《沁源秧歌集萃》，更让远在异乡的我爱不释手。哼着那些熟悉的、散发着故乡泥土芳香的小调，我的心似乎又回到了亲爱的故乡。尤其是看到那些熟悉的老艺人的面孔，心里真的有种说不出的感动。是的，沁源秧歌，对于一个生活在异乡的土生土长的沁源人来说，它难道不是一首浓郁的思乡曲吗？

我不是一个歌者，但写到此，我不禁在想，如果说故乡的山水养育了遍野盛开的山花，那沁源秧歌就是其中最艳丽的一朵。愿这朵美丽如山丹丹一样的花朵，永远红艳艳地开放，为家乡锦上添花吧！我为自己拥有这样歌甜花香的故乡而感到无比骄傲和幸福！文章写到此本已结束了，可是我还是意犹未尽，那就用一首沁源秧歌作为这篇文章的结尾吧。让我们在故乡的秧歌声中感受生活的美好吧！

一道道山圪梁梁，一阵阵风；一曲曲沁源秧歌，暖圪融融……

祖祖辈辈的情哟，祖祖辈辈的爱，一代代一曲曲，唱呀唱不尽……

2012 年 11 月 15 日于银川

写在秋天的思念

这是一个落叶缤纷的季节，更是一个叶落如花的季节。

晚秋时节，寒露降霜。无意间，我在校园里发现了一处别样的美丽。几棵高大的杏树下面铺满了厚厚的树叶，金红黄绿深浅不一，织成了一幅美丽无比的图画，使我不由得惊叹大自然的神来之笔。

望着这满地满校园的美丽，伫立在爽爽的秋风之中，静观那风中飘舞的各色“彩蝶”，那热情的红、清雅的绿、淡淡的黄、鲜艳的金……一片挨着一片在空中曼妙翻转，那优美的舞姿，似乎在恋恋不舍地向它们依托的树枝告别，抑或是在完成生命最后的华丽转身。当它们成群结队、争先恐后地扑向树根，静静地融入大地，期待来年的发芽时，大地竟被这一片片小小的生命装点得如此绚烂、如此辉煌。

是的，落叶是一种回归，是绿叶对根的思念，是一种在大自然的季节轮回里生生不息循环往复的结果。在我看来落叶不仅是对生命之根的无限眷恋，更是对生命未来的尽情展望。不是吗？没有秋风中叶落的缤纷，又怎能有来年春天吐露的新绿呢？有人这样赞颂落叶：“落叶是一种生命的凋落，淡化成晚来的风，融化成自然的雨，在大地的温床上深深地沉积，她轻轻地洒落，沾染着尘世泥土的馨香，消融在每一个春去秋来变化的季节。”

大自然的秋天是这样的美丽，在秋日思语的美妙旋律里，生命的琴弦在拨动着每一片落叶。走在秋天的时光里，走在塞外一望无垠的旷野里，湛蓝的天空一碧如洗，远处绵延不断的青山被秋霜染得万山红遍。此时此刻，此情此景，我不由得在想，我的生命难道不是一片树叶吗？我那亲爱的故乡妈妈，用她醇厚的土地，用她坚硬的躯干，用她的山水风雨，给了我无限的养分，让我在生命的春天里吐丫生绿，沐浴着温暖的阳光一点一点长大，让自己的绿一点一点加深，让自己的叶一点一点在生长中变厚变硬，在季节的轮回里寒来暑往，经风雨见世面；在时光的见证里茁壮成长，用自己的生命捍卫着花的美丽、果的香甜、树的尊严。

我喜欢秋天的落叶，不只源于它的绚丽色彩，更是敬重它的黄而无悔，落而无憾。我喜欢秋日里坦然的宁静，喜欢那淡淡的无思。走在秋天的落叶里，不去听那簌簌的声音，只愿静听那心底美妙的旋律，在自然的风景中缄默着一种道理：把悲伤留给自己，把最后的美丽带给大地母亲。我喜欢将落叶深深地珍藏在我的书页内、我的抽屉里，让它装点我的美丽世界。我爱从落叶的情愫中找寻我的人生，找寻我生命的颜色，在秋风中，在物语里，在有声与无声的世界里。不是吗？落叶在轻轻地飘来飘去，在装点着大自然，而在人类的世界，我们每一个人难道不是一片树叶吗？我们不也是在用自己的美丽，装点着我们的社会吗？

秋天是成熟的季节，成熟是一种生活的圆满。伴随着秋天的来临，落叶在凉爽的空气中慢慢地抖落着生命的羽翼，它的凋零、它的飘洒，还有它的心灵的追随，都随着自然的风雨淋漓，去挣脱，去永恒地融合在一片新的自然的芳心里。面对落叶，我在想，人的生命又何尝不是这样呢？当我们的生命走过春的芳菲，走过夏的绚烂，走进人生的秋天时，成熟了的我们会对生命有一种更深刻的理解。尤其对于我们这些远离故土的游子来说，对养育自己的故乡会有一种更深的眷恋，思乡会成为一种渴望，成为一种无言的心病，这大概就是人们常说的“叶落归根”的情愫吧！

我们认识的一个沁源籍老干部，少小离家，在异乡读书工作，中年时来到宁夏，为大西北的建设贡献着自己的热忱与智慧。老人如今已年过八旬，每每念及故乡，都会不由自主地感慨叹息：“有生之年，难回故土了。”用老人家的话说：“俄只要能和你们拉上几句家乡话，玩上几把家乡的‘摸棋’（一种沁源人特有的三人游戏），喝上一碗家乡的擦仡斗‘和则饭’，再哼上几段沁源秧歌，就算回家了。”这话说得我们很伤感，但我们确实能体会一个耄耋老人的刻骨思乡情结。我想我们还不到这个年龄，趁我们现在还有能力走动，一定要常回家看看。

时光流转，岁月轮回。又是一年秋来到，无尽思绪涌心头。为生活奔波的我，每每回家总是脚步匆匆。好多年没有好好地站在故乡的土地上，去静静地欣赏故乡秋光里那美丽如油画般的景色了，多想捡拾一片来自故乡的落叶，把它夹入我的爱书之中，让我的书中溢满故乡落叶的芬芳，还有那长存于心中的无尽思念……

2014 年 9 月 10 日于银川

怀念故乡的“年”味

寒假已半个月了，除提前写了几篇下学期的教案，似乎什么也没做，日子在无聊中一天天向“年”走近，说不清为什么忽然生出一种感觉，无缘由地怀念起故乡的“年”味……

离开故乡快二十年了，当我走进这个城市后，就再也没有回故乡过一次春节，但童年时故乡的“年”味，并没有随着时间的流逝而消失，反而随着年龄的增大，那种长存于味蕾中的记忆愈加清晰，这大概就是人们常说的“老之将至”的感觉吧。

走进故乡的“年”，记忆中最先走出来的是，关于农历的腊月初一“咬灾”的说法。记得那时在农历十一月的最后一天，村子里家家户户要炒豆子（玉米、黄豆），晚上睡觉前在每人的枕头边放一把，初一凌晨睡得正酣的孩子会被母亲推醒，不许说话，抓几粒豆子放在嘴里咬碎，然后再吐掉，名曰“咬灾”，意思是这一年的灾难已经被咬掉了，以此期盼新的一年无病无灾。腊月初一早上起来，母亲做的第二件事情就是嘱咐我们，进入腊月以后是不许淘气的，也不许打坏诸如饭碗之类的东西，否则来年会一年不顺，所以我们便会在这盼“年”的一个月里，格外小心翼翼，生怕无意中的触犯，真的会应验妈妈说的话。

那是集体经济时期，也是比较困难的年月，人们一年到头忙个不停，辛苦了一年，腊月初集体终于要分红了，在村里担任村主任的父亲更是忙得厉害，为了全村人家能早点拿到一年的劳动所得，常常集中几天时间，把村里的领导班子、会计、出纳，还有七个生产队的队长、会计集中到一起，连夜加班算账。分红后家家户户才开始张罗年货，有的人家因为缺劳力，一年劳作下来，还要欠集体的口粮钱，当时叫“短款户”，这些人家只好向关系好的“长款户”人家借钱过年。无论如何，口袋里有点钱的母亲们便高兴地三五结伴，到县城的供销社给孩子们扯布做新衣。

记得我十二岁那年，俗称“本命年”，过年讲究要穿红颜色的衣服辟邪。刚好那年流行玫瑰红罩衫，以至于几个供销社的玫瑰红洋布都脱销了，我妈妈找了好几个地方都没有买着，后来听院子里的伯母说邻居“某某”家，给女儿买了玫红布，可姑娘不喜欢，让妈妈去问问人家转卖不。但是这家人和我们家有点矛盾，平常不怎么往来。妈妈当时听伯母一说，虽然也有点难为情，但也顾不上脸面了，急忙到人家家里，求人家把这块布卖给自己，想来也不是什么大的矛盾，那家女主人尽管说了一些闲话吧，但还是答应了把布卖给妈妈，妈妈叫着人家“嫂子”，千恩万谢满心欢喜地拿着那块布，走出了人家的家门，总算给我做了件吉祥衣，此后我们两家也开始了正常的交往。

年前母亲最艰难的工程是做鞋，一家老小八九口人的鞋全要出自母亲的手。一进冬天，地里基本没啥活了，妈妈除了喂猪喂鸡，操劳一家人的吃饭洗涮外，多数的时间是在捻麻绳、纳鞋底、做鞋子中度过，一颗15瓦的灯泡，妈妈在昏暗的灯下，一坐就是大半夜，我们常常是听着妈妈纳鞋底时来回“穿麻绳”的声音进入梦乡的。等到每个人的鞋子都做好了，也就到年跟前了。那时我们只盼着过年能穿新衣穿新鞋，从来没有想过妈妈在灯下缝衣做鞋的辛苦，现在还能想起妈妈手上纳鞋底时留下的那一道道红色的深深的印痕，那密密匝匝的针脚，记录着妈妈的千辛万苦，也把深深的母爱烙在了我的记忆里。

进入腊月初十后，人们开始打扫屋子，接着村里的电碾、人工碾子便开始排起队来，碾好面女人们便开始整天整天地蒸馒头，以备正月天走亲戚用。腊月二十以后便是杀猪宰羊下锅子，村子里到处弥漫着“年”的味道，忙碌的人们脸上挂满了喜悦，会写毛笔字的人家更加忙碌，义务给村里人写对联，他们是有文化的象征，是令人羡慕的人家！

记忆深处最难忘的是除夕的那顿饭，一向不问厨房事的爸爸，会在这一天亲自下锅子，烧肉、丸子、拖素、酥肉，油炸豆腐，油炸红薯块等等美食，皆由爸爸一手操作，妈妈仅仅是打下手的角色。而我们最盼望的是爸爸用下了锅则留下的一点点底油做出来的“汤面”，那种“油香扑鼻”的味道，非常诱人，特别好吃，现在却怎么也做不出来了。

除夕的夜晚，全家人会围在一盏不太明亮的电灯下包饺子，包好饺子后，妈妈边喊我们洗漱，边把每个人的新衣服拿出来放在各自的枕头边，嘱咐我们早点睡，为的是初一早上能早早起床。大年初一早上我们大概六点左右就起床了，有的人家更早，吃过饺子，太阳还没有出来，大地还笼罩在黎明前的黑暗之中，村子里便传来了接连不断的鞭炮声，接着成群结队的小孩便开始走家串户，读对联、看年画，叽叽喳喳，兴高采烈，调皮的男孩子口袋里装满零散的鞭炮和火柴，随时拿出来放，吓唬胆小的女孩子，整个村子沉浸在“年”的欢乐中……

当我敲下上面的文字时，故乡的影子在我的心底又浮现了出来，我知道现在的故乡，已不是我记忆中的故乡了。随着故乡日新月异的变化，人们的观念也在变化，物质生活的丰富，让人们不再如以前那样把一年的盼望都寄托于腊月的“忙年”之中了，当然“年”的味道也越来越淡化了……

年年岁岁，生活在一辈辈人的守候中不知不觉变化着；岁岁年年，愿我的乡亲们生活幸福美满。

愿故乡的“年”味永存于我的心底！

2010 年 1 月 26 日于银川

母亲河之恋

非常喜欢著名作家、长治市文联主席葛水平的长篇散文《河流带走了两岸》。她笔下的这条承载着岁月万千变化，而始终流淌不息的河流，就是我的母亲河——沁河。

“树高千尺必有其根，怀山之水必有其源。”我是土生土长的沁源人，而沁源这个地名，则出于沁河之水的源头。很惭愧，虽然我是喝着沁河水长大的，可年过半百的我时至今日，还未真正目睹过母亲河的源头风采，因而每每想来，总觉得不是滋味，也常常心怀渴望。

深秋时节，我再一次踏上了故乡的土地。回乡后的第二天，一大早，我们便驱车看望养育我们的母亲河之源。汽车沿着县城通往韩洪乡的柏油马路，不紧不慢匀速前行，一路上大雾弥漫，沿途经过十多个村庄，约四十多分钟后，我们便来到了距沁河源头较近的原卫华厂旧址，此地也是柏油路的终点。

接下来我们要走的是一条类似河滩而高出河床的土石之路，由于道路狭窄且高低不平，这一段路司机格外小心，开得很慢。大概是天气的原因，一路上只有我们的一辆车在这蜿蜒曲折、沙石不平的小路上踽踽独行，这也正好迎合了我们慢慢欣赏沿路风光的好心情。空山人静，沟深林密，植被茂盛，流水潺潺，好一派原生态气息。顺着河流左岸的小路，我们逆河而行，从车窗望去，无疑是因了河水的滋润，两岸青山巍巍，河边古木参天，给游人一种神秘的遐想，行走于其间，仿佛才能真正领略到诗人笔下的“山重水复疑无路，柳暗花明又一村”的那种感受。两岸青山在薄雾的掩映下，更给人一种误入人间仙境的感觉。早起的牧羊人赶着一群群黑白相间咩咩而叫的羊儿赶路觅食，给这静谧的山路增添了勃勃生机。

转过几道弯后，一阵山风吹来，云开雾散，丽日当空，青山伴流水，山花依丛林。低头看去，河水清浅，静静流淌，河床中颗颗鹅卵石明丽不凡，花草倒映水中，美丽无比；抬头仰望，壁立千仞，山树如画，秀而有致，令人不由得赞叹：“这真是一个如诗如画的好地方啊！”再举目四望，无论哪处都是一幅色彩绚丽的绝美油画。它美得慷慨、美得无私，不张扬，不骄傲。深秋季节，层林植被该红的正在红，该绿的依然绿，不卑不亢，不紧不慢，因着气候而变化万千，用身体的色彩美化山河，这景致让人惊奇，让人舒畅，美得让人词穷语缺，恨不能书。

当我们来到沁河源头——“河底”，伫立其间，发现那一泓清澈的、养育一代代沁河两岸人民的河水，原来出自一座大山之下，是从一个深深的山洞里钻出来的。面对这汩汩涌出的清流，我不由得跪在岸边清冷潮湿的石头上，面向河水诉说我的思念。母亲河用她明镜般的清水，把我的模样清晰地印在她的心中，我伸出双手捧起一掬清凉的河水，送入我的口中，那种清冽甘甜的味道，含在口中久久不舍，及至微热我才缓缓送入喉咙，让它慢慢流向我的心底，耳边传来李谷一老师演唱的《那溪那山》：“微微的风仍飘着花香依旧，青山绿水如诗如画的遨游，我的家在那溪那山那边……”此情此景，此时此刻，泪水微涌，乡愁满怀，万千思绪汇成一句话：“回家的感觉真好！”

不久前在《读者》上看过一篇文章《城市是一个幻觉》，其中有这样一段文字：“……从小城的世俗到大城的冷漠，每一个人都会本能地为当下的生活辩解……大城也好，小城也好，城市不过是一个幻觉，幻觉中是我们对另一种生活可能的渴望。站在此岸的时候，会觉得当下拥有的一切格外踏实可信，却又明知彼岸开着完全不同的花朵，这个世界将永远如此：有些人会选择去巴黎，有些人会回故乡，但我们中的大多数人，只是躁动着原地不动而已。”这段文字似乎正符合我当下的生活。此生的我既去不了巴黎，也不可能重回故乡永久生活，只能长期寄居于这块属于他人故乡的土地上生活。但是，我的心却会永久地存放于自己故乡的土壤之中！养育我的沁河水，她是我的生命之源，让我时时魂牵、刻刻梦绕。

一条沁河水，弯弯向南流。沁源因沁河得名，沁河因沁源而扬名。葛水平老师说过，“拥有一条河流出生的人，是活在世上最幸福的人”。我庆幸自己不仅是喝着沁河水长大，而且是生活在这条河源头的人！我的母亲河给了我无限的恩惠。我身上所具有的淳朴、善良、自信、坚韧等品格，都是她给予我的！无论我身在哪里，我的灵魂永远属于她！

2014 年 10 月 17 日于北京

记住，但不仅仅是为了仇恨

一个多月的时间，断断续续终于阅完了我的老同学、沁源县史志办主任高玉峰寄来的《喋血的记忆——日军暴行亲见亲闻访谈录》一书。不是不想一口气看完，实在是伤心所致，不忍卒读……

“二年半”是沁源历史上永久的记忆，是沁源人永远的伤痛。当年的孩童如今都已是年过古稀的老人了，尚且健在的他们成了那段惨痛历史的亲历者。那一张张饱经沧桑、历经磨难的面孔，就是一个个活着的历史啊！这本书等于是在回望那一段沁源人民苦难而光荣的历史，让后世记住那段峥嵘岁月啊！这项工作做得太及时、太有意义了。

这本记录了450多位亲历者的口述历史，真实地再现了那段让人不堪回首却又不能忘却的历史！这些不加修饰的文字和真实的数据，就是震撼人心的控诉！一个仅有8万人的小县城，在抗战期间就有26000多人因战争而死亡，有12000多人被日军用各种惨无人道的手段杀害。看着这段令人发指鲜血淋淋的历史，我的记忆不由得回到了儿时，奶奶和姥爷讲过的真实故事忽然跃入我的脑海。

小时候，我们老爱缠着奶奶讲故事，而奶奶每次都会讲他们

“躲反”的故事，而且从不重复。现在还清楚地记得奶奶讲过的两个故事：

一个大概发生在1942年秋天，刚收下庄稼，日本人就来“扫荡”了。一家人还没来得及跑，日本侵略者就进村了。奶奶的婆婆（我的祖奶奶）急忙用锅底的“黑霉子”，把奶奶的脸抹成“黑人”，塞进干草垛里，让奶奶躲过了一劫。奶奶说：“幸亏那天进院子的几个日本人没放火，不然我就没命了。”我的祖奶奶把家里仅有的一只银手镯，藏在了院里灶台上的烟筒里，没想到一个日本兵用枪托把烟筒推倒后，发现并抢走了那只手镯。气愤的祖奶奶不顾性命，冲了出去想夺回来，却被日本侵略者一脚蹬倒在地，打了个半死，不久就去世了。

另一个故事说的是：有一次听说日本人又要来抢粮了，全家人急忙收拾东西，随村里人到“梁家沟”一带躲藏。奶奶说，那时日本侵略者往往靠听小孩的哭声找目标，为了不暴露村里人躲藏的地方，奶奶一狠心，把刚出生八个月的女儿，用一块破布包好后，塞进垒在院子里灶台上的烟筒里，等日本侵略者走后，急忙跑回来把孩子取出来一看，全身已经发紫了，奶奶号啕大哭，一个邻居急忙用指甲掐孩子的人中，一个多小时后，孩子才慢慢有了呼吸。老天爷保佑我的大姑活了下来。小时候，我们一捣乱，奶奶就说，再不听话日本人就来了，吓得我们就不敢淘气了。

记得我上初中时，有一次我姥爷来我们家住，我问起姥爷他们是怎么来沁源的？姥爷告诉我说，他们一家是在1942年河南大逃荒时，从林县一路讨饭来沁源的，我的大姨和一岁多一点的妈妈，就是坐着木条筐被姥爷一路挑来的，在阳泉村（现在叫学孟村）一个叫“石凹”的小庄子上，自己打了三埝土窑就算安家了，不久姥爷就参加了阳泉村的民兵组织。

1943年秋天，日军正准备进行秋季扫荡。一天晚上，一队日伪军包围了阳泉村，要抓民兵队队长李学孟。我姥爷赶紧让他躲到自己家的窑洞内，日本侵略者没有抓住李学孟，气急败坏地把我姥爷抓来严刑拷打，逼着让说出李学孟的下落，我姥爷死活不说，被日本侵略者打了一顿，裹走（抓走）半个月，后来想办法才逃跑出来。躲过日本侵略者魔掌的李学孟后来见到我姥爷后，双膝下跪不停地对我姥爷说："二哥，你可把我救了。那天如果不是你，我被日本人抓住就完了。"现在还记得我姥爷说话时的神情。几十年过去了，老人家还说："日本人可打泛（惨）我啦！"隐约记得，我在老家工作时，在弓世茂写的《围困沁源》一书上看到过这段历史的记载，上面有我姥爷的名字——杨春贵。

其实，类似这样的故事，在我们的儿时，几乎家家都能听到。十四年抗战，沁源人民付出了巨大的代价和牺牲，殷红的鲜血染红了沁河两岸，那条日夜流淌的沁河就是沁源人民的泪水和血水。但日本侵略者的残暴并没有征服沁源人的脊梁，他们利用一切手段和日伪军斗智斗勇，进行着不屈不挠的顽强反抗。两年半的坚壁清野，围困日本侵略者，全县没有出一个汉奸！这是巍巍太岳山赋予她的儿女们的精神因子啊！十四年抗战中，沁源人民出粮、出兵，支援前线，狠狠地打击着日本侵略者，用自己的青春、热血和生命捍卫着自己的残破家园，为中国人民的解放事业做出了巨大的贡献，成为抗日战争时期的一面旗帜，受到党中央的表扬。

刀光剑影黯淡了，鼓角争鸣远去了，七十年，弹指一挥间，但是，祖国不会忘记，国破山河碎；黄尘古道湮没了，烽火边城荒芜了，七十年，神州换新颜，但是，人民不会忘记，峥嵘岁月稠。

历史的长河载走了多少如烟的往事，流不尽的是浩然正气；战争的硝烟今已远去，但经过战火洗礼的民族精神却永垂史册！

鲁迅先生说过：“真的勇士，敢于直面惨淡的人生，敢于正视淋漓的鲜血！”为了中华民族的胜利，为了我们脚下的这块土地，我们的祖辈们做到了成为真的猛士！作为他们的后代，我们必须牢记这段历史！不仅是用文字记录，而是要将其铭刻在我们每一个人的心上！曾经看过一篇关于纪念南京大屠杀的文章，作者很伤感地写到，在南京大屠杀纪念馆中建有一堵“哭墙”，上面刻满了被屠杀者的名字。可是，今天到那里凭吊的中国人大多数是年过古稀的老人。我们的民族不应该是一个健忘的民族，真正的“哭墙”不仅仅是建在地上，它更应该建在每一个中国人的心上！真正的历史也不仅仅是写在书上，它更应该写在每一个中国人的心上！

我们不能忘记历史，因为忘记就意味着背叛；我们需要记住历史，但不仅仅是为了仇恨。记住历史，更是为了唤醒。只有我们真正觉醒了，才能真正让我们的国家强大起来，让我们的民族被侵略、被奴役的耻辱历史不再重蹈。只有我们的国家真正强大了，才能真正实现我们的“中国梦”“民族梦”！才能真正让幸福的花儿绽放在每个人的脸上！

2013 年 5 月 6 日于银川

霜送晓寒，枣实垂红

——读《沁源民俗风情》有感

马年的春节，我收到了沁源县政协文史委主任南晋峰同学寄来的《沁源民俗风情》一书，这是来自故乡的一份厚礼。当我怀着温暖喜悦的心情打开这本散发着浓浓墨香的书本时，那一幅幅真实精彩的画面立刻把我的眼睛深深地吸引了过去，我反复翻看，爱不释手，尤其是看到参与此书的创作者，不少是我认识的前辈、同学、同事时，心情久久不能平静，在这样一个追逐物质与金钱的社会，他们能静下心来踏踏实实做好这件事，实属不易。这种对故乡文化的理解与修为，实在让我敬仰。

这本由杜天云主席主编的《沁源民俗风情》，用镜头真实地记录了故乡深厚的历史积淀和人文内涵，这些自然而然形成的生态文化，是那样的优美和谐，手捧着沉甸甸的书本，就像在捧着一个硕大的“聚宝盆”，抑或仿佛走进了一个艺术的摇篮，书中的那一砖一瓦、一物一件，似乎都浸透着难以释怀的人和事。这本书用四大板块（《生产》《生活》《节庆》《手艺》）、二十二个分节、一千多张照片，真实生动地把故乡不同时代的民俗风情，亲切地还原在读者面前。这些已经消失和正在消失的物事，经他们的抢救再现而变得熠熠生辉、光芒万丈，并告知未来的人们。这其中的用心良苦、操作之艰，正如《序》中所言：“……

《沁源民俗风情》以她独特的方式，天穹寻宝，大海拾贝，为广大读者搭建起了一座纸上袖珍民俗风情‘博物馆’……”这本承载着故乡悠久文明的珍贵书籍，让我们在饱览故乡的风土人情，品味故土厚重的乡野历史的同时，让我们的心找到了回家的路，好像我们又重新站在了故乡春耕秋收的田野上，喝到了故乡朴实养人的“和则饭”，吃到了香喷喷的“猪肉炒粉皮”，甚至亲身参加了一场盛大的结婚庆典。这种温暖舒心的感觉，只有故乡的风土人情才能给予，只有故乡厚重的文化才能给予。

读着这本散发着浓郁乡土气息的书，看着眼前这些珍贵的民俗老照片，想象着散落于故乡山沟河畔的那些小小的村落，那一个个鲜活的生活场景，使身处异地远离故乡的我，不由得生出了一种说不清的“别样的怀念”，尽管我们和故乡的联系一直没有间断，而且随着年龄的增大，似乎越来越密切。发源于故乡的这条沁河水，养育了一代又一代的沁河儿女，滋润了绵延不断的青山绿树，造就辉煌了几千年的农业文明。这本书用镜头极为详细地记录了故乡耕种、收获、养殖、作坊、衣、食、住、行、用、耍、节日、庆典、面塑、剪纸、刺绣、根雕、木雕、砖雕、石雕、漆艺、制作以及各种民间手艺，而且做了具体的分类，直面这些铺陈着旧时岁月的东西，怎能不让人欢喜至极？正是这些旧光景、老物件，给了沁源人民别样的生活、别样的爱，正是它们用无声的语言，见证了祖辈们往日的生活，让我们看到了沁源民俗文化的从前。

著名收藏家马未都先生曾经写道：“我们民族用文物证明的历史，是一个实实在在的历史，绝不缥缈。一砖一瓦，一木一石，在先人的手中都有灵性，跨越时空，送达至今。关键看我们有无能力解释它们，让祖先的灵性变成我们的力量。”这段文字意在强调对历史的认知。是的，历史是人创造的，人是在历史中生存、发展、演进的。历史的美是时间创造的，我们平常看不见，可是当我们不经意间回头一看，却发现很多美的东西就停留在那些古老的事物上。

想起不久前看过作家葛水平的长篇散文《河流带走了两岸》。她用那一双善于发现美的眼睛和一颗细腻温软的心，在沿着沁河两岸行走的过程中，饱含深情地记录了我的母亲河——沁河两岸悠久的历史，以及由此辐射的人文地理、民俗风情。读着那一篇篇精致的美文，或欣喜，或忧伤，给人绵绵无尽的温婉享受。其中一篇《好时辰——年》，一开始就用了这样的一段文字：“有许多民间的东西消失了，而我对消失的东西一直心怀敬畏。当我知道故乡大年初一依旧保留着送喜神的习惯时，面对无论是现实的故乡，还是精神的故乡，我均无法不泪眼相看。我知道，无尽的朴素和无尽的繁华，与长存的良善一样，一定有，永远在故乡。”而我看到的这本《沁源民俗风情》一书，不也体现了作家的这种情怀吗？只不过表达的方式不同罢了。

的确，当我们站在历史的长河边，当我们通过那一朵朵浪花觉察到人类社会的沧海桑田时，历史的价值常常会让我们眷恋。因为一代人有一代人的生活方式，一个时代有一个时代的不同故事。时空无限，红尘无尽，芸芸众生，生生不息，用生命与时间创造着历史，丰富着历史，从而形成了一个地区独特的人文历史，那就是“民俗风情”。

几千年的人类文明史告诉我们：人类前行的历史就是文化史、文明史。有人说过，一个民族、一个国家，其最终意义不是地域的，而是文化的。我们之所以了解过去，是为了理解现在，更是为未来历史积淀智慧。其实，历史真的离我们并不遥远，只要留心生活，只要用心编织，我们就能看到历史喷薄出智慧之花、理性之花。

当我静静地在电脑前敲完如上文字时，一弯新月正明亮地挂在如蓝似黑的夜幕上，我不由得想起丰子恺先生的那幅漫画“人散后，一钩新月天如水”。历史又何尝不是这样呢？当我再一次翻看那一页页画面，再一次念叨那一个个熟悉的名字时，当我用心琢磨这篇文章的题目时，脑海里忽然显现出“霜送晓寒，枣实垂红”这八个字，顿时心花怒放，这是上天给予我的灵感，我为所有编者的勤苦劳作而感动，是他们用自己的性格、灵魂、思想、智慧，向人们诉说着故乡历久弥新的故事，让每一个看到这本书的读者，都能心怀敬意走近我的故乡，走进我的故乡，让那些古老的事物，流淌出不老的情怀……

时间是一条河流，它流过我们每一个人的生命，而我们该给这条河流以什么样的馈赠？这恐怕应该是值得每一个人深思的问题。读了这本书，你会明白这本书的编者们给予了我们最好的回答：那就是热爱历史，尊重民俗，弘扬传统！最后，我想借用此书封面的几句话来结束这篇文章。“大地在，山河在，人民在，传统就会在。”我想，这是所有编者的心声，也是我的心声。

2014 年 3 月 2 日于银川

故乡五月分外红

我的故乡沁源是一个仅有 16 万人口的山区县。全县林地面积达 210 万亩，森林覆盖率达 55. 3%，居全省之首，天然林 114 万亩，占全省的 7. 2%。因为独特的地理环境，一代代的沁源人因地制宜，用他们勤劳的双手，不断植树造林，绿化、美化家园。有“世界油松之王”之称的“九杆旗”就生长于人间仙境的沁源灵空山，美丽的“花坡”、壮观的“芊林背”都有着独特美丽的迷人风采。但在快速奔跑发展的今天，它的发展速度似乎慢了点，它的惊人之美，似乎如一个静静的睡美人，虽不能说是“养在深闺无人知”，但是相比周边一些景点的旅游热度来说，还是有点“门庭冷落车马稀”的情形。

欣闻 2017 年新一届县委提出了“绿色立县，建设美丽沁源”的目标，积极对外宣传“三晋绿谷、康养之都”的绿色沁源，此举吸引了众多有识之士的关注。

2018 年的 5 月，对于沁源来说可谓喜讯连连，就像积蓄了一冬力量的花朵，在这个属于自己的季节，大放异彩，格外明艳，满园的芳菲香飘四溢。沁源不仅游客大增，更引来了众多名家、媒体驻足。

故乡的几个公众号是我每天必须浏览和阅读的。从沁源融媒体、沁源艺苑、沁源县图书馆、沁源文化馆等公众号发布的信息中，我看到了几条非常激动人心的消息：

5 月 3 日：从 4 月 25 日至 30 日，沁源县在北京市中山公园皇苑艺术馆举办了“沁河源文化·非物质文化遗产晋京展”，借此机会在京举办了“文旅融合座谈暨招商推介会”。

5 月 10 日：中国文化管理协会副秘书长王英强一行在我县考察生态教育基地创建工作。

5 月 11 日：山西省美术家协会“绿色沁源”山水画写生启动仪式在我县举行。

5 月 12 日：《人物沁源》介绍了从沁源走出的导演李非，他自编自导自演的《命运速递》5 月 25 日即将在全国上映。

5 月 16 日：北京非物质文化遗产考察团在我县考察。

5 月 17 日：“聚焦绿色沁源，助力转型发展”全国主流媒体抵沁开展“绿色沁源行”大型采风活动。

5 月 19 日：长治市全民朗读大赛圆满收官，沁源选手岳晓霞、韩毅摘得桂冠。沁源县文化局、沁源县图书馆分别获得“优秀组织奖”。

5 月 20 日：沁源连续第五次入围中国“深呼吸小城”榜单。

5 月 20 日的《山西晚报》用了几个版面来介绍沁源，为沁源的转型发展加油助力。

5 月 20 日，我在微信朋友圈看到一位多年从事新闻工作的老朋友发的一条带图片的信息：“整整一日，14 个小时，9 人，写稿、编辑、排版、校对、发版，内宣外宣齐头并进，终于完成两期报纸、一个公众号、一则美篇、两条外宣的工作。呵呵，我的小同事们，蛮拼的！相信幸福是奋斗出来的！”与此同时，在几个文友工作群里，也看到了很多文友为自己的家乡写下的美丽文字。虽然我在他乡，但是同样能感受到故乡五月的忙碌、兴奋、激动、喜悦，感受到“文化沁源”的勃勃生机！

5 月曾被国人冠名“红五月”，以此致敬劳动者。2018 年的 5 月于沁源人来说，这个红五月格外红，是一段激情燃烧的岁月，是一首激昂澎湃的高歌。2018 年的春天于绿色的沁源来说，是一个红彤彤的春天。一张张充满诚意的红请柬，飞向东西南北，请来四方嘉宾助力沁源发展！一条条红丝带牵来了八方友人，为沁源喝彩！画家们用自己手中的画笔，让沁源的山水美景栩栩如生地呈现在画卷上；摄影师们用他们的镜头，聚焦沁源，定格美丽；媒体人用键盘敲出美丽的文字，为沁源写下动人的篇章！每一个到来的人，都在用心体会着这座绿色小城的别样风韵。2018 年的春天，对于生活在这块土地上的沁源人来说，是一块大红的绸子，人们用自己的大手尽情舞动着，雀跃着，在这块绿色的土地上为自己歌唱着！他们用最悦耳的音符、最优美的舞姿，迎接着一波又一波涌向沁源的客人；他们用最美的歌声，赞美劳动者，赞美这块土地上平凡而伟大的创造者。

“红彤彤的春天红火火地过，红火火的日子一年比一年好。”这是一首美丽的歌，春天的后面是夏天，我坚信有“三晋绿肺、太岳花篮”之称的故乡，在走过这个红彤彤的春天后，将带着热爱她的人们走进绿色如海的夏季，走进多彩如油画般的秋季，走进雪花飞舞的曼妙冬季。在四季分明的轮回中，故乡必将以她绰约的风采，让更多的人走近她，走进她的怀抱，去领略她的无限风光！

“冬游海之南，夏住沁之源”，都市居久倦，山居梦未迟。相信故乡的幽静秀美，会吸引更多喜欢转换生活频道的人们来这里体味纯正的山居生活，享受天然氧吧的美好滋养。

在这个美丽的季节，我只愿做一个感恩的人。感恩养育我的故乡，感恩勤劳的父老乡亲，感恩每一个为沁源发展贡献聪明才智的劳动者！

2018 年 5 月 21 日于北京

chapter

02 但愿人长久（亲情篇）

一帧照片一世情

母亲年过古稀，至今身体依然硬朗。

在父亲离开我们七年的时间里，母亲依然每日操持家务，尽其所能为孩子们分忧解难。我们在怀念父亲的日子里，安享着母亲捧给我们的爱。在亲戚的口中，在邻里的眼中，母亲的孩子们个个孝顺。从我们的感知中，在父亲离开的日子里，母亲似乎并不孤单，孙子孙女日夜陪伴，一日三餐的忙碌，母亲辛劳着也快乐着，这样的日子母亲很知足。只是做儿女的永远也无法感知母亲长存于心底的那份痛。

金秋时节，重阳又至，母亲的寿辰恰在此时，我和丈夫千里归故乡，只为能在母亲的生日，全家团聚，共同为母亲敬上一杯薄酒，感谢养育之恩。来去五天的休假，对亲朋好友的拜访，让我们和母亲说话的时间似乎都变得格外珍贵。

母亲生日后的第三天，我们姊妹几个相约一起给父亲上坟。当我们回到家中后，母亲满眼含泪，让我们喝水，自己转身掀起摆放于地上的老式柜子，掀起柜盖，从里面拿出一个用花布包着的相框，在我们面前打开，那是一个约 8 寸大小的灰白色精致相框，里面镶嵌着一张父母早年的黑白半身照。望着父母那年轻的面容，泪水溢满了我的眼眶，我心里也充满了疑惑。在我的记忆里，隐约记得很小的时候，在装满照片的相框里见过一张父母结婚时的全身照，之后再没见过父母的双人合影，印象中父母也从没有单独在一起合过影。看着我们疑惑的表情，母亲从影集中取出了一张拍摄于20世纪70年代中期的一张照片给我们看。那是我们姊妹几个和父母在一起照的一张全家像，也是我们家最早的一张全家照。正值中年的父母坐在六个孩子中间（我们姊妹五人和妈妈奶过的一个女儿），脸上洋溢着幸福的笑容。母亲不好意思地给我们解释："江仪（我的小侄女，正在上幼儿园）老问我：'咱家的全家福上咋没有爷爷（爸爸走后我们几家和母亲一起拍的全家福）？爷爷在哪里？我还没见过。'于是，我就拿着这张相片到照相馆，让人家把我和你爸单独合成洗了一张，三十多年过去了，没想到还很清楚。"说着便又流下了眼泪，我们不由得跟着母亲一起哭了起来。母亲很快止住了自己的哭泣，安抚我们不要哭，并说："俺孩儿们够孝道了，我比你爸有福气，不要让你爸看着难受。"说着便把照片重新收起来，包好，放进柜子里了。现在回味母亲的这段言语，豁然明白，小侄女的话，不过是一个托词而已，内敛本分了一生的母亲，在儿女面前不好意思表达对父亲的那份情感罢了。

说实话，这张早年的照片，早已从我的记忆中消失了。从老家归来，母亲的这组画面久久定格在我的心上。我翻开珍藏的影集，里面贴着不少父母的照片，但全是和姊妹、儿女、孙子们在一起的照片，翻遍影集竟然没有看到一张父母的合影，让我不由得心痛惭愧。老话说得好："一辈子儿女不如半辈子夫妻。"何况父母是"一辈子的夫妻。"母亲对父亲的那份情、那份爱、那些一起相伴走过近半个世纪的风雨历程，那些生活中曾经的酸甜苦辣，我们这些做儿女的哪能体味得到？又怎能做到对母亲真正意义上的理解和关爱？我知道，母亲珍藏的不只是一张剪接下来的合成照片，那更是一份深埋于母亲心底刻骨的思念。母亲不是诗人，写不出“十年生死两茫茫，不思量，自难忘……”的经典名句。但是，她用自己的“心”写出了对父亲的一生忠诚守候，用自己的“情”笃行着对父亲的一世缘！

父亲走了，母亲的世界已然没有了风景。我想，这张珍贵合影，应该是母亲余生中最后的风景和对父亲最好的怀念。不善言辞的母亲是在用这种特殊的方式，表达着对父亲无尽的牵挂与思念。母亲的行动见证了她一生对爱情的忠贞不渝、生死相依。写到此，我由衷地替父亲感到幸福，尽管父亲已经长眠于地下七年之久了，可是，在母亲的心中他一直活着，从未走远……

“一帧照片一世情”，也许，正是因为父亲的无言相伴，母亲才会如此坚韧。这种镌刻在心底的思念，将长久地伴随母亲，直到永远……

于我们来说，真的希望父亲的在天之灵，能多多地保佑母亲健康长寿，让我们能在母亲的晚年，多敬一份孝心。

2013 年 10 月 30 日于银川

未尽的孝心，永远的疼痛

2006年6月8日凌晨1点20分，亲爱的爸爸因突发脑溢血，不幸逝世，永远离开了我们。这个刻骨铭心的黑色日子，从此成为我们记忆中永恒的定格。

在爸爸离世的百天祭日来临之际，我怀着万分的难过，写了如下的文字，以表达我的忏悔之心，愿爸爸在天国安宁。

亲爱的爸爸，您的匆匆离去，在我们的心中割开了一道深深的伤口，成了我们心头一块永远的痛和永恒的遗憾。在您离开我们的日日夜夜里，您的音容笑貌依然在我们的脑海中清晰地映现，您的人生历程的点点滴滴依然是一股永不停息的河流，仍在我们的心田悄悄流淌。多少个夜晚，您在我的睡梦中出现，可是当我伸手拉您时，您却突然离去，当我惊醒时，只有茫茫夜色和空空的屋子，我才真正意识到今生今世再也见不到生我养我、疼我爱我的爸爸了，一股悲凉酸楚不禁涌上心头，心灵的哭泣伴着漫漫长夜，一次次编织着对您的思念，我不停地自责，为自己在您弥留之际未能在您的床前尽孝而痛悔不已，这是我生命中永远的过失和无法弥补的遗憾。

亲爱的爸爸，当您的孩子们一个个呱呱坠地，用一声声响亮的哭声向您报到时，您用人间最无私的爱心接纳着我们，在艰难的生活中，您和妈妈相濡以沫、含辛茹苦把我们抚养成人，当我们一个个结婚成家，您和妈妈又忙着帮我们带孩子……爸爸呀，可是当您的五个孩子长跪灵前齐声哭喊您时，您却再也不能答应我们了。您知道我们从心底是多么眷恋您老人家，多么想孝敬您老人家。可是忙碌的工作、生活让我们忘记了时间的残酷、人生的短暂、生命的脆弱，我们怎么能相信，一向坚强硬朗的您，仅仅一个小时，就被病魔夺去了生命？短短的一个小时，您和我们便相隔阴阳两界，从此音讯茫茫。

亲爱的爸爸，您把自己的一生都无私地奉献给了我们，对我们却一无所求。您常常教育我们："做人要有爱心。""滴水之恩当涌泉相报。""要锦上添花更要雪中送炭。"可是您却不给我们一点回报的机会，即使在您生命的最后时刻，留给妈妈的最后三个字也只是"我难受"，这三个字包含着您怎样的痛苦、怎样的牵挂、怎样的挣扎？我知道，您在和死神做最后的斗争，您是多么舍不得离开您的亲人啊，在临走之际，您该是如何想念您的孩子却又不敢打扰我们啊？您是带着对妈妈和我们的挂念，怀揣着孤独和寂寞孑然远行的，"我难受"这三个字，怎能不让我们肝肠寸断、痛彻心扉？

亲爱的爸爸，在您离去后，偌大的院子显得那样空寂，我们再也听不到您爽朗的笑声和铿锵有力的脚步声；您和妈妈共同居住过的屋子，突然间冷清了许多，您的孙子孙女再也不能坐在您的身旁和您同吃同玩了；没有了您，妈妈是多么孤单，她的世界已然没有了风景；没有了您，我们都失去了坚强的靠山，从此再也没有人为我们遮风挡雨了；没有了您，我们才发现我们是多么渴望孝敬您；没有了您，我们才明白，世上最不能等待的，就是对父母的孝敬。"树欲静而风不止，子欲养而亲不在"，劳苦功高的爸爸，您的养育之恩比天高、比海深，乌鸦尚知反哺，羊羔仍要跪乳，您为什么就不能给我们一点回报的机会？哪怕是几天，甚至几小时？爸爸，我知道，您是怕拖累您的孩子们，所以把自己的离去安排得这样急促。您知道吗？您的离去，留给我们的是永远无法偿还的心债，伴随我们的是无尽的悲伤和悔恨。

一想到您一个人孤零零地躺在荒凉的山丘上，我就心痛不已，这小小的一方黄土，把我们和您隔在了两个无法逾越的世界，您在里面，我们在外面。亲爱的爸爸，六年啦，我没能回家看望您，您能原谅我吗？我们原计划孩子高考一结束，就回家看望您老人家的，可是您就这样急匆匆地走了，真是黄泉路上不等人哪！您知道，当我得知您离世的噩耗时，这塌天的消息，像一声惊雷，把我都震蒙了。欲哭无泪，六神无主，不知所措，天旋地转，脑子一片空白，足足几分钟，我才反应过来，连忙拨通家里的电话，传来的声音除了妹妹的哭声便是嘈杂一片，亲友邻居都已在为您的后事忙碌，而远在他乡的我不得不接受这残酷的事实。我恨不得立即飞到您的身边，再看一眼您的遗容，飞机一小时的航程，对我来说竟是那样的漫长。老天爷呀，你为什么这样惩罚我？六年未见一面的爸爸，我的回家竟是为您最后送行？我那可亲可敬的爸爸，当我长跪在您的灵柩前时，您却再也不能睁开眼睛看我一眼了，任凭我怎样的呼天抢地，您也永远听不见我的呼唤了。爸爸，您为什么这样急匆匆地走，不给我们留下只言片语？我知道，您是多么不想离开我们，您放心不下妈妈，可是老天无情，阎王无义，是他们硬把您匆匆拉走的，您是满怀着对我们的牵挂，而又无力反抗病魔的袭击，不得不踏上这不归之路的。您是多么无奈又无助，而我们又是多么无能又无力啊？都说人有第六感，为什么您的离去不给我一点预兆？我知道，您是怕影响您的外孙高考，所以不敢打扰我们，爸爸您就是这样的无私、这样的伟大，因此这种愧疚的泪水怎能不伴我一生一世？

亲爱的爸爸，您知道在您走后，有多少亲戚朋友、邻里乡亲为您流泪吗？在您的有生之年，您为人们做了多少好事，恐怕谁都数不清，您二十岁就加入了中国共产党，在担任村干部工作二十多年的时间里，您时刻牢记党的宗旨，团结村领导班子，积极为广大村民谋利益。在您担任村主任期间，重新修建了北园小学和村委会办公大楼。您刚正不阿但从不以权凌弱，而是竭尽全力帮助困难人家，尤其是那些身有残疾或有智力障碍的人们，您用您的实际工作业绩赢得了各级政府的表彰和村民的广泛赞誉。在您走后，多少乡亲为您伤心哭泣，说您是“好人”。您知道，这纯朴的语言，包含着乡亲们对您的多少厚爱？这辈子您没有穿过一身像样衣服，甚至没有穿过一双普通的皮鞋，戴过一块手表，但是当您的乡里乡亲、左邻右舍向您求助时，您总是毫不犹豫，倾其所能帮助他们。您虽然只读到小学四年级就辍学了，但您的这些朴实无华的行为，于无形之中教会了我们做人的道理，您博大的胸怀和高尚的人格魅力，怎能不让我们做儿女的感到自豪幸福？

亲爱的爸爸，您可知道，现代科技虽然能让人们上天、入地、下海，可人类却无法实现让阴阳两界的亲人对话。爸爸，一段时间以来，您时不时地走进我的梦中，和我说话，我知道这是您对我断不了的挂念，因为我走得太远了，您想念我却见不到我、探不着我，可是您能感受到我对您的思念吗？您能告诉我您在那边过得可好吗？能见到已故的亲人、朋友吗？他们能和您在一起说话吗？如果时光真能倒流，爸爸呀，我一定要多回您的身边陪您说说话，给您揉揉肩、捶捶背、擦擦脸、洗洗脚，这都是我应该做的事情，可是这个机会，这辈子永远不会再有了，只能寄托于梦里了，所以请您经常走入我的梦境，让我知道您在那边的生活。

作为您的长女，我为自己没能尽孝而痛彻心扉，为自己的过失懊悔不已。这辈子做您的女儿我做得不够、做得不好，只能寄希望于来世了。如果真有来世，就让我们继续做您的儿女吧，让我来尽尽今生未了的孝心吧，爸爸，您能答应我吗？

想一个人很苦、很累，可是我却无法阻止对您的思念，直到永远、永远……

2006 年 9 月 13 日于银川

天堂里的爸爸，你好吗？

天堂里的爸爸，
您好吗？
弹指瞬间，
您离开我们已经快五年了，
一千多个日升日落，
您成了我们不尽的思念。
多少次，拿起电话，
拨通那个拨过无数次的号码，
多想再听一听，
您那熟悉的声音。
多少回在梦中，
行走在回家的小路上，
希望能在咱家那块田地里，
搜寻到您劳作的身影。
多少次当我走进
那个熟悉的老院，
多想再能听到一声：“俺孩儿回来了。”

亲爱的爸爸，我的老爹爹，
您静静地躺在流过无数次汗水的土地上，
躺在您耕耘过收获过的土地上，
像一个听话的孩子，
睡在母亲温暖的怀里，
那样安稳那样踏实，
坟头上碧绿的青草和美丽的山花，
宛如您朦胧的笑意。
您这一觉要睡到何时才能醒来？
您难道不觉得自己睡得太久了？
以至于把自己都睡糊涂了，
找不到回家的路了，
您何时才能睁开那双饱经风霜的眼睛，
让我搀着您一起回家？

亲爱的爸爸，我的老爹爹，
您回家的路是这样的漫长，
漫长到我们的今生再也不能，
把您等回来，
您回家的路是这样的艰辛，
艰辛到无论我们怎样寻觅，
都不能把您找到。
您的躯体已和大地母亲融为一体，
养育着春种秋收的子孙后代，
如果世上真有不散的灵魂，
就让我们祝福您吧，
愿您在天堂里幸福！

愿来生的您，
还能继续做我们的父亲！

2011 年 3 月 4 日 22：45 于银川

折叠在心底的思念

又是一年清明时，在这个思念故人的日子里，念及亲爱的爸爸，让我的心痛又一次复发。

爸爸离开我们七年了，在这个生机勃勃的季节里，爸爸的坟头该是芳草青青、野花吐蕊了吧？

前几天，小妹在自己的QQ上，用了东坡先生的“十年生死两茫茫，不思量，自难忘……”来悼念亲爱的爸爸，只是将“十”改作“七”罢了。是的，爸爸离开我们已经七年了，时间带走了多少岁月？岁月让生活改变了多少模样？但折叠于我们心底的思念从未消减，从未改变。不需要想起，也不会忘记。尽管想念的“心”很苦，很累，却从未停息。

上班的路上，经常会看到相依散步或是一坐一推缓缓而行的老年伴侣，目睹此情此景，我的心里会不由得把这温暖的画面定格，脚步会不由自主地停下来，目送他们离我远去，心中的思绪在念叨，要是我的爸爸还在人世间该有多好？如果我还能看到爸爸陪同妈妈一起在自家的田地里打理庄稼，那该是一幅多美的画面？每当我看到那些人到中年的儿女，还在搀扶着年迈的父亲一起走路，有说有笑的样子，就会不加克制地频频顾盼，心生羡慕。是的，大千世界，茫茫人海，可是我却再也找不到爸爸的一点影子了，再也无法享受来自爸爸的慷慨爱抚了。当然，更谈不上弥补自己对爸爸未尽的孝心了。

天地之大，但一方小小的黄土，却把我和爸爸隔在了两个不同的世界，地久天长却音讯茫茫。善良耿直的爸爸，从不在夜深人静时来打扰我们，他怕惊扰了孩子们在忙碌间隙的休息，而我们是多么渴望爸爸能走进我们的梦中，哪怕只有一次，能告诉我们他老人家在那边的生活也好。七年的时间，两千多个日日夜夜，尽管思念从未间断，但是我们对爸爸的问候，只能是在几个特定的日子里，来到十字路口，画一个开口的圆圈，朝着爸爸沉睡的地方，点燃一张张纸钱，期盼那袅袅青烟，能把我们的问候带给爸爸，希望在另一个我们无法探知的世界里，爸爸能依然安宁、快乐，当然更期望爸爸的灵魂能护佑人间的亲人们！

在爸爸离开我们的日子里，我虽然也写过几篇短文来怀念亲爱的爸爸，但是，再多的文字也写不尽爸爸对我们的疼爱和我们对爸爸的刻骨思念。在这个为故去的亲人设定的节日里，我想用文字当哭的方式，来怀念亲爱的爸爸。

亲爱的爸爸，我想对您说，您的一生虽然一直在和贫穷做斗争，但您用自己坚挺的脊梁，告诉了我们什么叫作“志气”。

亲爱的爸爸，我想对您说，作为爷爷奶奶唯一的儿子，您用最大的努力，孝敬自己的父母，用行动告诉了我们什么叫“孝顺”。

亲爱的爸爸，我想对您说，作为五个孩子的父亲，在困难年代，您总是想尽办法，让自己的孩子吃饱穿暖。为了几块钱，您常常在劳动之余，偷偷到“粮库”去帮忙扛粮食，一百多斤的麻包，您要一次一次地扛着登上高高的木梯，这画面一直刻在我的心底。

亲爱的爸爸，我想对您说，您用自己的勤劳善良和厚道朴实的为人，永远地活在了乡亲们的心中，在你走后的日子，街坊邻居说起您，总是眼含热泪，他们一直在念叨着您的好。

亲爱的爸爸，我想对您说，您的一生是平凡的，但您的一生是伟大的，您有一个高尚的人格和一颗博大的爱心，您用自己的实际行动告诉了我们做人的道理，如今依然是我们做人做事的准则。

亲爱的爸爸，我想对您说，您的儿女一定会铭记您的教导，勤俭持家，诚实做人，本本分分过好自己的日子，让您在天堂里放心。

亲爱的爸爸，我想对您说，今年的父亲节，是您最小的外甥女的结婚喜庆日，要是您能看到该多幸福，愿天堂里的您，能分享亲人的欢乐。

亲爱的爸爸，我想对您说很多的话，而最想说的是您走得太急、太早，没能好好地享受生活，但愿有来生，但愿来生的您能赶上一个好时代，把今生的苦难，化作来生的幸福，更希望来生的我们还做您的儿女。

亲爱的爸爸，今年的春天又如约而至了。在您的周围，山青了，水绿了，花在开，鸟在唱，阳光照在人的身上，暖烘烘的。真的，希望您的灵魂能从沉睡中苏醒过来，看看外面的世界有多美丽！

亲爱的爸爸，千言万语，万语千言，也写不完我今生对您的愧疚与想念！如果思念真能筑起一座阶梯，如果眼泪真能铺成一条小路，我多想走上天堂，接您回家。可这只能是一个无法实现的奢望啊！

春天是一个生命的季节！春天更是一个思念的季节！愿明媚的春光同样能把温暖带给沉睡在地下的爸爸，愿返青的春草和烂漫的山花能把爸爸的坟茔装点，当然，更希望勤快的春风和欢唱的鸟儿能把我的问候带给亲爱的爸爸……

2013 年 4 月 2 日于银川

东风湖水库与我的父母爱情

一直以来想写写东风湖水库的建设和我的父母由此而结下的一段美好姻缘，又恐自己笔力有限，辜负了那段艰苦创业的豪迈岁月，以及为这个巨大工程付出艰辛劳动的父辈们。多次坐于电脑前，敲几下键盘便又无奈地停止了。但长存于心底的这个情结，并没有因为时间的流逝而遗忘，每隔一段时间，就会在我的心里涌动一下，我想无论我的文字如何，还是把这篇酝酿已久的文章写出来吧，以此致敬20世纪50年代末，为修建东风湖水库而贡献出青春年华的一代人！

东风湖水库（原名李家庄水库）位于沁河东岸的李家庄村。背靠青山，面朝沁河，树木葱茏，碧水似镜，山明水秀，风景甚好！记得在我小时候，每年的端午节早上采艾，我的邻家哥哥会和一帮朋友跑到五里外的东风湖水库去采，而我们因为年龄太小和路远之故，父亲只是带我们到村后的介神庙、西坡岩一带去采，那时的我曾心想，什么时候我也能在端午节跑到东风湖水库玩玩该多好。随着年龄的增长，上学、工作、成家、远走他乡，忙碌中的我，慢慢竟把这档事给淡忘了。直到五年前我回家时，我的小妹提议："咱们带妈妈到东风湖水库转转？看看爸爸妈妈当年劳动过的地方。"（事实上母亲从水库建成后，几十年再未去过。）于是小弟开车，带着母亲、小妹和我与老公，一起到东风湖水库去看了看。时值初秋，景色宜人，望着波光粼粼、白云倒映的水库，母亲感慨万分，告诉我们当年修水库的一些劳动场景，指给我们看他们借住过的“瓦窑子”村，当然也不免遗憾落寞之感，因为我们的父亲已不在人世，如果我的父亲能和母亲再一起看看当年他们一起劳动过，并在这里结下一生情缘的东风湖水库，该多么好啊！母亲不善言谈，要是父亲在可能会给我们讲述好多当年的事情呢，而这遐想只能是空想而已了。

据县志记载，东风湖水库始建于 1958 年 8 月 1 日，开工两个月，就因为全民大炼钢铁停建，1959 年 10 月复工，1960 年 7 月 1 日竣工。我的父母不仅全程参与了东风湖水库的修建，而且还经人介绍结下了人生的美好姻缘，只是父母从未和我们说起过他们的这段往事。我是小时候偶尔听我的邻家伯母说过此事，才知道父亲和母亲是在修水库时认识并结婚成家的。几年前我也曾在和母亲闲聊时说起过这事，也从母亲口中零零散散得知过一些事情。

1958 年 8 月 1 日，东风湖水库开始动工修建，原计划 1959 年 1 月完成。在那个如火如荼激情燃烧的年代，在那个小小的县城，修建东风湖水库是人们心目中最神圣的使命和义不容辞的职责，是实现“大跃进”的宏伟目标！此项伟大而艰巨的工程，鼓舞着每一个沁源人，激励着每一个劳动者。青春勃发的父母亲和他们的同龄人一样，怀着建设美好家园的幸福理想，以极大的热情投身到了热火朝天的建设东风湖水库的浪潮中……

记得，在我很小的时候（大概是 20 世纪 60 年代末），有一个叫武守义的伯伯，下乡蹲点，用现在的话说叫“驻村干部”，当时就住在我家，在队里吃派饭。一次轮到在我家吃饭，武伯伯和院子里的邻居们说起我母亲当年修水库的劳动事迹，赞不绝口。我的邻家伯母也经常说："你妈真是河南人，有力能受，修水库时和男劳力一样能受苦（能干）。"去年回家时，我和年近八旬的母亲说，我曾看到过一篇写东风湖水库修建时的文章，并把内容简单给母亲介绍了一下。母亲听得很认真，回忆起那段岁月，依然充满深情，她曾对我说起过当年的情景。那时，为了营造建设气氛，水库四周插满了彩旗，路边村民房屋的土墙上都刷上了响亮的标语口号，各村都是挑选青壮年能吃苦的好劳力参加水库建设，而被选上的年轻人也都觉得脸上有光非常自豪。当时工地上到处是干劲冲天、忘我劳动的人们，喇叭声、号子声、欢呼声汇聚成最嘹亮的"交响乐"！为了掀起一次次建设高潮，水库工地经常展开劳动大会战，青年民兵们以团为单位，展开劳动竞赛，各兵团你追我赶，不甘落后，在劳动中涌现出很多劳动模范，二十岁上下风华正茂的父母亲都在其中。父亲当时担任民兵排长，母亲担任民兵营长，他们以身作则，带头苦干。尤其母亲，当年干起活来更是特别舍得卖力能吃苦，不怕累不畏难，和男劳力一起抬石头，推土车，肩挑车推敢和男劳力比赛，因为劳动突出，母亲数次被评为"一等劳动模范"，曾代表民兵、劳模在会战大会上发言，1960 年被评上县劳动模范，参加了在长治市召开的劳模大会，得了一个在当时看来特别贵重的奖品"搪瓷脸盆"。当年的父亲母亲在修建水库的劳动中，洒下了无数的汗水，同时也让自己的青春在艰苦的劳动中，在无私地奉献中，闪现着美丽的风采。

1960 年 7 月 1 日东风湖水库建成竣工。在这前后近一年的劳动中，父亲母亲用自己辛勤的劳动在收获荣誉的同时，也赢得了真诚的爱情。用现在的话讲，父母那时的爱情很简单，经人介绍互相认识的父母，没有山盟海誓，没有花前月下，而是在工地上比干劲比贡献。1960 年农历腊月十六，父母正式结婚，婚房是爷爷和邻居借的一间不到十平方米的小南房（我就出生在这里）。结婚当天父亲骑着一匹大红马，在村里十来个亲友的陪同下，敲锣打鼓到二十里外的阳泉村（现在叫学孟村）娶回母亲。我的姥姥姥爷送给母亲的嫁妆是母亲自己劳动了一年挣下的全部工分，将其从母亲的村子转到了父亲的村子。婚礼当天母亲穿的是奶奶给做的新棉袄，姥姥给缝的新棉裤，而父亲的上衣则是借的别人的。就这样母亲带着县劳模的殊荣和自己辛苦劳动一年的几百个工分，走进了我们家。母亲的到来，使我家这个在村上多年的“短款户”，第一次在年底分红时，除交了口粮款外，还有了些许的盈余，成了“长款户”。用我奶奶的话说是“男人有福各顾各，女人有福带全家”。是母亲这颗“福星”给我们家带来了好运，从此我们家的生活有所好转。

父亲是爷爷奶奶唯一的儿子，父母成家时，我的三个姑姑尚未成年，最小的姑姑只有三岁，母亲和父亲理所当然成了家中的壮劳力。白天，母亲除了到地里劳动外，还要帮奶奶养鸡、喂猪、做饭、洗锅；夜晚，一盏昏暗的油灯，陪同母亲缝衣做鞋。在我的记忆中，母亲的一双手一年四季从没停息过。几十年的清贫日子，坎坎坷坷的风雨人生路，父亲母亲上敬父母，下育儿女，共同持家。他们相依相伴，日子虽然过得清苦，却也安安稳稳的。2006 年 6 月 8 日，已患中风十多年的父亲，半夜突发脑溢血，在母亲的怀中咽下了最后一口气，走完了他七十年的人生路程。

回望父母相濡以沫携手走过的近半个世纪的岁月，父母多数的日子是在含辛茹苦中度过的，与命运抗争，和贫困搏斗，劳碌大半生，把我们姐弟五人养育长大，各自成家，又接着帮我们带孩子，几乎没有清闲过。日复一日，年复一年，花开花落，四季轮回，两人于平淡中，慢慢变老，于烟火中，享受欢愉。父亲走后，母亲依然忙忙碌碌，她对父亲的思念亦从未减少。因为这种思念是长在心里的，就如同是从心上抽出来的丝一样，此生不断绵绵无尽……

一代人有一代人的际遇，一代人有一代人的奋斗历程。随着科技日新月异的发展，再大的工程也难再见到这样热烈的劳动场景了。感谢那段难忘的艰苦岁月，感谢美丽的东风湖水库，让我的父母在那个年代，在他们最好的青春芳华，结下了这段美好的姻缘，把我们姐弟五个带入世上，走进人间，让我们的今生不仅有机会体验尘世间的一切，而且享受着骨肉亲情带给我们的种种美好与欢喜。正是父母用他们一生的博大胸怀和无怨无悔的付出，才成就了我们当下四世同堂二十多口人的和睦大家庭！

写到此让我不由得想起一首歌《我那扶犁的爹呀灯影里的娘》，每一次听我都不由得落泪，这首写给天下父母的歌，更符合我那一生面向黄土背朝天，为我们操劳一生的父母啊！这首歌唱出了天下儿女的心声，更唱出了我此时此刻的心境！我由衷地感谢故乡这项伟大的工程——东风湖水库！并将此文敬献给我亲爱的爸爸妈妈，以纪念并感恩岁月流逝中那段难忘的好时光！

2019 年 7 月 30 日于北京

记忆中的“老电影”

岁月像一条不知疲倦的河流，在我们的心底流淌，它涤荡着我们的酸甜苦辣，承载着我们的悲欢离合，编织着我们的瑰丽梦想，记录着我们永恒的思念。

20世纪70年代中期，一场看过却印象模糊的电影《渡江侦察记》，在被岁月漂白了的记忆中，突然间闪现在我的脑海里。记得那是一个正月天，全国正在大搞“农业学大寨”运动，元宵节还未过，县里就召开了三干会，要大干快上，三年建成大寨县。会后所有的与会者为了表达决心，到距县城十多里远的一个叫“周西岭”的地方埋下了决心桩。我的爸爸当时担任村里的革委会主任，参加了这次会议。在会议闭幕的当天晚上，县委给参加会议的大小干部，每人发了一张电影票，放映的是当年炙手可热的《渡江侦察记》，并且是在县城唯一的电影院放映。对于一年中只能享受几次看露天电影的我们，这样的好事真是令人羡慕的一件幸事。

记得那天晚上，我们刚刚吃完饭，开会的爸爸急匆匆地回到家里，在妈妈的耳边嘀咕了几句，妈妈便指使弟弟妹妹们帮她干别的活了，弟弟妹妹们的脚步刚跨出门槛，我还没有反应过来是怎么回事，爸爸拽起我的手快速地走出家门绕到房背后，从邻居家的院子出了大门，才告诉我要带我去县城电影院看电影《渡江侦察记》，只有一张票，只能带一个小孩，所以只能偷偷带我去，我都快高兴死了，一蹦三跳地跟着爸爸来到了离家五里路的电影院。当时院外早已聚集了很多人，大家挤在一个大约只有一米宽的一扇小门前，等待管理员开门收票放行，当那扇小门一打开，早已等得不耐烦的人们连喊带叫挤了过去，爸爸把我扛在肩头，朝人群中挤了进去，等我们父女俩好不容易进到影院时，电影早已开了，黑洞洞的影院里，只能用划着的火柴寻找自己的座位，偶尔从别人的座位前通过，只好猫着腰低着头，还要遭到呵斥。终于找到座位后，电影已该换胶片了，一场电影大概看了一半过点，稀里糊涂还没太看明白，只记得解放军终于吹起冲锋号过江时，全场爆发出雷鸣般的掌声和此起彼伏的口哨声，而电影也已接近尾声……

散场后，院外一片漆黑，那些享受看电影的人，有的家在城里，有的住在大会提供的招待所，很快就消失了。爸爸带着我走在回家的路上，近五里的公路，只有我们父女俩的身影，偶尔会有一两个骑自行车的人从身边飞快地经过。天上没有月亮，地上没有路灯，只有几颗不太明亮的星星挂在漆黑的夜幕上，不宽的公路两边是大片的庄稼地，空荡荡的地里，偶尔会传来几声猫狗的叫声，更增添了夜的空宁，不远处是黑乌乌的山冈和数不清的坟墓。那些大人们讲过的鬼怪离奇的传说故事，一齐涌到了我的脑子里，电影里的英雄人物早已飞到九霄云外去了，无边的恐惧爬满了我的全身。我拉着爸爸的手，一声不吭低着脑袋看着自己的脚尖走路，不听话的腿走着走着互相磕绊了起来，甚至有一段路我是闭着眼睛让爸爸拖着走的，我的耳朵里只有自己的咚咚心跳和父女俩的脚步声。爸爸大概是看出了我的害怕，故意放重脚步声，后来干脆把我背起来，大声地唱起了他心爱的歌曲，还记得几首歌的名字：《社员都是向阳花》《汾河流水哗啦啦》《毛主席是咱社里人》。空荡荡的路上，洒下了爸爸嘹亮的声音，就这样我在爸爸的背上听着他的歌声，给自己壮着胆气，终于看到了我们村子，爸爸把我放了下来，拉着我的手，快步向家里走着，寂静的村庄，忙碌了一天的人们早已进入了梦乡，甚至连猫、狗、猪、鸡都睡觉了，猪圈、鸡窝、狗舍、猫屋听不到一丝动静，偶尔有一两家的窗户里会透出一丝油灯的微光，和一个勤快的女人在灯下劳作的身影，恐惧才开始慢慢从我的心里退去，我的胆子也变得大起来了，眼睛也敢左顾右盼了，步子也迈得顺畅了。

回到家里，妈妈还在昏暗的煤油灯下，缝补我们的衣服，弟弟妹妹们则是在哭闹中带着泪珠进入梦乡的，我清楚地记得和我挨着睡觉的妹妹脸上还留着泪痕。

三十多年的岁月流逝，三十多年的社会变迁，三十多年的成长追求，让我们的生活充满了阳光，幸福的日子像鲜花竞放。电视、电脑、轿车走进千家万户，生活在霓虹闪烁的城市，我多想再陪我的爸爸走进现代化的影城，看场电影，可是他老人家五年前就突然离开了我们，早已静静地躺在故乡的青山上了，而我们父女俩一起看的那场电影，成为我一生中爸爸唯一带我看过的一次电影。也许爸爸早已忘了，在他的有生之年从未说起过这件事，可是，这场难忘的电影，却在我的脑海里永久地保存了下来，而且会不时地放映，成为我生命中最难忘的“老电影”，它将伴我直到永远……

2011 年 3 月 20 日于银川

坚韧的母亲

父亲走了，永远地走了，母亲的世界没有了风景。

在父亲离开我们的五年里，母亲在我们的眼里，依然是一个很坚强的老人，伴随着太阳的东升西落，地里家里忙个不停，把自己的时间安排得满满当当。但是，我知道母亲是在用这种方式化解着对父亲的思念，她不愿让孩子们替她担心，不愿让孩子们感到她生活在孤单寂寞中……

母亲和父亲结识于“大跃进”年代。母亲是带着县劳模的殊荣和自己辛勤劳动一年的几百个工分，在三年困难时期走进我们家的。母亲的到来，使我家这个在村上多年的“短款户”，第一次在年底分红时，除了交口粮款外，还余了近百元钱，用我奶奶的话说是“男人有福顾自己，女人有福带全家”。是母亲这颗福星给我们家带来了好运，从此生活有所好转。

父亲是爷爷奶奶唯一的儿子，父母成家时，我的三个姑姑尚未成年，最小的姑姑只有三岁，母亲和父亲理所当然成了家中的壮劳力。白天，母亲除了到地里劳动外，还要帮奶奶养鸡、喂猪，夜晚在那盏昏暗的油灯下，母亲还要缝衣做鞋，她的一双手似乎从不停息。

母亲上敬公婆，下让小姑，一家人和睦相处。尤其是母亲生下我们三个女儿，又怀上弟弟时，在外地工作的大姑也将临产，来信与母亲商量想让奶奶去伺候月子，母亲毫不犹豫地答应了。奶奶一走就是七年，期间奶奶惦记爷爷，后来爷爷也被姑姑们接走，爷爷奶奶帮助我的大姑、二姑先后带大了五个孩子，直到爷爷生病才回来。不幸的是奶奶回家不到四十天，便由于突发性脑溢血，在母亲的怀里咽下了最后一口气，把偏瘫的爷爷留给了母亲。母亲既要伺候爷爷又要抚育我们五个子女，家里地里整日忙个不停，但我们从未听母亲有过一句怨言。

后来我们几个子女相继长大，都参加了工作，按理说操劳了大半生的母亲该缓口气享享清福了，可她依旧在她那“一亩三分地”上春种秋收，辛勤耕耘。似乎只有这样，她才能过得踏实。几年前，父亲突患脑梗塞，生病住院，母亲为了不影响我的工作，硬是瞒着，不让家里人对我说，后来我从朋友的来电中得知此事，忙打电话让弟弟送父亲来我所在的城市看病，经弟妹多次做工作，1996年10月底，在小弟弟的护送下母亲才陪着父亲坐着长途卧铺班车辗转千里来到我家，住了两个多月，和我们过了个春节，这是我在银川定居后父母第一次来我家，也是父亲唯一的一次。春节一过母亲便闹着要回家，说是住在城里没事干，闷得慌。其实母亲是怕拖累我们的工作和影响孩子们学习，更主要的是惦记我的弟媳妇快要临产了，着急回去。

2006年6月8日（农历五月十三）父亲不幸去世，留给母亲无尽的伤心和孤单的暗夜。和父亲一起走过近半个世纪的母亲，在父亲突然去世后的那些日子里，精神世界几乎坍塌，不太爱讲话的母亲，一下变得话多起来，她总是不停地唠叨，问我们：“你爸怎么突然把我丢下就走了？我还能伺候他呀！”在安葬父亲的那几天里，母亲好像老在忙碌的人群中木木地窜来窜去，不知道自己在做什么。要么就是坐在父亲的遗体边发呆，一个人自言自语："我还得到地里干活，你不给我'照怕'（壮胆）去了？"在父亲出殡的那天早上，看着被抬出院外的棺材，母亲几天来积压的悲哀，似乎一下子迸发了出来，拉着父亲的棺材，撕心裂肺地哭着，死死地抓着不放手，念叨着我们都听不懂的话语，几个人都拉不住。当我们安葬父亲回到家中后，母亲还在痛哭，看着那空荡荡的屋子和父亲慈祥的照片，我不知道该如何安慰母亲，我无法想象母亲今后的日子该如何打发。

按照老家的风俗，安葬父亲后，头三天每天早上天不亮就要给父亲送饭，母亲总是在凌晨四点多就起床了，打理好给父亲送的饭，就喊我们起床，让我们赶快给父亲送饭去，我们动作慢一点，一向没脾气的母亲，便对我们发火："你爸一天没吃饭了，他肯定饿了，你们不怕那边的人们笑话你爸，没人给送饭吃？"当我们送饭回来，妈妈便问我们，你爸的墓地挨得谁家的坟地？太阳能不能晒上？埋在供桌下面的东西有没有人动过？我们知道母亲是想去看看父亲的坟地，就告诉她，父亲的坟地选得很好，就在爷爷奶奶墓地的东北边，在一个向阳坡上，一天到晚太阳照得暖洋洋的，周边埋的都是父亲生前的邻居。母亲便说："那就好，你爸爱热闹，这下他不'灰'（寂寞）了。"尽管如此，母亲还是不放心。弟弟妹妹电话告诉我，在父亲过"二七"的前一天，在他们都不知道的情况下，母亲还是让我的外甥女悄悄带着她去了父亲的坟地，面对父亲的坟墓，母亲一面哭泣，一面祈祷父亲的左邻右舍照看好父亲，告诉父亲不要挂念她，照顾好自己，哭够了才和她外孙女一起回家。

见过父亲的坟地之后，母亲似乎放心了很多。因为站在父亲的坟头，可以依稀看见我家的院子，母亲的生活又变得忙碌起来，每天把家里、地里安排得井井有条，左邻右舍红白喜事，母亲都要尽力去帮忙，偶尔还会有几个老邻居来叫母亲打麻将，从来不会玩的母亲，居然学会了打麻将。母亲就这样打发着一天又一天的日子。

父亲三周年后，我让母亲和小侄儿来我家小住一段时间，我从心底想让母亲休息一下，所以一点家务都不想让她做，但是，做惯家务的母亲，到我家的第一天就主动抢着洗锅，收拾家务，我不让做，母亲便觉得无事可做，在屋子里转来转去，想做又不敢做，就像祥林嫂第二次到鲁家的感觉，没几天就急着要走，觉得自己在我家成了一个只吃不做的人，所以只好让她干点自己想干的活，有活干的母亲变得快乐了起来，话也多了起来。母亲跟我说，她在端午节的前一天晚上，梦见自己正在地里干活，父亲向她走来说："明天就是端午节了，你不在家给孩子们包粽子，还来地里干什么活?"说完父亲气哼哼地走了，母亲醒来再也没睡。她说你爸在那边还在记挂着你们，他不知道我早把粽子做好了。说着母亲便流下了泪，自言自语："三年了，也不知道你爸在那边过得怎样?"母亲就这样一天天坚持着给孩子们打理日子，也在忙碌中打发着属于她的时光。

在父亲走后的日子里，我七岁的小侄儿每天陪着母亲睡觉，让母亲在孙儿的安慰中打发着一个个寂寞的夜晚，我的弟弟妹妹们，尽自己所能给予母亲关怀和温暖，但是，我知道，我们再多的关爱也取代不了父亲带给母亲的温暖，母亲只是为了她的孩子们而一天天坚韧地过着，我每一次在电话里嘱咐母亲要保重身体，母亲永远是那句话："放心吧，我能想开，我知道我有个好身体，就不给你们添麻烦了。"有时候寄点钱过去，母亲总是打电话说："不要寄，孩子们正需要花钱，地里什么都有，家里不需要钱。"大学毕业刚参加工作的儿子，春节时，给母亲寄钱过去，母亲激动地拿着我儿子的汇款单，一路走一路对认识的人说："我家龙龙工作了，你看孩子过年都给我寄钱来了。"满脸洋溢着幸福的满足感。可是，一回家却立马给我儿子打电话说：“宝贝，你给姥姥寄的钱收到了，以后不要寄了，你还没有成家，要攒钱买房。”母亲就是这样一个容易满足的人，一个舍得奉献不求回报的人。

有人说：“一个家庭，哪怕穷得家徒四壁，只要有一个勤劳、善良、节俭、乐观和整洁的女人在料理，这样的家庭仍是心灵的圣殿与快乐力量的源泉。”我的母亲就是这样的人！她虽然没有高深的知识、优雅的风度，对子女也讲不出什么做人的大道理，她就是一位普普通通的只拥有高小文化程度的农村妇女，但是，她用自己的行动诠释了孝顺，用品德引导了孩子，让我们学会了做人，学会了生活。母亲无声的教育，是我们今生最大的财富，我为自己拥有这样一位平凡而坚韧的母亲而感到无比的幸福！

2011 年 11 月 3 日于银川

听姥爷讲那过去的事情

我的故乡——山西省沁源县，得名于沁河之水的源头。这是一个青山环绕、流水潺潺、风光如画、历史悠久的好地方！

沁河是黄河流经山西时汇入的一大支流，它从沁源发源，呼朋引伴，风雨兼程，流经安泽、沁水、阳城等数县，而后浩浩荡荡出山西进河南，扑入黄河母亲的怀中，一路高歌，奔向大海。小时候，常听老人们说：沁源水土硬，硬到连沁河水在汇入黄河后仍保留着一股清流，远远看去，就像一根白线漂在黄河里，直到几十里外才逐渐融入慢慢变成黄水……

一方水土养一方人，巍巍太岳，滔滔沁河，不仅养育了一代又一代的沁源人，也接纳着四方来客在这块土地上生存繁衍。喝着沁河水生活的人们勤劳、智慧、善良、朴实，更重要的是这条川流不息的河水赋予了沁源人不屈不挠、宁折不弯的倔强性格。抗日战争期间，在这片古老的土地上，沁源人用鲜血和生命写下了一幕幕气吞山河、可歌可泣的壮丽篇章。至今，我们在沁源秧歌里还能听到如泣如诉的悲伤往事："1942 年正在秋收天，日本侵略者扫荡了咱们沁源城，又杀人又放火横行霸道，从此后沁源人遭了大难。半夜就起身鸡叫就爬坡，铺黄蒿盖百草冷水拌炒面，挖野菜啃树皮就是家常饭，多少人白天黑夜眼望延安！"在艰苦卓绝的年代里，面对日本侵略者的“三光”政策，沁源人民同仇敌忾，坚壁清野，围困日本侵略者整两年半，虽然付出了沉重的代价和巨大的牺牲，但是，在此期间沁源没有出过一个汉奸！无数优秀的沁源儿女，为了保卫自己的家园，为了国家的独立和民族的解放，他们英勇抗击了来犯的日本侵略者。烈士的鲜血染红了沁源大地，染红了抗战的伟大旗帜，著名的“沁源围困战”受到了延安党中央的高度评价，沁源成为全国闻名的“抗日模范县”。众所周知的李学孟、张法中、赵正中便是在那个血雨腥风峥嵘岁月中涌现出的著名抗日英雄！

记得在我上中学的时候，双目失明的姥爷曾在我家住过一段时间，我有幸听姥爷用他的河南话给我讲李学孟和他们阳泉村（学孟村）民兵抗日斗争的事情。我的姥爷（《围困沁源》一书中的杨春贵）祖籍河南林县（林州），1942 年从河南逃荒来到沁源阳泉村一个叫“石凹”的小庄子上，从此落地为生。记得那是 20 世纪 70 年代末的事了，姥爷在给我讲述这段辛酸悲伤的往事时，几度哽咽落泪。在那个战火纷飞的艰苦岁月，中原遭灾，我姥爷带着一家人背井离乡，出河南进山西躲灾避难。姥爷用一根扁担两个筐，一边装着仅有的家当和五谷种子，一边装着我的大姨和妈妈，沿路乞讨，当他们来到一个有山有水的仅有几户人家的小山村时，姥爷放下担子，对土地磕头叩谢，终于找到可以让他们存活的地方，不用四处流浪了，这个小山村就是阳泉村。房无一间地无一垄的姥爷，有一双勤劳的手和一个与命运抗争的好身板。他在离阳泉村不远有一个叫“石凹”的地方，找到几眼破烂的窑洞，自己动手捡石头重新圈窑安家，没吃的就靠挖野菜开荒地种粮食，艰难度日。当时村里还有从山东来的人家，面对日本侵略者，这些来自外乡的沁源人，同样用生命保卫着这块接纳他们的大地。李学孟和我姥爷同是外乡人，同住一个村。李学孟任民兵队队长，担负骚扰、袭击日伪军，牵制敌人的任务。记得姥爷当时讲起李学孟时，很激动，很怀念，因我姥爷比李学孟年长，在家排行老二，李学孟叫我姥爷二哥，两家相处得很好。李学孟领导的民兵队是太岳区一支模范民兵队。一天晚上，日本人到阳泉村抓李学孟，我姥爷让他藏在自己家住的石凹窑洞内，他自己悄悄到阳泉村观察敌情，不幸被敌人抓住，敌人逼我姥爷讲李学孟藏在哪里，我姥爷面对敌人的残酷殴打，没有说一句话，敌人眼看没有任何收获，把我姥爷打了个半死，然后捆绑着带走，关了半个多月，使他受尽折磨，但依然一无所获。还记得我姥爷当时的原话是“日本人可把我打泛（惨）了”，当我姥爷设法逃回来后，李学孟见到我姥爷，抱着我姥爷哭着说：“二哥，你可把我救了，让你受罪了，这仇咱们要报。”我姥爷说：“嗯，咱们要好好打日本人。”1945 年李学孟牺牲后，中共岳北地委、专署授予他“民兵英雄”称号，追认他为中共正式党员，将李学孟生活、战斗过的阳泉村改名为学孟村。中华人民共和国成立后，沁源人民为纪念李学孟，在县城岳北烈士陵园为他立了碑。2005 年，沁源县委、县政府在学孟村为李学孟烈士建造了烈士纪念亭，立了纪念碑。当年李学孟最后战斗的那个石凹窑洞（我姥爷家当年居住过的地方）至今还在，像一座丰碑，记载着李学孟抗日打日本侵略者的英雄故事！

刀光剑影暗淡了，战火纷飞远去了。山河为碑，历史为证！一条沁河水，弯弯向南流，一曲沁河谣，万古唱不休。沁河，见证着沁源的历史，历经磨难，不屈抗争，送走严冬，迎来春天！一代代的沁河儿女，在时代的发展中，生生不息，坚韧不拔，用勤劳的双手，在这块美丽的大地上辛勤耕耘，播撒希望，收获幸福。

时间像一条无尽的河流，会漂白人的记忆河床，但那些铭刻于心底的事情，却是永不消失的电波，会时时唤醒人的灵魂。抗战胜利已七十多年了，我们伟大的祖国发生了翻天覆地的变化，我的姥爷离开我们三十多年了，我的故乡也在快速发展，绿色的沁源正在以崭新的姿态，大踏步地行进在社会主义新时代的征程上。但是我们不能忘记那段悲惨的岁月，因为忘记就意味着背叛！我们需要记住这段伤痛屈辱的历史，但并不只是为了仇恨，而是为了时时警醒我们，只有我们自己强大了，才能用自己的能力捍卫我们的家园，才能拒日本侵略者于我们的国门之外！才能让我们的祖国歌甜花香，炎黄子孙才能生生不息，繁衍兴盛！

绿色的沁源，红色的故乡！愿我的太岳山永远葳蕤，愿我的沁河水永远清澈！愿我的家乡永远美丽，愿我的乡亲永远幸福！

2020 年 5 月 26 日于北京

“冬享民俗年”与父书

亲爱的爸爸：

您好！

思念绵长，见字如面。

今天是农历的腊月二十三，是传统意义上的小年了。三十三年前的今天，是您为我选定的结婚大喜之日。二十三岁的我带着您和妈妈的牵挂和思念，走进了我的新生活。婚后第二天，按照传统的习俗，我和您的女婿回家拜见亲人，您满心欢喜，亲自下厨做了一桌丰盛的午餐。我的堂嫂告诉我，在她的印象当中您是个刚强的人，但没想到，办事当天您和妈妈把我送上婚车后，前脚到家，后脚就哭了。堂嫂说，这是她第一次看到您哭。

那时的我只是傻傻一愣，我看到的仅是您和妈妈为长女的婚事而全程操劳，我只读懂了您成全女婿全家过个添人进口的快乐年的善意，然而，我却没能读懂您喜悦背后藏起来的酸楚和惦念——就要过年了，自己的女儿却嫁作人妇，不能在自己的家过年了。这是当时的我无法体会到的，当我经历了嫁女之情，才体会到您和妈妈当年目送我离家时的心境。

三十多年的时间过去，您的女儿亦已年过半百，我的一双儿女皆已成家，由我一手带大的外孙女马上就三岁了，我的小孙孙还有三个月也要出生了。爸爸，您若地下有知，一定会为我高兴的！

亲爱的爸爸，虽然您离开我们已经 12 年了，然而，我对您的思念却从未减少。每到小年，我都会想起我出嫁时的往事，更由此也怀想起故乡的年，和您在一起过的那些团圆年！亲爱的爸爸，按咱老家的风俗，小年一过，家家户户便开始真正忙开过年的事了：蒸花馍、做年糕、磨豆腐、搭门楼、写春联、烧肉丸子下油锅……大人们忙得不亦乐乎，孩子们则盼望着穿新衣、吃饺子、放鞭炮。真的，年味还是故乡浓！

在我的记忆里，您平常并不操持家务，一年四季忙着地里的事、村里的事，咱家平常的一日三餐都由妈妈操持。但是过年时，从小年开始，您便积极参与家务活了，我记得最清楚的三件事：一是您亲自做豆腐。望着锅里冒着热气不停翻滚的豆浆，看着您汗流满面守着锅，不停地搅拌，那场景我至今都记忆犹新。二是每年的下锅则是您亲自做的。烧肉、酥肉、丸子、拖素、油糕、麻糖……那时的我们最想吃的饭是您用炸过这些东西后留下的少许“锅底油”，您把各种过油后的食材，配上海带大白菜，做成的汤面，那飘着一层油花香浓扑鼻的汤面，真叫一个好吃！三是，每年初一的午饭，您是必做的，用您的话说是：你妈做了一年饭了，初一得让她解放一下，歇一歇。四个炒菜加蒸八大碗美食，汇聚成十二道佳肴，寓意六六大顺。您从不嫌麻烦，看着我们狼吞虎咽地吃着，您总是心满意足地欣赏我们的吃相。这些平凡的劳作，成为我永远的美好记忆，每每新年来临，都会油然上心。

亲爱的爸爸，我想告诉您，今年咱县的春节和往年相比，显得格外隆重和热闹喜庆。故乡的盛大年景，让我们这些在外地的游子有念想、有盼头，倍思亲，甚欣慰，这也是您曾经奋斗的初心和非常想看到的愿景吧！

咱们沁源人，非常重视传统节日，尤其是春节，那是必须

“大闹”的！我想这应该是人与自然始终和谐共处而留下的一种敬畏心和仪式感吧？“冬享民俗年”是今年县委精心确定的春节主旨。从腊月二十四到正月二十，近一个月的活动，精心策划，分类部署，内容丰富，异彩纷呈，从时间地点到内容形式，都做了细致的安排，这些活动深得民心。全县上下，干群同心，笑迎四方客，共享民俗年。家家户户都沉浸在祥和的喜悦中……

亲爱的爸爸，如果您真有在天之灵，在您安息的高山坡上，您一定能看到装扮一新的县城，大红的灯笼，高高的彩楼，大街小巷，张灯结彩，火树银花。各种高品位的文化娱乐活动，一场接一场。年味小吃街，特色农家饭，琳琅满目的节日物品摆满大街小巷，熙熙攘攘的人们把一年的忙碌，化作采购年货的喜悦，各村子的秧歌队都在紧张地排练节目，以期在年后的表演中获得观众的喝彩……而这活动的其中部分，都是您曾经历过的生活啊。尽管那时物质没有今天丰富，县城的面貌也没有现在美丽，但心境是一样的。爸爸，您是沁源秧歌的爱好者和演唱者，我多么希望能在这新春闹秧歌的队伍里看到您的身影，我多么希望能搀扶着您到小吃街上品尝特色美味，我多么希望您能和我们在一起吃顿团圆的年夜饭啊！我多想让您看看今天沁源的变化，让您享受一下您没有享受过的美好生活！可是，这只是我的一厢情愿……

逝去并不意味着消失与遗忘！而是对生者的启迪！亲爱的爸爸，如您所愿，妈妈和我们的日子都越来越好了，咱们沁源越来越美了。今年的除夕和往年一样，我的两个弟弟依然会去您的坟茔烧香祭奠，接您回家团聚，请您和我们一起安享家乡的民俗年吧！咱们的家乡，真是好山好水好地方啊！相信未来光景会更好！

2019年1月28日（农历腊月二十三）于北京

永远念您爱您的女儿敬上

父亲，值得我珍藏一生的书

题记：说是父亲，其实写的是我的公公，尽管我和他老人家相处的时间不长，但是他对我的影响很大，父亲离开我们快二十年了，我很想念老人家。当我的丈夫将其父亲的点滴说与我时，我怀着五味杂陈的心情，用丈夫的语气写了如下的文字。愿我的公公九泉之下能“接收”到我们对他的思念……

当我提笔写下这个题目时，父亲离开我已经快二十年了。父亲，对于我来说就像一本用文言文写成的书。书中有那么多的生字、生词和生句，让我读起来感到那么生僻、艰涩和难懂。这本沉甸甸的时光巨著，静静地伫立在我的心房，既令我望而生畏，又让我不忍释手。当我从误读到通读再到理解时，这本书却永远地合上了，再也无法打开。更为遗憾的是，父亲健在时，由于特定的时期和诸多的限制，我和他交流的机会实在太少了，对他一生中所走过的路程和经历的事件知之甚少。而今我只能掩卷瞑读，去慢慢品味其中的韵味了……

我的父亲，1923 年出生在山西省沁源县一个贫苦的农民家里。我的爷爷给地主当长工，我的奶奶成年累月给大户人家缝补浆洗，补贴家用。父亲到了该上学的年龄，却在给邻村的地主家放羊。一家人相依为命，过着饥寒交迫的生活。

20 世纪的三四十年代，是中华民族历史上灾难深重的一页。在抗日战争最艰难的时期，日本侵略者占领了我的故乡，杀人放火，无恶不作。但是，淳朴、坚韧的沁源人民没有被日本侵略者的疯狂扫荡和“三光”政策所吓倒，他们在薄一波、陈赓等老一辈无产阶级革命家的领导下，进行了著名的“沁源围困战”，受到了党中央的高度评价，成为全国闻名的“抗日模范县”。尤为值得沁源人民自豪的是，在那艰苦卓绝的年代，全县没有出过一个汉奸，被誉为“英雄的人民，英雄的城”。正是在这样浓郁的革命氛围中，我的父亲长大成人。

1939 年春，16 岁的父亲扔掉羊铲，扛起“套筒枪”，毅然决然地参加了薄一波领导的“抗日决死队”洪赵支队（原八路军 115 师晋西支队第三大队，解放战争初期归建为吕梁军区独四旅第十四团，后属中国人民解放军第二军第四师），从此走上了革命道路。1942 年，父亲参加党组织，随部队转战山西、陕西和甘肃等地。中华人民共和国成立后，父亲转业到地方，先后在甘肃省政府、建工部七局工作。1958 年宁夏回族自治区成立，父亲又到宁夏工作，直至 1986 年离休，1992 年去世，享年 70 岁。

父亲是个不善言谈、很少向别人倾吐心事的人。从我记事起，父亲和我们就聚少离多，一年团聚，只有春节时的几天。长期的分离，使我和父亲之间产生了无形的隔阂。父亲成了我生命中“最熟悉的陌生人”。当我的同龄人还在父亲的呵护中养尊处优时，我已肩负起家庭顶梁柱的身份；当我的小伙伴成长中遇到问题可以询问父亲时，我则在探索与碰撞中摸爬滚打。父亲不在我身边的时候，我从心底渴望见到他，而当他回到家里和我在一起时，我却不由得感觉很生分；父亲不在我身边的时候，我总感觉有好多话要对他说，可是当他就在我身边时，一肚子的话却说不出来。父亲好像只是默默无语地在尽一份职责，而很少和我亲亲热热地进行父子之间的交流。那时候，不管父亲的眼神有多么慈祥，对我来说都是畏惧；不管父亲的批评是多么的正确，对我来说都是满肚子的委屈和怨气。而我对父亲的真正了解则是在他去世后，通过母亲的叙说，翻看父亲的日记，借阅单位的档案，和父亲的老战友、老同事聊天闲话，才使我对父亲的误解开始释然并有了一个新的认识。

父亲是一个甘于奉献、勇于牺牲的人。1942 年冬天，在抗日战争最艰苦的相持阶段，父亲和他的两位战友被组织派到敌占区山西省汾西县，打入日伪军内部，由此开始了他默默无闻的地下工作者生涯。

在那国破山河碎的峥嵘岁月里，父亲舍家为国，几经坎坷，忍辱负重，矢志不移，面对凶残狡猾的敌伪军和错综复杂的环境，他为自己的信仰和使命默默奉献、无怨无悔。

档案记载：有一次，日伪军要枪毙几名抗日群众，当时，地下党准备组织力量，“劫法场”营救群众，行刑当日伪军安排父亲在岗楼值班，为了配合党组织的这次活动，父亲主动要求到“法场”维持秩序。但是，敌人为了防止“决死队”袭击，从邻县调集了两个中队来支援配合这次行动。由于敌我力量过于悬殊，导致这次解救群众的行动流产。

中华人民共和国成立后，为巩固政权，党在全国开展了声势浩大的“肃反”运动，父亲所在单位就这件事情，几次三番调查审核，并多次派人到山西汾西县走访、调查、落实这件事情。但是无论是记载的档案还是当地群众的反映，都对父亲的评价很高，以至于有了我所看到的这段档案记载。一位参与调查父亲的老战友，深情地对我说：“你父亲真是个好人，我走访了那么多干部群众，说起你父亲，都说他虽然在日伪军中‘干’（用现在的流行语叫‘潜伏’）了几年，可他不但没有干一件有损于国家和当地老百姓的事，相反利用自己的特殊身份，保护救济了不少群众，为革命办了不少好事，他们很想念你父亲。”这些事情，父亲从未在我面前提起过，而我是在看了他的档案后，才明白，父亲的沉默少语，其实是在日伪军中做地下工作时多年养成的习惯。（因为他每天面对的是无法获知的未来、等待、恐惧、突变等殊死的考验。）

父亲是一个严于律己、坚持原则的人。中华人民共和国成立后，转业到地方工作的父亲，回到故乡把母亲和奶奶接了出来，一家人得以团圆。但是好景不长，就在母亲相继生下哥哥和我不久，在那严格的计划经济时代，国家为了解决城市困难，精简城市人口。虽然父亲有很多条件和理由，可以将我们留下来，但是，他毅然决定让母亲带着奶奶、哥哥和我回到农村老家，从此一家人骨肉分离近 30 年，直到 20 世纪 80 年代落实政策，母亲才和妹妹先来到父亲身边。我和弟弟是在 90 年代才调到父亲生活的城市，而我的哥哥，直至中年去世，也没有回到父亲身边，永远留在了寂寥的故乡。我无法评判父亲当年的决定，因为这个牺牲对家庭的影响来说，实在是太大了，而我对于父亲的积怨，也正是由此而起。当初，我被迫接受了这个事实，现在我终于理解了父亲！命运让我们分开，思想却让我们终于有了父子的默契。

父亲是一个勤劳俭朴、乐于助人的人。在父亲工作的单位，他是资历最老的人。可他始终保持了一个老革命者在战争年代养成的谦虚谨慎、艰苦朴素的良好习惯，不管自己的生活多困难，从不向组织提任何要求。但是，当邻居、乡亲向他张口、伸手时，或借或送，他都毫不犹豫。对此，父亲有他自己的一套理论，他认为凡是有困难向他张口的人，都是看得起他的人，因此从不拒绝。离休后的父亲，经常主动到单位所在的居委会帮忙，居委会的工作人员心里过不去，过节时给家里送一点礼物，父亲都要亲自给送回去。在家里父亲更是闲不住，他在自家的院子里栽上桃树、杏树、苹果树、葡萄树等，还开出一块空地种上各种蔬菜，养了一群鸡，每天忙得不亦乐乎。那几年，我家的鲜菜常常吃不完，他便挑着好的送邻居吃，尤其是刚成家、父母又不在身边的年轻人。或许，这片生机盎然的园地就是他的一种精神寄托，不善言辞的他正是通过打理园地，度过了离休后略显单调的岁月。

父亲是一个诚实善良、任劳任怨的人。30 多年的分离，让我和父亲之间心的距离太远了。回想起和父亲相处的日子，我对他的误解多于理解，埋怨多于宽慰，而他从不为自己辩解，总是默默地去做该做的事。随着时间的推移、年龄的增长和阅历的增加，我对父亲的误解在一点点融化。尤其是当我拥有了自己温暖的小家庭后，当我心安理得地享受人间的天伦之乐时，心里不由得对父亲产生了无限的敬仰和同情，我无法想象父亲在那漫长的“万籁无声灯寂寞”的岁月里，默默地忍受了多少艰辛；当他怀揣着孤独和沉默永别人间时，他的心里该有多少苦涩。如今我与父亲阴阳相隔近二十年了，儿时的怨恨在我的心里早已烟消云散，留下的只有对父亲刻骨铭心的怀念。

“老张真是个好人。”这是父亲去世后人们说得最多的一句话。而他老人家临终时留给我的最后一句话是：“花自己挣的钱最干净，吃自己种的果实最香甜。”我想对父亲说，你的儿女们都在践行着你的遗言，然而，我们对你的理解却来得太迟、太晚了。

岁月何其长又何其短！我不知道这么多年父亲在天国过得是否快乐、幸福。无数夜空下的思念，多少次梦中的相逢，多少件往事的回忆，让我那深藏多年的愧疚、悲伤、痛苦，化成无尽的思念，在伴我前行时又时时折磨我的心。当我用笔去记录我的父亲，用情去呼唤我的父亲，用心去品读我的父亲，用文去怀念我的父亲时，那种久违了的亲情，让早已在我脑海中变得模糊了的父亲的影子再次清晰地浮现在我的眼前。

当我沿着时光的旧迹，一次次品读父亲那永远沉默的背影时，岁月的年轮将父亲的人生历程，一幕幕地展现在我的面前，由远而近定格在我的心上。他既默默地包容着我的少不更事，也远远地指引着我日渐成熟。当我在一口气写完这篇在自己心底酝酿多年的文章，把这些记忆的碎片拼成笔下这些零乱的文字时，泪水不由得倾泻而下……

许多人都说他们的父亲是一座大山。但是我想告诉父亲，他是我心目中的一本书，一本用文言文写成的书，一本值得我珍藏一生的书。他讷言敏行的一生是我人生最好的教义。

2010 年 11 月 13 日于银川

我的婆婆

人世间就是这么奇妙。我和她原本没有任何关系，因为我认识了她的儿子、嫁给了她的儿子，所以，她便成了我的婆婆，我便成了她的儿媳，我们从此成了一家人。

婆婆今年八十有余，身体依然健康硬朗。我嫁到她家二十多年了，她给我的印象就是不停地忙碌，在她的眼里、手里，似乎永远有干不完的活、忙不完的事。她爱干净整洁，性格倔强，即使现在如此高龄，依然没变。如果不是这次生病住院，我们似乎都“忘记”了她已经是一个非常高龄需要人特别关照的老人了。

正因为这个机会，她得以有空“闲”了下来，和我们讲起了她的过去，作为她的儿媳，当我静静地坐在她的床前，听她给我们回忆自己坎坷的历程时，我的眼睛不由得湿润了，心里生出一种说不清道不明的酸楚，不由得想起那首久远的童年时唱过的歌曲——《听妈妈讲那过去的事情》……

婆婆这辈子，可谓普普通通、平平凡凡，没有什么可以大力夸耀的地方，也没有特别值得记载的历史。但是，她在我们眼里，盛满的都是“伟大”二字。她没有高深的学问，认识的一些字，还是在扫盲班学会的，但她凭着几十年的勤奋，现在居然能读书看报了，在她的枕头下面，经常放着一些报纸和我们看过摞下的书，不认识的字她不好意思问我们，但她会像一个小学生似的请教她的孙子孙女；她不懂什么大道理，但她懂得“孝”字当先，她孝敬自己的婆婆，受到十里八乡乡亲的称赞；她懂得“读书”的重要，为了孩子们的成长，她犹如一头躬耕田地的老黄牛，从年轻力壮到两鬓染霜，无怨无悔地付出着、透支着，流尽了汗水，淘尽了青春，皱纹布满了曾经年轻漂亮的脸。

说起婆婆，其实她的命很苦。在出生后的第三天，由于家境贫穷，她就被她的母亲当作童养媳送给了她的婆婆，而她的婆婆收养了她，所以我们的奶奶既是她的养母又是她的婆婆，这种特殊的关系，使她在这个家具有特殊的地位。

她的童年和壮年可以说都是在和贫穷做斗争。童年时，日本侵略者侵占了我的家乡，她的丈夫参加了八路军，是她拖着瞎眼的婆婆，在荒山野岭到处躲藏，沿村乞讨，养活她的婆婆，历尽艰难，苦不堪言，就这样，她还积极地参加了地下党，参加了民兵，组织妇女做军鞋、送军粮，以自己弱小的身躯投入了抗日救国的洪流之中，至今她还保留着一张当年腰系武装带的照片。中华人民共和国成立后，随部队转业到西北工作的丈夫，把她和她盲人的婆婆接了出来，一家人才得以团圆。她在照顾好家的同时，到扫盲班学习，但是好景不长，在生了两个儿子后，国家困难，精简城市人口，婆婆毅然带着两个年幼的儿子和她年迈的婆婆回到了故乡——一个偏远的山村，从此夫妻分居长达三十年之久。

耕田种地，担水挑柴，这些原本属于男人的活，成了她的家常便饭。她以自己吃苦耐劳、乐于助人的品质得到乡亲们的信赖，担任村妇女主任若干年，直到落实政策。这期间公公一年只有一次探亲假，任劳任怨的婆婆，把多少孤单寂寞独自吞咽，恪守孝道，抚育儿女，默默地辛苦着、忙碌着。她没有事业，她的全部事业就是她的婆婆和孩子，她代替公公将他的母亲养老送终，她把自己的子女全部抚养成人。而今她的孙子孙女亦已长大成人，她还是依然如此，守着自己的家，洗衣、做饭、收拾屋子是她每天的程序。

这就是我的婆婆，一个身高不足一米五的娇小妇女，但是她在我们心中的形象是那样的挺拔高大；这就是我的婆婆，一个普通的家庭妇女，但她在我们心中是那样的伟大，她把自己的一生都献给了她的家庭、她的儿孙；这就是我的婆婆，一个坚强不屈的老共产党人。在她的身上，我看到了中华民族的脊梁，看到了中国妇女的传统美德……这种无私的爱和朴实无华的品质，永远是我学习的榜样。

愿她老人家健康长寿！平安幸福！

2008 年 12 月 28 日于银川

花开一段故事，一生的缘

今天是腊月二十三，俗称小年，这一天对我来说却有别样的意义。二十九年前的今天，带着对未来的憧憬，带着对生活的美好向往，老公和我牵手走进婚姻的殿堂，开始用自己的“心”来构筑我们共同的“爱巢”。弹指间，在“围城”中已度过快三十年的时间了，曾经年少的我们如今已进入半百之年了。在这样一个特殊的日子里，我写下这篇短文，是对往事的回忆，更是对未来的期盼。

“世间所有的相遇，都是久别重逢”，这是江南才女白落梅的一本书的名字。一直以来，很喜欢读她的文字，喜欢她笔下的锦词丽句，喜欢她清新淡雅的风格。你看这短短的两句话，有点宿命，有点禅意，却让人从心底产生一种淡淡的暖意，那就是人世间无法释清的一个“缘”字。

感谢故去多年的恩人杨洲伯伯，因他的牵线，让我在一个合适的流年遇见了我的“缘”中之人，让我们在前世的久别之后得以重逢，让年轻的生命之花因了爱情的浇灌，绽开了一段新的故事。

走过二十九年的风雨历程，回望这段不长不短的人生之路，有浓浓的幸福，也有淡淡的忧伤，更多的是一路奔忙，和岁月一起成长，用白岩松的话叫“痛并快乐着”！

还记得当年的婚房是老公的两间小小的宿舍，这在当时条件已是很不错了，一张双人床，两个小柜子，一对简易沙发，构成了全部的家当，我的宝贝女儿出生后，就生活在这里。后来，由于老公单位的搬迁，家便安在了我的单位，两间坐南向北的宿舍，总共 20 平方米，儿子出生后，学校领导照顾，又给了一间 10 平方米的房子，老公找人打掉中间的一堵墙，改造成一室一厅的“蜗居”，厨房是用“牛毛毡”在门前的屋檐下搭建的，刚刚能安置一个铁炉子，而且只能在夏天用，因为没有暖气，冬天便在家里生炉子做饭，同时取暖，厕所是公用的旱厕。日子就这样一天天过去，女儿基本在姥姥家居住，儿子姥姥看到一岁多，我们找了个小保姆来照顾。现在回想起来，那段日子虽然很辛苦，但大家彼此都一样，一个院子里的邻居都很亲热，所以也从来没觉得苦过。

1992 年 6 月，我在省城太原进修，远在银川的公公生病住院，老公心急如焚，极速调动工作，带着两个孩子，直奔公公婆婆生活的银川而去。还记得在太原车站送他们离去时的情景，四岁的儿子抱着我央求我一起上车，我哄孩子说“妈妈还得上课”，儿子搂着我的脖子说：“那你上完课，赶紧坐车来。”二十多年过去了，至今想起当时的情景，心里依然很痛。

1994 年 2 月，在老公的努力下，我调到宁夏大学附属中学工作后，终于有了一个属于自己的家，孩子们很懂事，学习很努力，天道酬勤，他们终于凭自己的能力考上了重点大学，毕业后各自找到了一份不错的工作，至今依然如辛勤的小蜜蜂一样，在各自的岗位上努力地工作着，没有虚度年华……

时光如流，往事非烟；光阴荏苒，韶华不再。岁月短暂，人生如梦；春秋数度，情最可贵。感谢上苍让我在对的时间，遇见了对的人，一个可以让我托付终身的人，感谢生活给了我一双可爱的儿女，让我的生命之花得以延续。

很喜欢三十多年前电影《泪痕》中的一首歌曲《心中的玫瑰》，歌中唱道："在我心灵的深处，开着一朵玫瑰，我用生命的泉水，把它灌溉栽培。在我忧伤的时候，是你给我安慰，在我欢乐的时候，你使我生活充满光辉。啊，玫瑰，我心中的玫瑰，但愿你天长地久，永远永远把我伴随……"我相信世上每一个人的心中，都有一朵盛开的玫瑰花，而每一朵开放的花，都有一段美丽的故事。

《诗经》中有一句千百年来传颂的名句："执子之手，与子偕老。"那就让我们永远牵手，相依着向前走吧。无论生活有多少艰难，我们都将风雨兼程，一路同行。无论身在哪里，当我梦醒时，只要有你在身边，温暖就在心上。因为"爱"是一个长久的诺言，平淡的故事要用一生才能讲完……

2013年4月7日于银川

骨肉同根各一涯

——写给我亲爱的弟弟妹妹

一直以来心存一个念想，写写我的弟弟妹妹们。可是，每每坐在电脑前，手指却难以敲下心里想要表达的文字，心思无限却又无头无绪，不知从何写起？这种纠结常常萦绕心头，欲写不成，欲罢不能。不得不每每含泪作罢，静坐思亲。所以至今都没有写成一篇关于他们的文章，哪怕是非常拙劣的文字。

细细想来，真的不是因为手懒，更多的是一种不敢触动的心疼。作为他们的大姐，我知道自己在他们心里的分量，他们一直对我很亲很敬重。尽管他们都不善于言语，可是他们却用实实在在的行动，表达着浓浓的亲情，这或许就叫至亲无言，至爱无声吧？

作为他们的大姐，我知道自己的能力有限，此生愧对他们太多，没有尽到一个做姐姐的职责。感谢他们给予了我太多，让我觉得虽然远离他们，却能时时感知骨肉亲情的温暖。我的妹妹弟弟们以及后来陆续走进我家的妹夫和弟媳们，虽然我和他们远隔几千里，但是他们却一直住在我的心里，虽然我不能经常看到他们，但他们永远是我生命中不可或缺的重要部分！我的生命因他们而精彩，我的生活因他们而富裕，我的人生因他们而幸福！

记得小时候，奶奶让我猜过这样一个谜语：“一棵树，五个杈，上面顶着五片瓦。”我猜不出来，奶奶便伸出自己的一只手，说：“这是什么？”我便摸着奶奶的手说：“是手。”于是奶奶哈哈大笑说：“猜对了。”掐指算来，奶奶离开我们已经三十多年了，可是，就在今天早上我一觉醒来，无来由地突然想起了这个谜语和当时的情景。躺在床上的我，不由得把自己的两只手不停地在眼前晃动，心里想着奶奶说过的这个谜语，突然间觉得，这只不大的手掌和五个指头，多像我们姐弟五人啊！作为家中长姐的我，就如同这短短的拇指，张开手掌时我和他们离得好远，握紧拳头时，我又牢牢地抱在他们的外面，越琢磨越觉得奇妙，心里再次涌出一个念头，难道这是奶奶对我的提示吗？尽管我知道每一个人的手大体结构相同，但我还是觉得于我来说别有意义，甚至有一种神奇之感！我怕这抓不住又放不下的灵感一闪而过，于是急忙起床，洗漱，开电脑，码字。想想，我也只能用这种方式，来表达对妹妹弟弟们的歉意和爱意了。

回想走过的半生之路，我也算得上是有福之人了。作为家中的长女，我不仅得到了爷爷、奶奶、爸爸、妈妈的厚爱，同时也享受了妹妹弟弟们给予的关心、照顾。我结婚时，我的大妹妹刚刚参加工作，小妹妹还在上高中，大弟弟读初中，小弟弟还在上小学。我的大妹妹，虽然比我小五岁，但是在很多事情上却远远比我懂事。我刚刚成家时，没有洗衣机，怀孕期间，家里的被罩床单等大件，几乎都是妹妹帮助清洗的，偶尔来家吃顿饭，总要帮着洗完锅才走。尤其是我生了儿子后，原本帮我照看女儿的妈妈，又得伺候我月子又要照看女儿，家里还有正在上学的妹妹弟弟，忙不过来。没办法，只能让我小姨的女儿我的小表妹润兰，一个十几岁的小女孩临时给爸爸和弟弟妹妹做饭，我的大妹妹便主动把女儿带去她上班的单位照看，直到儿子满月，女儿才和我们一起又回到妈妈家居住。

1992 年 5 月，为了照顾年迈的公公婆婆，老公极速办理了工作调动手续，一个人带着两个年幼的孩子前往银川工作，1993 年 7 月我于山西省教育学院毕业后，急忙和我工作单位（沁源一中）的领导请了长假（至今特别感谢当时领导对我的同情与理解），去往银川与家人团聚，同时等待工作的调动，终于我在 1993 年年底办妥了工作调动手续，1994 年 2 月 14 日到宁大附中正式上班。

我们离开老家时，我的大妹妹已成家，并生育了一个儿子，我的小妹妹刚刚成家，两个弟弟一个在公路段做养路工作，一个在县运输公司跟车当学徒。两个弟弟虽说他们各自有一份事做，可毕竟年龄尚小，面对家中需要解决的诸多事情，是我的妹妹、妹夫们主动承担了起来，帮助爸爸、妈妈分忧解难。而那时他们在和我的通信中，除了关心与问候，从未提起过他们为父母做的这些事情，更没有一句对我的埋怨之词。

一晃二十多年过去了，我的弟弟妹妹们，亦已人到中年，各自过着比较安逸的日子，一直本本分分地生活在故乡那块土地上，相亲相爱，和和气气，各自尽自己的能力孝敬老人，用心培育孩子。随着下一代生命的陆续到来，亲情之树越来越枝繁叶茂。远离父母的日子里，是他们帮我担当了许多我应尽的义务，让我能在千里之外的异乡安心生活，过自己的小日子，全心全意培养我的两个孩子；远离亲人的日子，因为有他们的思念与牵挂，让我的心有所寄托不再流浪。是他们对我的理解支持和对父母的殷勤关照成就了我的今天。

人间至爱是亲情！顾炎武先生有诗云："是日惊秋老，相望各一涯。离怀消浊酒，愁眼见黄花。"随着年龄的增大，岁月似乎格外吝啬，不经意间就流走了，同时也让我倍加感觉到亲人小聚的珍贵。在我的两个孩子各自有了一份安稳的工作后，近几年每年一次的回家之行，便成了我的渴望与奢侈。每当我寂寞孤独的时候，我就在心里默默地品尝这份爱，我爱我的妹妹弟弟们，他们是爸爸妈妈此生送给我的最好礼物！这份亲情就像故乡绵延不断的青山一样，永远给我支撑与依托；这份亲情就如故乡山涧流淌不息的清泉一样，永远滋润着我的心田……

在这篇拙文的结尾，我想告诉我的妹妹弟弟们，你们是我今生永远的思念与牵挂！我平凡的日子因你们而充实，我平凡的生活因你们而快乐，我平凡的人生因你们而美好！

想念你们的日子同样是一种无言的幸福！

衷心祝愿我的妹妹弟弟们生活幸福如意！

愿我们的家园永远充满勃勃生机！

愿我们的亲情之树永远常青不老！

2015 年 5 月 7 日于银川

为我的亲人们送一个遥远的祝福

我的姥姥家距县城约 15 公里，那是一个位于沁河东岸名叫姚家沟的小山村，印象中全村也就十来户人家。

记得，很小的时候妈妈曾带我步行去姥姥家，沿着小路走得很辛苦，出县城后，走的几乎都是山路，见不到多少人。后来大一点，会骑自行车了，便可以走大路去，一年也就一两次，主要是正月走亲戚。

我的姥姥、姥爷非常勤劳善良，他们去世已经三十多年了。由于诸多的原因，我的两个姨姨、两个舅舅都没有走出这个小山村，几十年如一日地在这里生活，过着面朝黄土背朝青天，日出而作日落而息的日子。20 世纪 80 年代后期，村子里的人都陆续搬出了山沟，在距河岸不远的平地上盖起了房屋，我的亲人们也不例外，所以，现在去看他们很方便，车子一直可以开到家门口了。但是，他们种地却要回到沟里。去年探亲去看他们时，因为没有预先通知，所以没有见到我的二舅。今年，定好要去的时间，妈妈一大早就给我小姨打电话，说我们要去看望他们，让几家亲戚都在家等着。

早上 9 点多，我的小弟弟开着一辆面包车，拉着一家三代人，可谓浩浩荡荡，经过半个多小时的路程，我们便到了。车子刚过沁河桥，就看见我的姨姨、姨父、舅舅、舅母，以及他们的孙子、孙女，十几口人已在村口等着我们了。一下车，大家便围了过来，拉着我们，问长问短。我的这些年过六旬的亲人，脸上写满了岁月的沧桑，这是他们一年四季辛勤耕作的见证，但是，从他们的言谈神态中能感觉出他们也很快乐。问起我的表弟表妹，都说到外地打工去了。我的二舅有点文化，打趣地告诉我们，现在村子里就剩“三六九等人”了，我一时没有听明白啥意思，二舅给我解释“三是三八节指妇女，六是儿童节指儿童，九是重阳节指老人”，环顾周围的人们，的确，除了白发苍苍的老人，就是怀抱孩子的妇女，他们无怨无悔地守着这个有点寂寞的小村子，每日在不停地忙碌着，奔波着，我不禁在想，这种现象是当下我们生活的时代特征，这是一种进步还是衰退呢？但是，当我们走进他们家里时，看到屋子里的陈设很现代化，沙发、冰箱、彩电、洗衣机都有，自来水引进了家里，做饭基本都用电磁炉了。现在想看看山村的袅袅炊烟，是很难了。这时又会由衷地感到高兴，因为感受到了新农村的发展步伐。

走在这个小山村，满眼映入的都是绿，绿色的青山，绿色的树木，绿色的庄稼，绿色的瓜果蔬菜，置身其间似乎人的心情都被“染”绿了。院子里，街道上，不时传来牛羊的叫声，一群群随母鸡啄食的小鸡，还有东游西逛的狗和猫，一切都显得那样自然和谐。在我大舅家的房檐下，竟然还有两个很大的燕子窝，或许是因为我们人多，惊扰了它们，几只还没有出窝的小燕子不停地探着脑袋叫，而两只老燕子则不停地围着燕窝飞，好像怕我们把它的孩子给抢走似的。第一次见到燕子窝的小外甥，高兴地手舞足蹈，老公也举着相机不停地拍照，这种景象在城里恐怕这辈子都不会看到。

当我们程序式地走完各家亲戚，就要离开时，他们用大袋小袋给我们装满了新碾的小米、地里新摘的蔬菜，还有土鸡蛋和黄花菜，不由分说地塞进我们的车里，面对亲人我不禁热泪盈眶，他们是如此的辛劳，如此的善良，如此的淳朴，如此的厚道和舍得付出……

车子走出很远了，回头望去，还能看到亲人们站在村口的身影，而我除了每年回家能来看看他们，又能为他们做些什么呢？只能在心里为他们默默地祝福，祈盼老天爷能保佑他们：年年风调雨顺，岁岁五谷丰登，家家平安喜乐！

补记：时隔四年，翻出这篇短文，挺难过，因为就在去年，我的二舅和姨父相继去世了，再也见不到他们了，只能用文字来怀念……

2011年8月9日于银川

亲情花絮

风雨人间，行走其中，奔忙日子，不知不觉。当我们走过平湖烟雨，跨过岁月山河，走进人生之秋，站在红尘深处，静默伫立，回望跋涉之路时，那些过去了的旧日月，便排山倒海般向我们涌来，不由得让人感叹，时光易逝人易老啊！行走在时间的河床上，捡拾光阴留下的碎片，翻阅尘封的记忆，心灵的深处，会倍感人间亲情的珍贵！那朵朵开在心上的亲情之花，会让往事生香，日月温馨……

我的姑姑

我的父亲有三个妹妹，我的三个姑姑中，大姑比我母亲小一岁，今年 80 岁了，我的三姑比我大 5 岁，很小的时候便跟随大姑远走他乡，和我们生活时间最长的是二姑。父亲是爷爷奶奶唯一的儿子，因此父母和爷爷奶奶从未分家另过日子。

我的大姑 20 世纪 50 年代中期高小毕业后，被一个亲戚带到大西北的甘肃省天水县参加工作。我的三姑 12 岁时，因为家里生活困难，大姑为了减轻家里的负担，毅然回家把三姑带到了天水，从此三姑一直和大姑生活在一起，念书、找工作直到成家。

我三姑曾对我说过，“你大姑虽然是我的姐姐，但她为我尽了一个母亲的责任，在我的心里，你大姑就和母亲一样。”

我的二姑农中毕业后，先在我们村参加生产队劳动，后来又到村里学校当民办教师。20世纪70年代初，我大姑又给我二姑找了一份工作，从此我二姑也离开了家乡，到甘肃天水工作了，和我姑父结婚后，工作又调动到陕西宝鸡，从此安家落户。

从我记事以来，就能感受到姑姑们对我们很亲很亲，左邻右舍说起我的姑姑们，最多的评价是我的几个姑姑都很顾家。

我的姑姑们虽然和我们相隔千里，但我们却能时常感受到姑姑们对我们的关照。那时交通不便，几年见不上一面，但是姑姑们和爸爸的书信来往并未间断，我们从小到大，三个姑姑一直在接济我们，虽然那时她们的日子过得也是紧巴巴的，尤其是我大姑，经常给我们寄衣服，有时还会寄好看的花布回来，让妈妈给我们做衣服，逢年过节总要寄钱给我们家，有时还要给我们寄一些老家当时买不到的点心之类，让我们饱饱口福。姑姑们经常写信嘱咐我们要好好学习，记得有一次大姑给我们寄来很多订好的16开和32开的作业本，还给我特意寄了一个印着工农兵图案的铁皮文具盒，让不少同学羡慕不已。

姑姑们每每回家总是大包小包给我们带很多东西，还要给邻里乡亲的小孩们送些水果糖、毛栗子之类的食物，每当姑姑们回来时，左邻右舍便会络绎不绝地来家里看望她们，言谈中无不流露着欣羡之情，而我们因为有几个在外工作的姑姑，倍感自豪。在那困难年代，因了姑姑们的关爱，我们家的日子相对于完全靠土里刨食为生的人家，还是好了许多。记得1980年我考上师范时，为了让我上学穿得体面些，大姑和三姑给我寄来不少衣服，开学不久我就收到二姑给我汇来的十元钱，那时我一个月的伙食费是14.60元，这10元钱在当时是一个不小的数字。

父亲作为姑姑们唯一的哥哥，也经常惦念着姑姑们。20世纪80年代中期，当电视走进我们家时，父亲每天都要看央视天气预报，尤其要关注甘肃和陕西的天气预报，似乎把对妹妹们的牵挂寄托于这荧屏里的信息中。后来家里装了电话，父亲便可以和姑姑们通话了，在我大姑的儿子结婚时，父母亲专门到天水参加我表弟的婚礼，兄妹四家借机团聚了一下。1995年父亲突然中风，姑姑们知道后一直在给父亲寄药，直到父亲2006年去世，还留有不少姑姑们寄来的药。每当姑姑们回家时，父母亲总是倾其所有招待姑姑们，走时还要把家乡的一些土特产如粉皮、金针、蘑菇等打包好给姑姑们带上，让姑姑们感受到，虽然爷爷奶奶不在了，但哥哥嫂嫂的家依然温暖如旧。

父亲离开我们15年了，我的姑姑们依然对母亲关爱有加，其间还一起相约回来两三次专门看望母亲，陪伴母亲说话，而她们也都是六七十岁的人了，而且姑姑们每年春节都要给我母亲寄钱送福，尽管母亲多次对姑姑们说，不要给她寄钱了，姑姑们的心意她都领了，但是姑姑们依然年年要寄，父亲走后，母亲成了姑姑们在老家最惦念的亲人。母亲也嘱咐我们要经常和姑姑们联系，说姑姑们年龄也大了，让她们多保重身体，有时间就回来转转。母亲80岁生日的时候，我二姑一家三代五口人专门从宝鸡回来，为母亲祝寿。在歌厅，二姑和母亲一起唱起她们那个年代的歌曲，晚上睡在自己家的炕上，两人有唠不完的家常话，这种姑嫂亲情，让我们非常感动和倍加珍惜。

我的大哥

我的大哥郭沁阳长我6岁，是我二伯父的儿子，从血缘上准确地追溯，我们的高祖父是一个人，到我们这辈人已属于祖上传承的第五代了。我的二伯父和二伯母都在阳泉煤矿工作，记忆中只见过一两次面。我小时候对大哥的一点点隐约记忆，大概是我五六岁时，他曾在老家住过一阵，那时大哥也就十来岁。

我的爸爸兄妹 4 人，三个妹妹先后离家外出工作，只有爸爸一个人留在村里和爷爷奶奶一起生活，从亲情上来说就显得势单力薄了一些。我们姐弟 5 人，三个女孩大两个男孩小，我是长女。记得上小学时，学校对学生的学习抓得并不紧，一些精力旺盛且正在调皮年龄的学生，受当时社会不良风气的影响，为一点小事就淘气打架，有些学生不好好学习，故意找碴欺负同学的事也时有发生。那时的我特别羡慕有哥哥的女同学，她们在学校受到同学欺负时，便会找哥哥哭诉告状，她们的哥哥都会替她们撑腰仗势收拾对方，每每看到那种情形，我就会不由得想我们要是也有个哥哥该多好啊，受了委屈时也会有个人能替我们上劲出气。

记得有一次爸爸和别人闲谈时无意中说起，他有个叔伯二哥在阳泉煤矿工作，我们才知道二伯有三个儿子和一个女儿。大哥高中毕业后参军了，我似乎还见过一张大哥穿着军装的照片，青春正好，英姿飒爽，再后来知道大哥退伍后，回到阳泉矿务局工作。虽然我们与大哥他们兄妹几个见面的机会不多，但是我们依然能深切地体会到大哥他们兄妹几个对我们一家人的惦念和关心，尤其是在我爸爸遭遇非难时，我大哥专门从阳泉回来陪伴我爸爸，帮我爸爸排忧解难，让我们做儿女的特别感动。

在伯父伯母去世后，大哥谨遵伯父伯母生前的遗嘱，将他们安葬在了我们郭家的祖坟里。此后 30 多年的时间，每年的清明节、中元节、寒衣节，大哥都要召集他的弟弟妹妹几个人一起回来上坟，有时还要带上几家的孩子一起回来，目的是要让晚辈们记住自己的祖先在这里。一年几次的祭祖节日，就成了我们兄弟姊妹们的团聚之日。爸爸去世后，大哥带着他的弟弟妹妹们全部回来为我爸爸送葬。爸爸走后，大哥大嫂对我妈妈更是倍加关心，经常打电话嘘寒问暖，每次回家不是给我妈买衣物，就是给钱。

2017 年 10 月 5 日，我们在老家为儿子儿媳举行婚礼，当我和大哥商量此事并表达了想请他们兄妹几个一起参加时，原本因事要去西安的大哥，立马答应我推迟西安之行，并通知了我的堂兄堂妹一起回来参加了我儿子的婚礼，亲人欢聚一堂，其乐融融，我的心里备感温暖。

爸爸离开我们后，大哥就成了我们的主心骨，我遇到事情总是先想到大哥，和大哥商量。2010 年清明节，在大哥的主导和我两个弟弟的积极配合下，全家合力给先人们的坟茔进行了修缮并立了碑，还在坟地上栽了不少松柏树，祖坟顿显郁郁葱葱，蓬勃旺盛。

今年夏天我的小弟弟准备拆旧翻新盖房时，大哥专门从阳泉回来实地查看，帮我弟弟筹划事宜，一切安排妥当后才放心地离开。

这么多年，大哥用他的实际行动，为我们这个大家庭做了许多实事，所有的点点滴滴都印记在我们的心里，大哥用无声的引导为我们树立了榜样，从大哥的一言一行中我们感受到了祖辈传承下来的风骨，感受到了我们这个大家庭的良好家风，我们为有这样的大哥而感到幸运和幸福！

我的姐姐

我的姐姐崔秀萍，和我们没有一点血缘关系，只因为她吃过我母亲的奶水，我母亲奶过她一年多的时间，从此我姐姐便成了我父母的干女儿（我们老家叫蛮女则），我的父母便成了姐姐的奶爸奶妈，我姐姐按老家的习惯叫我父母是蛮大蛮娘，和我们姊妹说起我父母时，便和我们一样称呼“爸爸”“妈妈”，多少年的相处往来从不见外。

姐姐曾和我说起，她在离县城较远的牧校上学时，常常吃不饱肚子，当时我们家邻居有个女孩和她是同学，我母亲就经常让人家给她捎点烤干的窝窝头之类的食物，有时星期天姐姐也和同学一起回我们村到我家来玩，我母亲总是让她吃了饭再回学校，还要给她带点干粮。

在和姐姐相处的这么多年中，有几件事让我记忆特别深刻。

1982 年我考上沁县师范，我姐姐刚参加工作，开学的前一天，我姐姐来看我，悄悄塞给我十元钱，我不要，我姐姐一边流泪一边硬给我装进口袋里，她当时每月也就十几元的工资，那个月她的工资大概除了伙食费几乎全给我了。

姐姐结婚后，和姐夫一起到河南新乡工作，他们只要一回老家，必定会去看我的父母，吃喝穿戴没少接济。2006 年 6 月 8 日，我父亲突发脑溢血去世，我姐姐和姐夫都回来送我父亲，我姐姐和我们一样披麻戴孝，尽了做女儿的最后一份孝心。

2011 年我摔坏腿，我姐姐知道后，专门从河南到银川和我母亲一起照顾了我一个月，为了让我早日康复，她每天给我不间断地按摩，无微不至地照顾我。2014 年我女儿结婚时，姐姐和姐夫又一起来银川参加了孩子的婚礼。2017 年我儿子在老家举行婚礼时，我姐姐和姐夫又不辞辛劳回到老家参加了我儿子的婚礼。

2019 年，我忙于照看小孙孙，顾不上照顾外孙女，情急之下向我姐姐求援，我姐姐立马答应，来京临时应急照顾我的外孙女，直到女儿找到合适的保姆，姐姐才离开，回想这些年来，姐姐为我们做的事，内心的感激之情，真的是无以言表。

我的姐姐，虽然和我们没有血缘，但一样情同手足，这种来自本能、无须刻意维系的亲情，必将继续温暖我们的余生！

曾仕强先生在他的《家风》一书中写道："家风是软实力，家风是传家宝，家风是一家人的'气质'！"虽然我们这一代人都已进入祖辈之年了，我们的后代亦已开枝散叶了。虽说亲情如水越流越远，但是我更相信，家庭是一个人成长的精神源头，良好的家风是滋养我们心灵的沃土。我的姑姑们、我的大哥、我的姐姐，他们身体力行，为我们树立了良好的榜样，我们姐弟五人也恪守本分，珍惜亲情，积极努力地做好自己应该做的事，为我们大家庭的和睦幸福尽自己的绵薄之力。真的希望这样的家风在传承中，能让我们的后浪们于平凡的日子中，体会到亲情带给他们的无限福祉！

2021 年 9 月 6 日于北京

点滴成忆皆是味

——写给我亲爱的宝贝女儿

题记：时光会漂白许多日子，往事却能让岁月在回忆中生香……

世间万物皆有记忆，只是存在与表达的方式不同罢了。人世间除运动之外，一切都是相对的。许多事情在别人的眼中是极微小、极平常的，于自己来说就成了极重要的事情了；一些日子在他人的生命中，平常如流水般自然，于自己来说则是浪花朵朵，不能忘怀。

“亲情”是人间最温暖的一个词组，是我们赖以生存的血液与细胞，是我们生命中取之不竭的力量源泉。常记得丈夫的姑姑在世时，经常念叨的一句话：“人活在世上什么都不怕，就怕一个‘亲’字。”一句话道尽了此生难言的“酸楚”与“伤感”。当初刚刚成家的我，不解其味，走过半生，经年遇事，方解其中的无奈与滋味。深深地感恩上天，赐予我此生的恩惠多多，让我的生命在亲情的呵护中开花结果。一个温暖幸福的家，一双优秀而孝顺的儿女，是我此生最大的收获。

记得有个作家曾写道：“人生就是一次次目送……”此言虽然有点伤感，但却是我们每一个人必须直面的人生，与宝贝女儿一起走过的日子，如在昨日，无须掐指，却已三十年了。三十年且行且走，岁月如流亦如歌，如今初为人妇的女儿，正在按部就班过着自己的日子，两只辛勤的小蜜蜂，正在用心酿造自己“甜蜜的事业与生活”，作为她的妈妈，除了祝福还是永远的祝福！让幸福的往事点点，在断断续续的回忆文字中，一次次温暖我的心田……

一个幸福而难忘的日子

2014年5月25日（农历四月二十七，星期天），是我生命中不能忘却的一个重要日子，因为这一天是女儿张蔚的出嫁之日。“张家有女初长成，嫁入尹家为人妇。”一个多月的琐碎忙碌，在亲朋好友的祝贺宴席中，圆满完成此生的一大任务。心里虽说踏实了很多，但是有时静下来想想，又有些许的怅然若失。是的，女儿从此正式走出了自己家门，做父母的还是觉得有点不舍，有点心痛，即使是甜蜜的。这是我这一段时间内心的纠结，一直想写下来，但又不敢在电脑前码字，几次打开电脑，又关闭。今天上午没课，睡个懒觉，躺在床上，想起女儿成长中的点点滴滴，顿时化作两行清泪，默然湿了枕头，于是乎起身、洗漱、收拾家里、打理心绪，再鼓起勇气，重新坐在电脑前，于凌乱中敲下这篇文字，算是此文的开篇吧，在以后的日子中慢慢来记。

追赶中的成长

今年的春晚，有一首《时间都去哪了》的歌，唱出了多少人的心声，唱落了多少人的眼泪。是的，时间总是在我们的不经意间就溜走了，在人生路上奔忙的我们，眼睛永远是向前看的，可是，当我们稍稍静下心来，回头看看身后走过的路，不知不觉中已走出好远了，所有的日子山一样排成了岭，静立在那里看着依然奔走的我们，原来生命就是这样的不经用，不知不觉，走着走着，有一天会突然发现自己老了，孩子大了。生命中的时间，大半已用过了，现在回想起来生活路上的点点滴滴，都成了珍藏心中永恒的记忆。

梦中兰花的降临

生理上的梦对于一个人来说，是一种说不清也道不明而又无法拒绝的自然现象，有时甚至是光怪陆离的，但真正能留在记忆中的梦的确没有几个。对于一个初次怀孕的女人来说，孕期的日子是紧张而又快乐的，兴奋中又有些许的担忧，至今还记得怀女儿时做的一个梦。大概是孕后四十多天，我梦见我住在妈妈家，一个邻居老太太，微笑着双手捧着一盆花送给我，没讲一句话，便掉头走了。那是一个不大的花盆，长着一株茂盛的君子兰。我醒来后好生奇怪，我本来很少梦到花花草草，我想，这难道是预示我怀的是一个女孩？随着月份的增大，也许大家出于一种心愿，一些老年人见到后，会说从肚子的形状和走路的姿势，判断应该是男孩子，我听后总是不置可否地笑笑，心想不管孩子是男是女都是今生修来的缘分，小小的生命理应得到父母的呵护。十个月的时间，孩子在渐渐长大，终于瓜熟蒂落，一个有着兰花般容貌的女儿降生了。这印证了我的那个奇异之梦，欣慰之中有点窃喜，而今女儿的为人处世，也印证了自身所带的君子品格。

宝贝女儿诞生记

女儿生于1985年11月22日（农历十月十一晚上九时许，小雪节令），生肖属牛，出生在山西省沁源县人民医院，住院及生产费用，除公费医疗外，个人自费7元（当时我的月工资41.60元），住院一周。

一直还记得女儿从怀孕到现在，经历过的一些事情。按照严格的科学计算时间，女儿生命的奇迹应该是在牛年的春节生成，十个月的成长，没有刻意的呵护，没有特殊的营养，没有孕期的早教，一日三餐，粗茶淡饭，我仍然每天骑着自行车上下班，兢兢业业地讲好每一节课，因为血糖低，出现过头晕现象，上课时休克过一次，被两同事从教室外扶着送至家中。孕期最大的不适是不能吃肉类、鸡蛋、豆腐、韭菜，好在除了这些，女儿在肚子里，还是健康成长着。四十多天时，胎动开始，五六个月时，动作平凡、规律，甚至有一次似乎在肚皮上能捏住她用力蹬着的小脚丫，感受到生命的神奇，我甚是欣喜。

俗话讲："孩子的生日，是妈妈的难日。"这话一点不假。女儿在妈妈的肚子里，闹腾得挺欢快，所有的检查都属正常，但出生时似乎又姗姗来迟，从我所记的时间上算比预产期要晚了近二十天，这样的现象在大城市恐怕早就剖宫产了，可是县医院医生还是主张自然顺产好。女儿诞生的前一天晚上八点多，我身体出现要生的预兆，我急忙到医院检查，产科大夫说，至少还得二十多个小时，不让住院，我于是回家，第二天早上疼痛加剧，六点多钟再次去医院，大夫说还不行，又让回家，早饭老公做的汤面，一口没吃成，吐了个一塌糊涂。老公的表嫂正好有事到家，急忙给我清理秽物，让赶紧再到医院，于是老公又收拾东西，用自行车再次驮着我去医院，终于住进了医院。在县城工作的大妹妹急忙骑车回家把妈妈接来陪我。晚上八点多钟上产床，时令正值小雪，医院没有暖气，一个小小的铁炉，让穿着棉衣的人都觉得依然寒冷，已上产床的我冻得直打战，尽管医生给我的双腿套了一双笨布粗袜，可我还是被冻得抽了两次筋，好在妈妈及时按摩才得以缓解。因为羊水破得早，以及两个尚未生育过的年轻大夫的大意，生产过程虽是顺产，但在侧切后仍导致宫颈严重裂伤，大出血，带去的十包卫生纸，瞬间被喷涌的鲜血吞没。护士（金华）急忙跑去叫院长，在院长的监督下，医生（肖保琴）在无法用麻醉药的情况下，为我缝了七八针，难以忍受的剧痛让我的牙根都咬酸了，以至于把妈妈和老公都吓哭了。

也许是女儿给了我神奇的力量，也许是生完后的解脱与疲乏，当然更多的应该是自己在产床上没有看到那可怕的现象，面对紧张忙碌的医生，自己居然努力仰头安慰妈妈和老公："别哭，谁家生孩子不这样？"这句话让老公感动万分，没想到一个 23 岁的小女孩，竟然这么坚强。第二天一大早，爸爸便提着一大包食品来了，想来也是一夜未眠，一进病房门，直奔床前说："刚才碰见你纪忠叔了（我们村在医院工作的一个医生），说是你大出血，挺危险的，不要紧吧？"接着他去看睡在另一张床上的宝宝了。记得当晚，女儿一出生，大夫告知是女儿时，老公过去看了女儿一眼，对我说了一句话："嘴长得和我一模一样。"奇怪的是当时，住在同一产房的六个产妇，皆生女儿，每每女儿哭时妈妈就会告诉我，这是咱孩儿在哭，七天的住院时期忙坏了家里人，后来终于等到拆线，出院回家。

只吃亲娘的奶

看着每天睡在身边的小人儿，虚弱的身体虽然很疲惫，但心里却是欣喜的。为了催奶月子里妈妈一天做七顿饭给我吃，满月后每天五顿饭，直至百日后，才恢复三顿饭。我除了吃饭就是喂奶，学着给孩子换尿布和穿衣服。出生日期推迟羊水减少，导致了新生儿老化，因此女儿每次换衣服，身上都掉很多皮，尤其是肚子上的皮，掉下来的比孩子的手掌还大，两只小手如同鸡爪，吓得我都不敢看，月子里主要是妈妈在做这件事。从满月到百天我们俩都是在妈妈家度过的，妈妈每天既要照顾我们母女俩，还要给一大家人做饭，稍有一点时间，就给宝宝搓小手小脚，让长肉肉。

至今记得最有意思的一件事：当时我的奶水不够，靠奶粉补充孩子才能吃饱，邻居大婶生一男孩，奶水多到孩子吃不完，憋得难受，找别人家的孩子吃奶。大婶每次到家试着喂我女儿吃奶时，女儿总是看着人家的乳头就把脸拧到一边去，绷着小嘴就是不吃，人家硬把奶往她嘴里塞，她就把嘴绷得更紧，小脑袋拧来拧去躲人家的乳头，哪怕故意让她饿到极限，哇哇大哭要奶，但当人家抱起她喂奶时，她还是照旧不吃，而只要是我喂她，哪怕没有多少奶水，她仍旧使劲地吃个不停，吃不饱宁肯吃奶粉，也不吃人家的奶，这种情况屡试不爽，只好作罢。而比我女儿早生三天的另一邻家的小女孩，也抱着孩子来我家试吃大婶的奶，一喂就吃。以至于那个抱着孩子来吃奶的年轻妈妈感叹地说：“你看我姑娘，有奶便是娘，你家女儿只认自己妈，宁可饿着也不吃人家的奶，谁教的呀？这可真是娘胎里带来的呀！”小小人儿，逗乐一屋子大人，至今想来，依然有趣，更多的是感动。

芳名得来有缘由

名字是我们每一个人存在于世上的唯一符号，孩子的名字蕴含着父母的无限期许。满月过后，和女儿一起回家住娘家。围绕女儿的名字，全家动脑。先是随意的昵称，姥姥叫“毛毛”，妈妈叫“妞妞”（女儿属牛），姥爷叫“命蛋蛋”，爸爸叫“宝宝”，有意思的是，不管谁叫，她都知道是喊她，立即手舞足蹈，满脸笑颜，让你不由得想抱她起来。在宁夏工作的爷爷写信赐名“岚岚”；因女儿出生那天是“小雪”节令，爷爷在银川工作，妈妈曾想用“雪川”二字来纪念；上小学的舅舅还给起名“敏毅”，寓意又聪明又有毅力。也许真的冥冥之中皆有定数？有一天家里居然不请自来了一个乡间算命先生，一看女儿便说，这孩子是“文曲星”下凡，好命相，然后问了我出生时间，掐指一算，说孩子命中缺木，在名字中补上为好，也没要钱。虽说不信，但大名终未确定。于是，我在字典中搜寻和木字旁有关的字，都不合意，后来想“草”亦属“木”，于是便在草字旁下面找，发现了“蔚”这个字，字典上的解释大致为“草木茂盛、盛大，有文采”，可组词“蔚然成风”，顿时心花怒放，女儿属牛，有草吃，和张姓连在一起，叫出来又响亮又大气，故而取名“张蔚”。虽说由来有点世俗，但是这个名字从语意到语调都好，于是一致通过，小女芳名由是而来，呵呵。

一周岁抓周小记

女儿一岁了，三百多天的日子，宝贝女儿的聪慧已是“小荷尖角”，得到大家的赞许，超常的记忆力和语言能力更是远远优于同龄的孩子。六个月时，她即能指认不少图画，如“人民”二字的辨认，让不少同事感到惊奇。她还能分辨出“飞鸽”“红旗”“永久”自行车的不同车标，七八个月已开始有意识地说话了，“妈妈”“爸爸”“爷爷”“奶奶”“电灯”“电话”等，一岁多点饿了就会哭着说：“妈妈，奶奶哇。”生日那天，亲朋好友前来祝贺，午饭之后，女儿睡得很香。我在她的床边摆放了一些东西：点心、玩具、钱、书，还把几张稿纸卷成筒状，上面卡了一支钢笔。女儿醒来后，先是伸了个懒腰，接着用小小拳头揉眼睛，我用语言引导她看东西，她眼睛一亮，一骨碌翻身，噌噌噌几下就爬到了东西前，毫不犹豫地抓起了卷在一起的纸和笔，坐了下来，开始专心琢磨，当我再次指着东西让她抓时，女儿眼睛似乎认真选了一下，拿了一本书（好像是《少年文艺》）看了起来，再让她抓时，便毫不理会了，抓周游戏，到此结束。当时就想，这孩子不抓吃的、玩的，更不看钱，只爱知识，是个好现象。如今看来，即便是偶然的巧合也罢，还是应验了不少，她成了一个文艺青年，有了一份自己热爱的事业。

与书结缘在襁褓

孩子尚在襁褓，初为父母的我们便订了《父母必读》《家庭育儿》和《婴儿画报》，照猫画虎，对孩子进行抚育。五个月大的女儿，对书即表现出极大的兴趣，妈妈每天和她一起翻看《婴儿画报》，奇怪，不管多闹，只要一拿起书，她就立即安静了。一段时间，几乎每晚睡觉前，我都和孩子一起看，一遍遍指着图让她认，尽管还不会说话，但是，只要教上几遍图片，大人一问名字，她即能指出对应的图片，除水果、花草等直观图片外，一些抽象的图片，如“大”“小”“长”“短”“上”“下”“左”

"右"等等，她也能毫无差错地一一指出。记得，有一天晚上，女儿早早睡了，半夜醒来，哭个不停，抱着怎么哄都不行，我赶紧拿来天天翻看的《婴儿画报》给她看，小小人儿立即便不哭了，自已翻了几页，慢慢便睡着了，直至天亮。

小荷尖角让人喜

女儿三岁时，送至县机关幼儿园，许多孩子初上幼儿园时，抱着大人哭闹，女儿竟一次也没有，每天还催着早早去，让我们省了不少心。

记得，女儿五岁时，记忆力非常好。儿歌随便一教就会，常常在院子里给大人们"表演"。当时正在上演电影《红高粱》，她不知从哪儿学会了"妹妹你大胆地往前走……"唱给院里的老师听，逗得大家哈哈大笑。爸爸给她买来《唐诗五十首》上下册，妈妈每天教她，她记得很快，教上几遍就记住了。一首诗只要大人说出第一个字，她就能立刻背下来全诗。以至于我现在能随口而出的唐诗，都得益于当年和女儿的一起学习。

有一次，幼儿园排练"六一"节目，挑一个女孩子跳《回娘家》的舞蹈，老师没有选上女儿，女儿回家后难过地对我们说："老师不让我跳，说我长得丑。"神情似有哭像，老公忙对女儿说："俺孩儿不丑呀，你给爸爸跳一个。"于是女儿说："老师教李君跳时，我就在一边看，她今天还没有学会，被老师训了，我记住了。"于是，一边唱一边给我们跳，一个完整的《回娘家》，女儿将一个俏丽的"小娘子"演得很好，歌也唱得很好。在爸爸、妈妈的掌声中，女儿的脸笑成了一朵花。这件事，应该是女儿在家乡幼儿园时，留给妈妈的一个深刻记忆。

记得当时正在流行歌曲《粉红色的回忆》，妈妈有时在家哼唱，女儿不仅很快就学会了这首歌，而且还根据自己的理解，自创了舞蹈动作，跳得有模有样，最主要的是对歌词的意思表达还很到位，经常引来院里邻居的围观。记得，1990 年我们带着两个孩子去银川和公公婆婆过春节，在火车上女儿在车厢里的过道上给旅客们又是唱又是跳，逗得大家哈哈大笑，掌声阵阵，给长途劳顿的人们增添了不少乐趣。1992 年，六岁半的女儿和年仅四岁的弟弟随调动工作的爸爸一起到宁夏银川上学。因临时寄居在测绘局爷爷奶奶家，女儿先入西夏区七小读书，成绩优秀。1994 年妈妈调至宁夏大学附属中学工作，随后搬到附中安家，女儿转学到西夏区九小上学。在九小，女儿遇到了更优秀的老师与同学，成绩一路上升，作文尤好。

青春无悔读书乐

小学毕业后，直接升入宁大附中初中部学习，女儿用自己的努力与刻苦，赢得了任课老师们的喜爱。班主任张廷凤老师、团委宋国贤老师更是用心培育，让女儿受益匪浅。初二时，女儿通过竞选进入校学生会宣传部，担任工作，在学校举行的校园文化节和一年一度的运动会上，都有出色的表现，附中至今还有她初中三年参加女子 100 米、200 米比赛的成绩记录，女儿包揽了三年三次校运会的短跑第一名的好成绩。三年的初中生活，女儿用优秀的成绩给了自己、老师与家长一个满意的答案：中考总分 617 分，名列年级第四名；语文单科成绩 111 分，在当年银川市参加中考的七千多名考生中，位居榜首。

2001 年，女儿进入附中高中部特色班学习，一年后文理分科选择了文科。三年的高中生活，紧张而艰辛，自觉的女儿几乎每晚都在 12 点后睡觉，从笔记到试卷，一丝不苟。高三时，作为中学生代表，她出席了共青团宁夏第九次代表大会。在校期间她光荣地加入了中国共产党，曾担任校学生会副主席，2004 年被评为宁夏回族自治区“区级优秀学生干部”。2004 年高考总分 624 分，在一万多名文科考生中位居前列，虽以 1 分之差，与北京大学擦肩而过，却如愿以偿进入北京师范大学文学院学习。

上大学后，女儿虽然不在我们身边，这个家已经成为她寒暑假的旅馆而已，但我们欣喜地发现，大学给女儿提供的广阔天地，让她的学习生活更为精彩。北师大朴素而踏实的学习环境，给了她取之不尽的源泉和营养；优秀的导师和由尖子生组成的学习团队，让她拔节而长。入学报到，她即被任命为班长。她还参加“励耘班”的选拔考试，并以优异的成绩，步入“励耘班”学习。

大一暑假期间，女儿参加了团中央组织的“大学生暑期社会实践活动”。在北师大团委书记柏贞尧老师的带领下，一行六人赴宁夏盐池县萌城进行支教（路过家门而未入），女儿是唯一的大一学生，其他孩子都是研究生。为期半个月的支教活动，给了女儿心灵上极大的震撼，虽然她也是来自普通的家庭，从小一直过着朴素的生活，但当她看到山区孩子因贫穷而失学时，不由得伤心落泪了，面对干旱缺水的生活，望着依靠地窖积水而生的老乡，他们几人共用一盆洗脸水，甚至几天舍不得用水洗袜子，以至于支教结束回家时，包里装着好几双发硬的袜子。当她拿出一双手工绣制略显粗糙的鞋垫给我看时，激动地对我说：“妈妈，这是一个叫宋艳华的女孩子的妈妈送给我的，她家极其贫困，父亲去世，爷爷有病，姊妹三个，全靠妈妈一人养活全家。我们到她家时，她妈妈把一只正在下蛋的母鸡杀了给我们炖着吃，太感人了，离开时我们每个人都给这家人留了一些钱，用以帮助这个女孩子重返校园，她家实在太穷了。”而后她写了一篇题为《葵花走失在寻找太阳的路上》的文章，发表在《大学生社会实践优秀调研文集》上，他们这个团队受到了团中央的嘉奖。

从大二开始，女儿在学习之余，参加了北师大就业中心的工作，每周进行半天的社会工作。女儿还担任学校“五四文学社”社长，工作有声有色。这一年的暑假，女儿再次随队赴陕西宜川县支教学习。大三时，正值奥运会筹备时期，女儿在完成好学业和校内工作的同时，参加了“奥运志愿者”的工作，一个假期住在大运村接受培训，直至奥运会结束，返校学习，女儿用微薄的酬劳给爸爸、妈妈各买了一块“天王表”以示纪念。

四年的大学生活，女儿没有虚度，以优异的成绩，获得保研资格，师从曹卫东导师学习。在导师的严格要求下，女儿的学习更加系统而精益求精。女儿靠着扎实的学习功底和不断的勤奋努力，在学习的道路上，一路攀登。2011 年，研究生毕业后，她参加了留校选拔考试，最终如愿留校，成为北师大文学院的一名老师。

我知道，从工作之日起，女儿的人生之路才真正开始，未来的路还很长很长。但是我相信女儿善良、自信、谦虚和坚韧不拔的优秀品质，会伴随她一路走好。

人生新起点……

2014 年，于女儿来说是幸运的一年。她与心爱的人飞飞相恋一年，志同道合，修成正果。2015 年 1 月 1 日（农历冬月十一），我的亲家一家，在河南项城老家，为女儿女婿举行了盛大的结婚典礼。我们全家在大河之南的中原大地，在华夏民族文明的发祥地，以这样一种喜庆的方式，完成了当下年轻人流行的“跨年”，将孩子们送入了婚姻的殿堂，让他们开启了自己的幸福人生！衷心祝愿我的孩子们在未来的人生道路上能“一路相伴，相爱一生”！

断断续续近一周时间写完此文，既是对往事的一点追忆，更是对美好未来的期盼！妈妈拙笔暂收。

2015 年 3 月 29 日于北京

你是我意料之外的幸福

——写给我亲爱的宝贝儿子

无约而来的宝贝

1988 年 3 月 22 日（农历二月初五），我的儿子诞生在山西省沁源县城关镇医院，为他接生的是一个年过半百慈祥而技术娴熟的奶奶，陪伴我的是妈妈和老公。因为是龙年，故取小名为“龙龙”，儿子的降生让我们原本幸福的家庭更增添了新的喜悦。

说起这个新生命的到来，实在是有点意外。女儿出生后，我们响应国家号召，上了节育环，可是在女儿一岁半的时候，我却意外发现自己又怀孕了，急忙到医院咨询大夫，鉴于体弱之因（当时我体重只有 80 多斤）大夫不建议做人流，又不能取掉绝育环，于是这个顽强的小生命，从他坐落于妈妈子宫的那天起，就在和束缚自己的命运进行着不屈不挠的抗争。为了顺利降生人间，肚子里的宝宝表现得非常乖，从不折腾妈妈。和女儿孕期相比，我没有不能吃的食物，也没有特别渴望吃的东西，就这样一日三餐，粗茶淡饭，没有刻意的保护与特别的饮食，偶尔晚上感到饿，便自己在土炉子上烤两片馍馍充饥。就这样一边上着班，一边做着家务，做饭、洗锅、刷碗、洗衣，有时我甚至挺着大肚子，自己提水，一手一只二三十斤重的水桶，一口气走近百米，肚子里的宝宝没有半点娇气，牢牢地握紧自己的生命，甚至妈妈因低血糖在上课期间出现昏厥，都没有影响他的成长。肚子里的他和姐姐最大的区别，就是动起来动作比姐姐大多了，记得怀孕七八个月走路时，只要他动起来，感觉就是在大翻身，拧得我不能走路，只有等他安静了才能继续走，除此之外，他一直特别特别乖。

他出生那天也特别顺利。下午三点多感觉阵痛，鉴于女儿出生时大出血的情况，我们没有去县医院，而是选择了城关镇医院。大概四点多钟，我们收拾好东西，老公用自行车驮着我到医院待产，不大一会儿，在县宾馆工作的妹妹便及时把妈妈接了过来。接产的大夫是一个五十多岁的阿姨，态度特别温和，她的小孙子——一个可爱的小男孩在地上跑来跑去。在我上产床前，大夫一边安慰我别紧张，告诉我她会保护好我，一边笑着说："这月来我们医院生育的比较多，大多是二胎，多半是男孩，如果你们不合心意不要不高兴。"边聊天让我放松，边指点我如何用劲。我是大概五点多钟上的产床，妈妈和老公守在我的左右两边，一个给喂蛋糕，一个给喝水，补充体能。孩子七点左右出生（非常遗憾，两个孩子都没有记录下确切的时间），既快又顺。还记得儿子一生下来，大夫说了一句："哎呀，生了个儿子蛋。"看着放在桌子上的白白胖胖的小孩，妈妈和老公高兴极了，妈妈说："俺孩们可合了心意了。"因为没有听到孩子的哭声，我忙问大夫："姨，怎么孩子不哭呀？"大夫说："别急，一会儿就让他哭。"而后只听到"叭叭"两声响，孩子便哇哇大哭了起来，向世界宣告了他的到来。老公急忙到姑姑家借了一辆小平车，推着我们娘俩回到了自己的家。

因为顺产，且感到兴奋，我们忘记了买止痛药，以至于宫缩的过程，让我肚子疼了整整一个晚上，第二天老公赶紧买了元胡止痛片，吃后才得以缓解。之后，老公按当时的习俗买了一条红秋裤和两包点心，送给了接生的大夫，以示感谢。

被印证的梦境

在老家常听老人们说，怀孕期间，孕妇如果梦见采摘树上结着的果便是男孩，梦见采长在地上的果实便是女孩。记得在怀上儿子三个多月时，我梦见自己在别人家的院子里，看到一棵挂满果实的苹果树，奇怪的是我没有用手去摘，而是跳起来，直接在一个果子上，咬了一口下来，当时并没有在意，不管是荒诞还是迷信，不管梦境是否灵验，欣喜之情难以抑制。

一封电报唤回千里之外的爷爷

在儿子出生后的第二天，兴奋中的老公给远在宁夏工作的父母拍了一封电报，内容只有四个字“母儿平安”，言简意赅。半个月后，我的公公和小姑则从银川回到老家，住了大概两周时间。

在儿子满月那天，老公请朋友给照相，当爷爷抱着孙子照相时，儿子不知哪来的瞌睡，一屋子的人都逗不醒，刚刚一睁眼，朋友刚对好镜头，儿子又闭上眼睛睡觉了，几次三番，最终留下的照片是几张爷爷抱着睡觉的孙子，爷爷的脸上挂着幸福又无奈的笑容。

不怕吃苦药的儿子

儿子出生后，我妈伺候我的月子，女儿被我的大妹妹带到单位照顾了一个月，满月后我们娘仨一直住在我妈家。我上班后，我妈既要照顾全家人的日子，还要帮我带两个孩子，实在忙不过来，所以在儿子一岁多时，我们便找了一个 15 岁的小女孩帮我们照看儿子，女儿一直住在姥姥家，直到上幼儿园才离开。

和姐姐相差两岁零四个月的儿子，因为怀孕期间的营养不良，加之我们当时住的房子是坐南朝北的，阴冷潮湿，所以，三岁前的儿子经常感冒咳嗽，中药不离口。这让这个小小的人儿很早便有了自我保护的意识。难忘儿子当时的两件事：一是只要出门，自己就找围巾；二是不管多苦的中药，自己都能不哭不闹喝下去，连照顾他的小保姆都感到惊讶和怜悯。直到三岁之后，儿子的身体才有所好转，但是儿子因为缺钙而导致了四五岁时两次崴脚，一开始我们还以为是孩子贪玩不小心所致，后来才发现是缺钙的原因，这些无法弥补的过失，现在想来，深感痛心与惭愧。

为“雪孩子”流泪

儿子约两岁半时，有一天我正在做饭，我家小保姆蹑手蹑脚地走到我身边，悄悄拉我指着儿子让我看，对我耳语：“龙龙看得流眼泪了。”我回头一看，电视里正在演动画片《雪孩子》，儿子看得聚精会神，画面上的雪孩子正在暖暖的太阳下，一点点在化掉，专心致志的儿子脸上挂着两行泪水，不停地吸着鼻子。当他看到妈妈正在看他时，“哇”的一声哭了出来：“妈妈，雪孩子太可怜了，雪孩子没了。”看着可爱的儿子，我一边帮他擦泪，一边说：“等冬天来了就会下雪的，那时妈妈和你一起堆一个雪孩子，你就可以继续和它玩了。”儿子才破涕为笑。现在想来，恍若昨天，温情尚在，童心可贵。

不想娶的小媳妇

儿子三岁多时发生过一件趣事。一次儿子和住在我家隔壁的一个同事的女孩一起玩耍，这个女孩比我儿子小几个月。阿姨问儿子：“龙龙，等你长大，让妹妹做你的新娘子，行不？”儿子很认真地看了看玩耍的小妹妹，摇摇头说：“不行。”阿姨问：“为什么？”儿子回答：“因为妹妹有鼻涕。”阿姨笑着说：“那你给妹妹擦一下行吗？”儿子跑来向我要了块手帕，给妹妹擦掉了鼻涕，阿姨又问：“这下可以娶妹妹了吧？”儿子笑着点点头，拉着妹妹玩去了。这个“小小品”，把当时在场看着的大人都逗得哈哈大笑……

现在回想起来，儿子那时的神情依然历历在目，这段童年的趣事，偶尔回想起依然是当妈妈的快乐回忆。

和姐姐读唐诗

女儿五岁多时，老公给女儿买了连环画《唐诗五十首》（上、下两册），当我陪着女儿读诗时，儿子有时跟着读一两句，更多的时候，是自己在玩，我也没把他当回事，可是有一天，我正让女儿背诵李白的《赠汪伦》，我刚提示了一个字“李”，姐姐还未出口，儿子便一边拿着小铁锹玩，一边接了一句：“李白乘舟将……欲……行……”而且把后三个字还用拖音来读，像京剧道白一样，真不知他从哪里学来的，惹得我们哈哈大笑，而他竟用自己发明的“唱诗”，完整地把一首诗背了下来。那个得意的神态，实在是可爱之至！

小小孩儿远离娘

1992年5月，我正在山西省教育学院进修。老公接到婆婆发来的电报，说公公住院了。在未通知我的情况下，老公自己急速办通了调往银川工作的手续，然后电话告知一个战友的妻子，到学校通知我回单位，办理退房手续等。在办妥一切后，老公先带着两个孩子到宁夏，而我还有近两个月才放暑假。那天我请假到火车站送他们父子三人时，儿子抱着我不放，我只好哄他，妈妈还在上课，不然老师会训妈妈，儿子很乖地说了一句：“妈妈，那你上完课赶紧来呀，想人难受呢。”一句话，让我心酸了好长时间。

和他们分离的日子，陪伴自己的，是无尽的牵挂与思念。一个暑假和一个寒假的短聚后，接下来便是长长的等待。在电话没有普及的年代，只有从老公一封封的书信中，在每一个文字中，去想象他们的生活。思念伴着心痛，这一年的时间于我来说是漫长的煎熬，1993年7月，我终于拿到毕业证，结束了读书的日子，我甚至没有回沁源看望父母和弟弟妹妹们，就从太原直接坐车去往宁夏家中。

记得到家的那一天，儿子看到我时，一句话都没说，自己扭头跑进我们临时居住的那个小小的房间里，放声大哭，我急忙抱起儿子问：“见到妈妈为什么大哭？”儿子依然哭个不停，上气不接下气，这时女儿告诉我说：“前几天，龙龙和小朋友们在玩耍时，掉进了测绘局挖的一个大水池里，被一个大人看见把他拽了上来，浑身的衣服都湿透了，被爸爸打了一顿。”我抱着儿子想想那可怕的场景，不由得泪流满面。后来，慢慢哄着他才平静了下来。当我敲下这段文字时，泪水再一次涌了出来。远离妈妈的日子，两颗小小的心灵，装下了太多的在他们这个年龄不该装下的东西，眼睛里看到了太多不应该看到的东西，他们牺牲了多少童年的欢乐？多少该享受的天伦之乐，于他们来说只有羡慕和观望。往事点点，不堪回首。唯愿我的儿子此生平安，得遇幸福，做妈妈的只有在有生之年尽力帮忙，以补偿孩子成长中，因客观现实而给孩子心灵带来的痛楚。

自取娇名为“小儿”

1994 年 2 月 14 日，我到宁大附中上班，同年十月份学校给分了三间平房，两个孩子随之转学到我们的兄弟学校西夏区“九小”上学。大概是妈妈的到来，使他有了安全感，一段时间以来，儿子在上学离家和放学回家时总忘不了一件事，先抱着妈妈在脸上亲一口，才做别的事。记得，儿子上三年级时，有一天放学回家，我正在厨房做饭，听到儿子喊：“妈，你看谁来了？”我以为儿子带朋友来玩了，急忙到客厅看，发现只有儿子一人，忙问：“谁来了？”儿子一下子抱着我的脖子亲了一下说：“小儿回来了！”用的腔调还带京剧的味道，说完哈哈大笑，写作业去了。偶尔想起这个碎片一样的记忆，还是让我倍感温暖。

儿子心中的爷爷

1992 年 5 月，老公带着两个孩子来到宁夏时，我的公公因肺心病已经长期住在自治区人民医院治疗。儿子和爷爷的实际相处，一次是 1990 年春节，我们四口人来宁夏过春节，当时儿子还不到两岁，也就住了两周的时间。第二次，是 1992 年 5 月，他随爸爸来宁夏，而当时爷爷已经以医院为家了，小姐弟俩要见爷爷只能让爸爸、妈妈带着去医院见。可就这短暂的一点点时间里，公公却给小小的儿子留下了极深的印象。1997 年 8 月 28 日，公公去世五周年那天，我们全家到银川八里桥革命公墓给父亲扫墓。当我们把食品、水果等摆在父亲的骨灰盒前时，九岁的儿子跪在爷爷的遗像前喃喃自语地说："爷爷，这些桃子、苹果、葡萄都是您栽的树上结的，您吃吧。"当我们用惊奇的目光看着儿子时，他扑闪着一双大眼睛认真地说："我爷爷就是这样的人，吃自己亲手种的果实才会觉得香甜……"

儿子的这句话，勾起了我们深深的思念。的确，公公的一生是俭朴、勤劳、乐善好施的一生。他这辈子没有穿过一双像样的皮鞋，没有穿过一身毛料衣服，没有给子女留下一分钱的存款。但是，当邻居、乡亲有困难时，只要向他张口，或借或送，或多或少，他都毫不犹豫。对此公公有他自己的一套理论，他认为凡是有困难向他张口的人，都是看得起他的人，因此从不拒绝。

离休后的公公，更是闲不住，在自家的院子里栽上桃树、杏树、苹果树、葡萄等，还开出一块不大的地，用来种菜，自己用铁丝编了一个大鸡笼，养着一群鸡。那些年，在他老人家的精心料理下，我们家的菜和蛋常常吃不完，他便挑好的送邻居，尤其是那些刚成家父母又不在身边的年轻人。

"老张真是个好人。"这是公公去世后人们说得最多的一句话。他老人家临终时留给我们的最后一句话是："花自己挣的钱最干净，吃自己种的果实最香甜。"没想到时隔五年，年幼的儿子居然能对爷爷有这么深刻的认识。如果公公真有在天之灵，老人家听到孙子的这句话时，一定会感到无限的欣慰。

名字得来有缘由

名字不仅是一个人的终身代号，而更多的是寄托着父母的浓浓爱心与期望！给孩子取一个寓意深远而又响亮的名字，是每一个做父母的共同心愿。

儿子因为生在龙年，故取小名为“龙龙”。在儿子出生后不久，在宁夏工作的孩子三爸写信来建议取名“张磊”，寓意很好：一是光明磊落；二是男孩子要有石头一样坚硬的性格。这个名字一直伴随儿子到高中。高一报到时，在教务处工作的妈妈，意外发现这个名字在同年级就有三四个重名，有男有女，于是，全家决定给儿子改个名字。大家围绕他的属相来找合适的字，在北师大上学的姐姐，建议用“涵”字。原因有二：一是“涵”字带水，蛟龙潜水；二是男子汉要有涵养，有气度。所以，儿子在上高一的第一学期便更名为“张涵”。

张家有子初长成

在宁大附中六年的学习时光，一闪而过，2006 年，儿子以优异的成绩考入了东北师范大学，离家千里，展翅高飞。

是的，孩子已经长大了，大得我已经抱不动他了。每次放假回来我们到车站接他时，他总是从拥挤的人群中老远喊一声：“妈！”冲过来把我抱起来，送他上学走时，他总会把我们抱一下，潇洒地挥挥手，让我们放心回家。而到了“母亲节”“三八节”和我的生日，他总会给我发一条祝福的短信，还要嘱咐爸爸要好好“劳动表现”，犒劳妈妈……

弹指间，二十多年过去了，当初那个用一只手就能托起的、让人亲不完爱不够的“小屁孩”，转眼间已长大成人了，他的生活离我越来越远了，而我注定永远追不上他，只能在分别的路口，目送他渐行渐远，因为，有些事，只能一个人去做，有些关只能一个人去闯，有些路只能一个人去走。作为他的母亲，我只有默默地在心里为他祈祷，祝福他一路顺利，一路阳光！

想想，人生在世，父母子女一场，真的是几世才能修来的缘分啊！我们在父母的牵挂中渐行渐远，当我们有了自己的孩子后，又要重复父母的爱怜与牵挂，目送孩子的背影离我们而去，去开拓属于他自己的一片天地，去过一种属于他自己的生活。雨果说：“母亲的手臂是由温柔做成的，孩子们在其中酣睡。”那就让我永远做孩子们温柔的手臂吧！

路的名字叫成长

2006年，儿子的高考成绩超过了重点大学的录取分数线。在选择第一志愿时，根据当时的情况老公首选中国地质大学（北京），主要考虑离姐姐近，便于关照。后来我考虑到未来的就业与儿子的学科优点，选择了北京化工大学。按照往年的录取参考分数，儿子的成绩超出了北化往年在宁录取分数近30分，心想儿子在理科科目里，对化学比较感兴趣，和往年比较录取率也应该是十拿九稳的。在选择第二志愿时，我们选择了东北师范大学，专业选了三个，行政管理专业，当年宁夏只给了一个名额，因而放在了第三位。命运有时真的好像在和人捉迷藏。原本预测的北化却偏偏未录，滑档后，我顿时乱了方寸，懊恼、后悔、自责，焦躁不安，儿子尽管心里也着急，每天守着电脑查消息，但面对我的沮丧，反倒懂事地安慰起我来：“妈妈放心，我不相信我没有学上。”可是当他查出自己出档的消息后，面对加班回家的我，激动地一把抱住我说："妈，我出档了，第二志愿的东师。"我的心终于落了下来。就这样儿子被第二志愿第三专业录取，进入东北师范大学政法学院行政管理专业学习。

开学前，在北师大上学的姐姐，让弟弟提前一周到北师大热身，体验大学生活的丰富多彩。一周后我和老公到北京和儿子会合，一起到校报到，安排好儿子的事宜后，我们返回宁夏。

儿子在北师大的一周时间虽短，可是却在很大程度上影响了他的大学生涯。远离父母的日子，儿子向更高更远的理想出发。四年的大学生活，儿子的青春在大学的校园里尽情飞扬，让大学的熔炉不断锻造自己。参加学生会的工作，入党，担任学生会秘书长、副主席等，儿子一步一步走得脚踏实地，没有虚度年华，没有辜负父母的嘱托，德智体美全面发展。虽然以一名之差，未获保研名额，但是却在参加中直机关的公务员考试中，脱颖而出，顺利进京工作。

在实现人生梦想的道路上，儿子正在一步一个脚印地行走着……

作家柳青曾说："人的一生虽然漫长，但要紧处只有几步，尤其是当人们年轻的时候。"妈妈相信，经过时间与实践的磨砺，你一定会成长得更好！

牵手格格走进围城

工作六年后，儿子于茫茫人海中，遇见了自己心爱的女孩，一个漂亮、干练、善良、朴实的女军官——格格。共同的志向和一致的三观让他们走到了一起。2017 年 8 月 16 日，我们在银川给孩子们举办了简单的婚礼，在亲友们的祝福声中，两个孩子满怀幸福的憧憬，牵手走进了自己的新生活！

作为他们的妈妈，喜悦之余，唯有把永远的祝福送给他们：

愿他们牵手一生，一生幸福；相亲相爱，相伴永远！

断断续续，絮絮叨叨，近半个月的时间，写下这篇依然是未完待续的文章，期待孩子们未来的人生路上，能有更好更美的故事，说给他们的妈妈听，在我的有生之年，希望尽可能多地帮他们做一些事情，也希望还能用我的文字，记录他们平凡而有意义的生活。

2017 年 10 月 18 日于北京

宝贝成长趣味桥段

我的外孙女尹文心（小名团团），2016年2月18日（农历正月十一）晚上8点49分，在北京大学第三人民医院出生；我的小孙儿张亦安（小名小满），2019年5月3日（农历三月二十九）早上9点53分，在中国人民解放军空军总医院出生。

两个宝贝的先后到来，让我的日子变得满满当当，忙碌的生活充满着无限的乐趣。时间就这样在不知不觉中匆匆而过了，现在团团已经五岁半了，小满也已两岁多了，宝宝们成长中偶尔记下的点滴片段，有时翻开看看，觉得挺有意思的。借此机会，选取其中两个有趣的桥段，给宝宝留作未来的快乐回忆。

桥段一：尿之嬉

丙申猴年六月十五（公元2016年7月18日），吾之外孙女文心出生五月整。

暑夏中伏，蝉鸣声声。上午其父上班，其母与其外公因事外出，汝与吾留居家中。吾与爱孙外出活动约半小时，风微气润，诸小儿皆在祖辈陪同下，聚于小区一通风透气处，纳凉玩耍。吾宝与一小儿拉手玩耍，其小手不停捏对方手指示好，且一脸淡定之态，甚爱！

回至屋里，喝奶，吾与其玩乐于床上。吾两手托举小儿腋窝之中，其双脚踩于吾颈之下胸之上处，小腿力壮，似立正姿势，双脚不停踩动。约十时又半，忽觉小儿骤停，仰目观之，便见一道清尿呈弧线状，直冲吾颈间浇来，暖流顺脖而下，衣裤瞬间大湿一片，再看小儿，正低头冲吾赖笑，接着挺直小腿，用力举肚，又来两股，或许甚觉其首次立尿有趣，洒其外祖母一脖一身好玩，故嘎嘎嘎笑而不停，似在逗吾玩耍……

其日巧遇团宝五月整，留下小小趣事一桩，甚是可爱，是故拙文以记之。留与他日忆乐而已。

言罢不甚呵呵，目视小儿，其正酣睡于梦中，心中甚喜，爱之愈甚……

2016 年 7 月 18 日夜于北京

桥段二：为小小劳动者张亦安宝宝点赞

“小满学会走路了！”这是今年“五一”收获的最大快乐！

作为奶奶，很高兴能见证小孙孙的成长，于点点滴滴中收获快乐与幸福！

后天就是小满宝宝的生日了，回首一年来的陪伴，小满真是个省心宝宝，应季而微超前地发展自己，翻身、起坐、站立、走步几乎都是在自学自觉中应着月龄成长，大人并没有太刻意去教宝宝。

八个半月时，在妈妈的引导下，小满开始自己抱着奶瓶吃奶喝水，自己扶着围栏开始横走，而且能独自站立，偶尔会说“蛋蛋”“爸爸”“妈妈”“格格”，每当大人夸赞时，自己便拍手大笑，可爱极了。

进入九个月时，小满自己每天都要抓着床围，踩着床上的小围垫，不停地向上攀爬，努力把小脑袋探出床围外，观看窗外的风景，自己还兴奋地又跳又喊。小满的成长可谓只争朝夕不负韶华，走进十个月尾时，大人还没有开始拉着学步，小满就开始自学走路了，十一个月时的小满自己天天练习托着床围走，然后撒手找平衡试走，有时冲着大人急走两三步笑着扑入怀中，有时自己沿三角位置走个斜边，昨天自己兴奋不停地走，终于走了一条对角直线，稳稳当当地走了八步，也是这段时间走得最长的路，自己也开心地大笑，小满宝宝终于开启了自己真正的“直立行走”之路……

劳动的小满在“五一”国际劳动节里，给了自己一个丰硕的礼物！也给自己“5. 3”生日送上了最好的礼物！

感谢现代科技，感谢监控摄像头，真实诚实地记录了小满珍贵的成长历程！

愿亦安宝贝健康成长！茁壮成长！快乐成长！在沐浴着爱的幸福中成长每一天！

2020 年 5 月 1 日于北京

家风如春雨，无声润心田

——2021 牛年春节感怀

自从 1985 年 2 月 12 日（农历 1984 年腊月二十三）结婚典礼后，我便走出了我的娘家门，离开了养育我的父母亲，离开了陪伴我成长的弟弟妹妹们，此后三十六年，我未在娘家过过一个春节。

结婚后的第一个年，是在石台村婆婆家过的，添人进口的新年全家人虽然忙碌，但是其乐融融，远在宁夏工作归来的老公公更是欣喜万分，父子对饮中，老公公夸奖他的儿子："你今年办了件好事。"之后，在丈夫的运筹下，我的婆婆和小姑子、小叔子先后都去宁夏随父亲生活定居银川了，而我们虽然仍在沁源，石台却已无家了，自然也谈不上回家过年了。

婚后的第二个春节，是我们独立生活后的第一个春节，按照我们老家的传统习俗，嫁出去的女儿，不能在娘家过春节。我的女儿农历十月十一出生，妈妈照顾我到满月后，我和女儿一直住在娘家，直到小年过后出了百天，我们才回到自己在县城的家。

春节前爸爸妈妈特意提前下油锅，置办年货，为我们备好了春节的所有吃食，馒头、黄蒸、油糕、麻糖、烧肉、丸子、酥肉、拖素等等，到除夕还让我的小弟弟给我们送来了一大盆饺子馅，我的大妹妹帮我清洗了家里的各种衣物，还时不时过来帮我照顾女儿。这年春节我们虽然没有和父母弟妹们一起过，但却还是享受了全家人给予的浓浓年味。

大年初一这一天，我们一家三口是和丈夫的姑姑、大哥一家在一起过的。年过七旬满头银发的姑姑亲自掌勺，围着锅台忙着做各种菜肴，还要时不时扭头逗逗孩子，脸上洋溢着幸福的笑容，我们和兄嫂一边包着饺子，一边聊天，五岁的小侄儿和刚过百日不久的女儿，成为全家人的开心果，三代同堂，欢声笑语。

再后来，我们调往银川工作，之后二十多年的时间，再没有回老家过一次春节。远在异乡的我们虽然在春节这天，也是兄弟姊妹几家人团聚在婆婆家，做着家乡的各种传统美食，享受美好的幸福时光。但终究有种身在他乡的漂泊感，夜深人静时，思亲思乡之情便会油然上心，无法抑制。

近年来，已经退休了的我们，又随儿女辗转北京，照顾外孙、孙子，过起了“北漂”生活。俗话说“鸟老思巢，人老思乡”，近年来，我们虽然每年都能回家小住几日，见见亲人朋友，看看故乡风光，感受故乡的变化，但随着年龄的增大，越来越能体会到唐人贺知章所写的“儿童相见不相识，笑问客从何处来”的那种落寞感。

太焦高铁的建成，使我们回家更加便捷了。今年的春节，老公早早就念叨着要回老家过春节，且和孩子们商量好了回家的时间，他几乎天天在关注售票信息。女儿网上订好票没过几天，北京顺义出现疫情，接着是河北、黑龙江、吉林等地，每日关注各地的疫情及防控信息，内心很是忐忑不安，我和孩子们商量不行就先退票吧，等情况好转再说，老公虽不同意，但还是听了我们的劝说，让女儿把票退了。但他内心并没有放弃回家的念头，过了几天，又自己买了票，但北京大兴这边又出现病例，我和孩子们担心路上的安全，以及回去给当地政府和家人们增添麻烦，决定留京过年了，再三劝说，监督老公把票又退了。没想到几天后，老公又偷偷买了票，说自己已经和老家疾控中心电话联系了，我们低风险区回去的人，只要有健康码、行程码，回去核酸检测后，不用隔离。我当时很生气，已经定了在京过年，他却又擅自买了票，但又拧不过他，为了证实老公的说法，我又打电话给老家的疾控指挥中心，得到了同样的回复，心里才略微放心。

2021 年 1 月 20 日，我们乘北京西到武乡的 G683 次列车回家，列车上管理得很好，体温检测，车厢消毒，石家庄站全封闭，站台空空，无人上车，非常时期，非常管理，四个多小时的行程，车厢异常安静，一本儿子送我的且已看了一半的《习近平在正定》，伴随全程，车至武乡，书也看完，这也是我有生以来速度最快的阅读。武乡出站，排队完成所有程序后，侄儿已在站口等候，换了列车上所戴的口罩和一次性手套，上了自己家的车，不到两个小时的路程，回到家里，洗澡换衣，第二天一早便去医院做核酸检测，一切正常，心里才真正踏实了。

此行回家，我深深体会到，我们党强大的执政能力，一切为了人民的健康安全；深深体会到，我们国家社会主义制度的优越性；深深体会到，一旦动员起来，人民群众的力量之大！

因了腊月初便已回沁，我们早早便感受到了故乡浓浓的年味。虽然这些年老家县城的街道新修了不少，且质量越来越好，走走转转，还是觉得古老的胜利路，依旧是年味最浓的一条街，路两边摆满了各种年货，琳琅满目，应接不暇，但最吸引我的依然是来自百姓家自制的各种特色吃食，金色的年糕、俏丽的麻糖（这是用黏米面和圪枧面做一种面食，上下两层是黄色中间是红色，美观精致，吃起来既有嚼劲又不失糯软），现做现卖，咬一口软乎乎、圪劲劲、甜滋滋的麻糖，真是香在嘴里，美在心上。

依照故乡风俗，除夕下午，我和两个弟弟及小侄女，一起去上祖坟，寄托我们的哀思，以期天堂人间共度春节。我在爸爸的坟前伫立了好久，心里默默告知爸爸："我们回来了，并在老家过年，希望爸爸真有在天之灵，能在除夕时回家看看，和我们一起吃个年夜饭。"更期盼爸爸能在除夕之夜，走进我的梦里，告诉我他老人家在那边的生活。

年夜饭是和妈妈及两个弟弟一起吃的，烧带鱼、炒粉皮、炖金针、烧肉、酥肉、丸子、拖素等等一大桌，饺子馅是已过八旬的老妈亲自拌的，时隔三十多年，在春节能够再一次吃到妈妈做的香喷喷的饺子馅，真的是感到无比的幸福！

大年初一这一天，我们是和老公的嫂子及侄儿一家过的。大哥去世十多年了，我们也近三十年没在老家过年了，这样的团聚机会以后恐怕也是很少了，老少三代六口人，欢聚一堂，一家人一起做着，说着，吃着，乐着，极富老家特色的传统美食"八大碗"，散发着浓郁的香味，寓意着团团圆圆，吃在嘴里的是满满的幸福滋味。

鼠尾牛首，我的两个妹妹家都在收获添人进口的喜悦！大妹妹家儿子娶了媳妇，小妹妹家女儿喜得千金。新媳妇和小外孙女的到来，给我们这个大家庭的牛年春节增添了太多的喜气。我两个弟弟的孩子，我的侄女侄儿在北京工作的工作，实习的实习，疫情虽减但未了，他们响应国家号召，留京过年，虽然有点不能团聚之遗憾，但是我更为孩子们的守已懂事而备感欣慰！奋进吧，年轻人，希望你们用自己的知识和能力，闯出一片属于自己的新天地，为国效力！

今年的春节，虽然我们家首次分三地过大年，女儿一家回河南婆婆家，儿子一家留京和丈母娘家在一起，我们老两口回老家沁源和老妈一起过大年。虽然家分三地，但是三点一平面，同心一个圆，微信联系，视频见面，我们一边在老家享受着三十多年之后的团圆之年，一边又和儿女们体验着新时代下的远程共度新春之乐，真是心心念念，别有滋味。

在这个美好的新春佳节，能够回到故乡和亲人们一起共度这美好的时光，真的是一种“特别的幸福”，这种如长城般牢固的血缘亲情，这种发自本真无须修饰的原生之爱，必将长存于我的心中，伴随我的余生，温暖我的心田！我更希望这朴素良好的家风，能够薪火不断，代代相传！

新春之际，我还收到新近出书的几位沁源本土作家的赠书，这是意料之外亦在意料之中的欣喜，非常感谢我的故乡文友们给这个美好的春节，增添了书香的芬芳！

我的故乡沁源是一个小小的山城，虽然因疫情取消了各种聚集性大型娱乐活动，但是节日的喜庆气氛并未减弱。大街小巷搭建着漂亮的门楼，大小商家店铺和老百姓的大门口早早便挂起了红灯笼，街道两旁的树上挂满美丽的彩灯；酒店宾馆，机关单位的大楼，亮化一新；人民路、桥西街、沁河两岸、内河小桥、观音坪等地，夜幕降临，一片片、一排排的华灯，顿时璀璨亮相……整个县城流光溢彩，日晷公园矗立的“小康 2021 沁源”格外夺目。漫步街上，仿佛徜徉灯海，连自己也灿烂了起来，真的有种“火树银花不夜天，疑似银河落凡间”的恍惚感。浓浓的年味，让心欢快；幸福的目标，催人奋进！我的故乡哟，陶醉在你美好的春节里，享受着你的欢乐祥和，是一件多么幸福愉悦的事情啊！感动之余，我的大脑里突然冒出这样三句话：

山河在，大地在，我们的传统节日春节就在！

大哥走了，大嫂在，我们的侄儿一家在，我们的家就在！

爸爸走了，妈妈在，我们的弟弟妹妹在，我们的家就在！

2021 年 2 月 12 日于沁源

chapter

03 山水情未了（旅行篇）

桂林怀想

时光无情，会删掉许多美好的记忆，时光亦有情，会留存许多美好的过往。

无论岁月多么无情，我相信到过桂林的人，不管是初次来访，匆匆一瞥，还是心之向往，从容走过，只要你来过了，此生便再也无法相忘……

云中的神呵，雾中的仙，神姿仙态桂林的山！
情一样深呵，梦一样美，如情似梦漓江的水！
水几重呵，山几重？水绕山环桂林城。
是山城呵，是水城？都在青山绿水中……

诗人贺敬之曾这样感慨桂林之美！是的，桂林的风景，是上天赐予人间的一轴天然的山水画卷。

走过桂林，感知桂林，你才会知道什么叫“美得无语，动笔无言”！

这是一处无论你用多少锦词丽句来形容都不会过分的地方！这是一个你不需要满怀激情走进的地方，你只需要带上美丽的心情就行了。行走在桂林的山水间，就像走进一幅泼墨大写意的山水画卷中。抑或说桂林就是一个被自己的前世丢失了的梦，今生在一个合适的时间又将其找到了。因为这里的每一片风景都能轻而易举地唤醒你柔软的内心，它的古老朴素、它的宁静优雅、它的简约流畅、它的精致迤逦……都会让人“意乱情迷”。素衣风尘，驻足其间，真想剪一段时光，和它不紧不慢、不舍不离，共度芳菲流年。

蓝天如洗，白云轻飞，青山俊秀，流水无尘。被青山簇拥、流水环绕的桂林，就像一个享受惯闲情逸致而又温婉自得的柔美女子，用一双慵懒的眼睛目视每日与之擦肩的过客。你来她不烦，你去她不恋，不管你用一双什么样的眼睛看待她，她都从不在意，她自有她的自在！

无论你怀着怎样激动的心情，当你乘坐竹筏行走于漓江之中，你一定会被它的风情所感染而变得安静起来。漓江的水，一路静悄悄地缓缓走来，没有惊涛骇浪，没有湍流急荡，只有清波微漾，只有平淡安稳。漓江就像一块静躺的天然翠玉，被岁月打磨得无比温润，岁月给了漓江一段自然的宁静，也给了它春水的清新，它会洗尽你浮动的心情，让你寻找到一剪明媚的光阴。这大概就是水的隽永带给人的依恋吧？

桂林的山，没有雄险磅礴的气势，没有绵延千里的拖沓，却能给人一种如梦的幻觉。那一座座特立独行、神采别致的山峰，会让人无端地生出许多猜想：是褪去龙袍蟒卦的帝王将相，还是四处奔忙的贩夫走卒？是王母娘娘身边养尊处优的仙女下凡，还是弄儿伺夫采菊东篱下的农家村妇？是秦王屹立于地面上的“兵马俑”阵，还是项羽乌江自刎后飘零世间的散兵游勇？置身其中，你会顿悟，历经万年风霜，时光在这里却似乎从未老去。这应该是山的魅力带给人的遐想吧？

桂林之美，美在自然，美在清纯，美在朴实，美在大气。无论你以怎样的方式离去，它都会让你不由自主地回眸，期待再次背上行囊，依旧做它的过客。只是这一离去，不知何年才能重逢？

桂林归来，两月有余，心有不舍，草成此文。只为了怀念一个美丽的地方，思念一段美好的时光。

2013 年 9 月 20 日于银川

云南之旅散记

一直以来对云南有一种发自心底的向往，向往那里的旷古神秘，向往那里的多彩绚丽，向往那里的如梦如幻……

盛夏七月，在老公的陪伴下，我踏上了这片神奇美丽的土地，同行的还有老少 17 个伙伴。

当我站在东方最早的人类元谋人诞生的这块原野上，站在美丽的孔雀之乡，站在五朵金花和阿诗玛的故园，站在祖国的西南边陲这幅缤纷画卷中，我的心中涌动着滚滚思绪，八天的行程(除去路程实际只有六天)，走马观花似的游览，很潦草，但还是留下了不少印记。

一声叹息话古城

6 月 30 日，飞机在昆明一落地，我们就坐上了云南地接的旅游大巴，前往大理夜宿，途中我们参观了楚雄的恐龙博物馆。7 月 1 日一大早，我们坐车前往丽江。途中，导游给我们介绍了不少纳西族的风俗习性。他说："丽江居住的主要民族是纳西族，这里是女人的天下，男人的天堂。当地有句话叫'男人桥上悠悠坐，女人桥上匆匆过'。"一开始我还以为是调侃而已，一到丽江，果不其然，随便看一眼，都是身穿民族服装腰系蓝色围裙的妇女，或背着沉甸甸的背篓，行走于集市做着生意，或骑着自行车夹着劳动工具急速而过，田间地头到处是妇女劳作的身影。导游说，纳西族至今依然保留着男主内女主外的风俗习性，这里的女孩子从小就要学习织布等手工活，18岁后还要学会杀猪宰牛等重体力活，因为这些活都是女人应该做的。纳西族男人一生只做七件事，“琴棋书画烟酒茶”，另外必须做的三件大事是：盖房子、娶媳妇、晒太阳。呵呵，由此说来纳西族的男人是世界上最幸福的男人了！这样奇特的习惯，真是令人匪夷所思，但它确确实实存在着。

来到丽江古城，游人如织，用比肩接踵形容一点也不过分。天公时不时来阵小雨，绿柳沾着雨滴显得越发的亮，凹凸不平的石板路湿漉漉的，走起来有点费力，当然也更添了几分古意。因旅游业的发达，古城的商业味道很浓，一个小小的还没有足球场大的广场，几条窄窄的小街，挤满了各种店铺，游客确实很多，吵吵闹闹的，空气中散发着一种酸酸的发酵味，也许来得不是时候，让人感觉不到那种悠远幽静古老的美，心里不免有丝丝的失望感。

观音峡中人醉美

在离开丽江前往大理的途中，我们参观了丽江“木府”。这是元代以来纳西族最高统领木氏的宫殿。设计独特，别具风味，是丽江古城之“大观园”。近期播放的电视剧《木府风云》就是在这里拍摄的。

走出木府，我们游览了丽江自然风景区——观音峡。这是一个融山水、湖泊、峡谷、瀑布、森林等自然景观和纳西村落、茶马古街、民俗风情、宗教寺庙、名胜古迹等人文景观为一体的综合景区，被誉为丽江第一景。沿石板路登上小山坡，就看到了为纪念明代大旅行家徐霞客而建造的“霞客亭”和他的石雕像。踏着蜿蜒幽静的小路，便来到了一座不起眼的普通木桥前，当年贺龙曾经屹立于木桥上，因而木桥被称之为“红军桥”。桥下是一倾幽静的湖水，水质透澈清亮得可见湖底的杂草朽木。周边群山滴翠，垂柳摇曳，野花吐芳，蓝天、白云、青山、绿草倒映在碧波之中，上下天光，无声无扰，傍山一座观音小寺，透析出一派清静无为的佛家意境。

天公作美，丽日普照，碧蓝的天空下，遥看可展望远山翠谷，低头能俯瞰波光粼粼，岸边的纳西古村，袅袅炊烟随风飘移，湖光山色尽收眼底。见此情此景，我的脑海中不由得跳出清人曾作霖“山中有水水中山，山自凌空水自闲”和陈书“但觉水环山以外，居然山在水之中”的锦诗丽句，真是太美了！“青山拥碧水，明潭抱绿珠。”这种意境让我们在惊叹之余，也忘却了昨日的烦忧。

离开丽江，不由得发出一声叹息，叹息现代文明下的丽江女人太辛苦了，叹息丽江古城太嘈杂了……

匆匆走过大理城

对大理的向往源于童年时看过的电影《五朵金花》，从丽江到大理的路上，年过五旬热情活泼的张老师时不时哼几句“大理三月好风光，蝴蝶泉边好梳妆，蝴蝶飞来采花蜜，阿妹梳头为哪桩”，唱得人心生渴望，可是由于行程的安排，我们没有看到美丽的蝴蝶泉，当然也看不到梳头的俏阿妹了。苍山洱海的神奇也仅仅是在车上一览而已，著名的崇圣寺三塔，也只是远远地望了一眼，的确很遗憾。因为这里居住的主要是白族，所以建筑特色以白为美，独具民族特色。也许是赶时间的原因，参观大理城的时候，导游一个劲儿地催着快走，但是感觉这里比丽江干净多了。“洋人街”上，同样是店铺林立，洋溢着浓浓的商业味道，我们甚至来不及拍照，便跟着导游稀里糊涂出了大理城，在古城门外匆匆拍几张照片就算结束了。夜宿楚雄市的彝人古镇，这里的一切都是新建的，但很有古韵，我们晚饭后在宽敞的马路上散步，四周环山，一轮明月很亮很亮，我不由得想起那首云南民歌“月亮出来亮汪汪，想起我的阿妹在深山，哥像月亮天上走，山下小河淌水清幽幽”，可惜我们没有看到清幽幽的河水，那些漂亮的阿哥阿妹，也只是在夜间广场的演出中瞥了一眼。

别有洞天话九乡

到过云南的游客，都听过导游说的这两句话“地上看石林，地下游九乡”“不到九乡，枉来云南”。我们到九乡的时候，大概是下午两点，太阳很毒。我们先乘坐观光电梯，直抵谷底，而后乘船游览“荫翠峡”，一上船抬眼望去，只见两边石崖壁立，青树翠蔓，浓荫蔽日，真的有一种“大壑峡崖遮不住，悠忽降临绿水边”的感觉。也许因为游人多赶时间的缘故，船工只带我们划了200米的距离，就返回了，问这条峡谷走到尽头还有多远，回答还有700余米。尽管没有尽兴，但是毕竟领略过了，尤其是生长在绝壁上那些挺拔的树木，其生命的顽强让人敬佩不已。

下船便进入溶洞景区，这里真的是“别有洞天”呀！沿着湿漉漉的栈道行走，一阵阵凉气袭人，身上感到冷飕飕的，低头看，几十米深处，河水蜿蜒流淌，置身此地，除了惊叹大自然的神奇外，真的感到“词穷”和“无语”了。宽敞的雄狮厅，神奇的蝙蝠洞，雄伟的雌雄瀑布，错落有致的神田，无不让人震撼。此行不虚，不虚此行啊！

神魔交汇美石林

游过九乡看石林。云南石林是一座名副其实的由岩石组成的"森林"，远远望去，那一支支、一座座、一丛丛巨大的灰黑色石峰石柱昂首苍穹，直指青天，犹如一片莽莽苍苍的黑森林，故名"石林"。

穿行其间，但见怪石林立，突兀峥嵘，姿态各异。由于石灰岩的作用，石柱彼此分离，又经过常年的风雨侵蚀，无数的石峰、石柱、石笋、石芽，千姿百态，争奇竞丽形成了集奇石、瀑布、湖泊、溶洞、峰丛和丘陵于一身的景观。随行的导游"阿诗玛"介绍时，引用了郭沫若先生的打油诗："远看大石头，近看石头大。石头果然大，果然大石头。"但这里的石头的确与众不同，它是一幅精美绝妙的立体画廊。

当我站在屹立于小石林中的"阿诗玛"前，石峰宛如一位背着背篓的撒尼姑娘，穿越历史时空，向我们款款走来，那栩栩如生、惟妙惟肖的神态，令人叹为观止！我不由得惊叹大自然的鬼斧神工，这样的天然杰作，加上民间美丽的神话传说，真的让人不由得对大自然产生无限的敬畏之情！

在欣赏神奇石林的时候，心里也不免有一丝丝的担忧，因为沿途的路上，我们随处都可看见红红的土地上会突然屹立起几块巨大的石头，还有绿草地上也会随意冒出一片白白的石头，就像一群低头吃草的羊群，导游说，这里的石漠化很严重，治理起来很难，石林的面积在不断扩大，石头在和人类不停地争夺土地。回望那一片灰色的石林，想象夜幕降临的情景，它们有时真的像一群面目狰狞的魔鬼，让人觉得阴森可怕……

美丽的西双版纳：我来了

告别美丽的石林，我们乘飞机来到此行的最后一站——美丽的西双版纳。

西双版纳位于云南的南端，与老挝、缅甸山水相依，与泰国、越南毗邻相连，森林繁茂密集，植物种类繁多，因此西双版纳被誉为“植物王国”。走在景洪市的大街上，随处都可以看见精美的傣家风格的建筑、金碧辉煌的寺庙，还有高高的挂满果实的椰子树、“导弹树”、芒果树，澜沧江穿城而过，真的是一派美丽的南国风光啊！在此我们游览了著名的“野象谷”，乘坐高空缆车，观赏了原始森林，观看了“大象演出”，走进了“傣家村寨”。在美丽的森林公园我们看到了“民族服装表演”，参加了傣家的“泼水”活动。夜晚我们还观看了有名的《多歌・水》晚会，那独具民族风情的演出，那艳丽多彩又各有特点的民族服装、民族歌舞也只有在这里能看得全、看得够，晚会结束后，是互动的篝火晚会，演员和游客围着熊熊的篝火，手挽手翩翩起舞，你分不出谁是演员，谁是游人，真正“五十六个民族同唱一支歌”啊！

西双版纳，虽然是我们此行的最后一站，但是我感觉是我们此行中吃得最好，住得最好，玩得最快乐的一站。就要离开这里了，大家在集贸市场狂购了许多水果，可谓满载而归呀！

教我如何不想你

别了，七彩的云南；别了，美丽的边疆。行程匆忙，也有许多遗憾，但是，这一程毕竟是快乐之旅。我来过，我看过，我走过，我听过，就够了。未来的日子里，我依然会想你念你，因为这里的确是一块多情的土地，一块缤纷的沃野。

感谢一路同行的朋友们，尤其感谢被大家昵称为“老玉米”的张育民老师，给了我那么多的照顾，当然还要感谢我的老公，有他的陪伴，成全了我的这桩心愿！

愿吉祥的孔雀之乡，带给我们多多的好运！愿多彩的云南更加瑰丽绚烂！愿祖国的南疆永远美丽安宁！愿五十六族华夏儿女永远祥和幸福！

2012年7月19日于银川

走进大寨

也许因为自己是山西人，也许因为大寨在山西，一直以来被一种精神所感动着，那就是大寨人自力更生、艰苦奋斗的精神；一直以来有一个情结在心中萦绕，那就是想到大寨的土地上走一走，看一看……

盛夏时节，老公和我怀着久仰、渴望、虔诚、敬佩的心情，来到了大寨，踏上了这块曾经是中国地图上唯一标注村名的神奇的土地上。望着眼前的山山水水，走在大寨的土地上，面对此情此景，真是百感交集，万千思绪涌上心头。儿时读过的大寨的故事，不时地在脑海中闪现，口中不由得哼起了那首久远但红遍过大江南北的歌曲："一道清河水，一座虎头山，大寨那个就在这山下边，七沟八梁一面坡……"似曾相识，几多感慨，如歌所唱，的确不假，这个美丽的小山村，就是面山而居，依坡而建的。

这是一个位于太行山区的小村子。由于长期风蚀水切，在坡形的山地上，形成了深浅不一的沟壑与高低不平的圪梁，被称为"七沟八梁一面坡"。据说这里曾是北宋军队为抗击金兵安营扎寨的地方，大寨由此而得名。

来到大寨，首先映入我们眼帘是一个在坡上修建的不大而精致的方形大门，门顶上飘扬着一排迎风招展的红旗，立于其间的“大寨”二字鲜红夺目。大门的门楣上写着“大寨人民欢迎您”，两边是横排的八个大字，一边是“自力更生”，一边是“奋发图强”，和门顶的“大寨”二字，组成了一个“品”字形状，气势非凡。

大柳树的故事

顺门而入，走进不大的大寨村，第一眼看到的便是村口那棵又高又大、枝繁叶茂的大柳树（现在大寨人叫“迎客柳”）。当年我们在课本中读到的“苦人树”变“乐人树”的故事，就是从它说起的。故事说的是，中华人民共和国成立前，有一个叫娥妮的闺女来大寨做了童养媳。有一天，为了给家人做饭，她到自家的地里摘了一把豆角，回来时在路边拾了一穗玉茭，被地主贾泰元发现了，强迫娥妮说是偷的，娥妮不承认，就被气急败坏的贾泰元倒吊在大柳树上，用木棍活活打死在这棵树上，因此人们把这棵树叫“苦人树”，中华人民共和国成立后，有人提议将这棵树砍掉，陈永贵不同意，他把饭场会定到大柳树下，把树下作为教育农民的大课堂，在大柳树下进行新旧社会的对比教育，向大家讲外面的世界，启发人们搬山造田，改造自然，人们边听边议论，憧憬着美好的未来，从此“苦人树”改名为“乐人树”。

这个我们听了无数遍的苦大仇深的故事，对于今天的年轻人来说似乎有点不太可信，但是它的确曾让当年的我们掉下过无数次的眼泪。今天这棵大柳树，它就真真实实地斜立在我的面前，似乎每一条迎风摇曳的枝条，都是一个故事。它见证着大寨的过去，目睹着大寨的今天，更关注着大寨的未来。

大柳树，愿你更加枝繁叶茂。愿这棵“乐人树”能带给大寨人更多的快乐与幸福!

登上虎头山

走出大寨村，我们驱车来到虎头山下。顺着石头水泥铺就的蜿蜒坡道，我们步行前往虎头山，一路上，小雨淅淅沥沥不停地下着，道路两旁的绿色植被，被洗得格外发亮，空气格外新鲜凉爽，在盛夏时节，这样的天气实在难得。在一个拐弯处，我们看到一块不大的石头上刻着三个红色的大字“虎头山”。昔日荒秃秃的虎头山，现在已是绿树成荫、满目苍翠的“森林公园”。站在山头极目远望，大寨的美景尽收眼底。远处的狼窝掌层层梯田依稀可见，只是退耕还林之后，田里的庄稼换成了一排排松柏。可以想象，如果风和日丽，登上虎头山，蓝天、绿树、碧水，环抱着一片片梯田，走在其间一定会让人心旷神怡。从虎头山向下俯瞰，一排排白墙红瓦的农家小别墅比邻而立，层层林带环绕山间，片片梯田美不胜收，水库、展览馆和企业等布满坡下，错落有致。当然，这样的美景在薄薄的雨雾中时隐时现，同样别有一番韵味。

走进大寨展览馆，我们看到的是一幅幅大寨人当年战天斗地的真实照片。这里有不同时代党和国家领导人、外国友人到大寨参观时的留影，有大寨人的立体蜡像和活动影像，还有一件件劳动工具，每一个工具都有它的主人的名字。每一幅图片，每一件实物，似乎都在向我们讲述着一个动人的故事。翻看着记录大寨历程的电子书，一个个动人的场面不停出现在我的面前，那些我们曾经在课本里读到的人物，他们的容貌就真实地展现在我的面前，陈永贵、贾进才、郭凤莲、宋立英、梁便良……一个个熟悉的名字，怎能不让我们心潮澎湃、激动万分？大寨的山上、山下、田间、村落，每一个角落都有他们洒下的汗水和留下的脚印，每一个有良心的人都不会忘记他们，都会记住他们为国家、为人民做出的贡献。

再见了，大寨

走马观花式的游览结束后，就要离开大寨了，天气依然没有放晴的意思，雨还在不停地下，且越下越大，而我们的灵魂似乎也进行了一次洗礼。回望大寨，那层层平展展的梯田，那条条坚硬整齐的石坝，像一座座永远的丰碑，记录着大寨人自强不息的民族精神。在通往阳泉的大道上，一幅幅巨大的宣传牌，上面刻满了不同时代党和国家领导人对大寨的题词，非常雄伟壮观，它在向世人昭示着这个小山村曾经的辉煌，更在向人们骄傲地宣告着这个小山村改革开放后的“华丽转身”。而今的大寨，处处透露着新时代的气息。的确，经过 30 多年的改革开放，大寨早已撩去它那层神秘的光环，回归了既往的山村本色，在奔小康的道路上走得实实在在，今天的大寨，人们安居乐业，丰衣足食，到处都洋溢着社会主义新农村的勃勃生机。

大寨村，它是一本厚重的史书，它的名字将镌刻在许许多多人的记忆中；大寨田，它是一幅美丽的画卷，它的风姿展现着太行山区的巨变；大寨人，是勤劳、勇敢、智慧的劳动人民的缩影，他们建成了美丽富饶的新农村；大寨精神，是用魂魄和热血构成的龙的精神，体现了中华民族不屈不挠、不向任何困难低头的精神，它是不灭的、永恒的。

再见了，大寨！祝福您，大寨！愿您的明天更加美好！更加辉煌！

愿大寨精神永驻人们心间！

2011 年 10 月 18 日于银川

chapter

01 冰心在玉壶（人物篇）

文化艺苑，有你真好

——散叙孙树青的艺术情缘

人与人的相遇相识真的是一种缘分。2018 年 4 月 25 日至 30 日，沁源县在北京中山公园皇家艺术馆举办“沁河源文化沁源非物质文化遗产晋京展”，得知这一消息，开展首日老伴和我带着外孙女来到中山公园观展。皇家艺术馆门前牡丹花开得正好，观展的老乡和游人络绎不绝，作为主办单位的孙树青正在和同事们忙碌着，见我们进来，便热情地过来打招呼，简单地聊天过后，我们都觉得挺投缘，她送给我们一些会展资料和一本《沁源瑰宝》。

回家后我便慢慢翻阅《沁源瑰宝》，觉得很有意思，同时也非常感动。主编孙树青和编委们为保护沁源的非物质文化遗产付出了极大的辛劳，做出了很大的贡献！一次在和一位资深秧歌人微信聊天，说起孙树青时，他说：“孙树青是艺校科班出身，现在在文化馆工作，很优秀，为咱县的群众文化艺术发展和非物质文化遗产工作做了不少实实在在的事，你有时间写写她吧。”后来和她聊起这事时，她连连说：“做的事，都是我工作分内的事，不用写，不用写。”再后来我们通过微信聊天比较熟悉后，她才答应。一段时间，断断续续，我俩通过语音聊天或留言，整理成了这篇文章。我想把我了解到的孙树青和她的故事，告诉热爱自己家乡、热爱沁源本土文化的人们。

少小离家为学艺

孙树青出身于书香门第之家，父亲从事教育工作，曾担任过联校长、河西学校校长，性格开朗，喜欢弹唱。母亲勤劳朴实，心灵手巧，在县缝纫社工作。在20世纪60年代，能出生在这样双职工家庭的孩子是幸运的。家里三个孩子，她是唯一的女孩。因父亲常年在基层学校工作，无暇顾及家里，母亲的工作亦是非常忙碌，所以哥哥弟弟先后被送回老家农村，由爷爷奶奶关照，到读书的年龄才回到父母身边，父母也曾几次想把她送回老家，但每一次都因她的哭闹拒绝而作罢，无奈的母亲只好把她带在身边，所以她便一直例外地和父母生活在一起。虽然那是一个物资和文化非常匮乏的年代，但县城的条件比乡下农村还是要好了很多。在“样板戏”盛行的时期，她还是看了不少电影。她耳濡目染也学了些经典的唱段，也许是得益于父母的良好遗传，她的运动神经、艺术细胞非常好。她当时就读的“东方红学校”是县里最好的小学，学校宣传队非常有名。而她则是老师们看重的好苗苗。二年级时，学校组织学生在操场大合唱，她被校长李乐仙亲自抱上讲桌，小小孩儿打着拍子指挥全校学生合唱。她参加的宣传队武术队，曾代表学校参加演出和比赛，得过不少奖励，可谓品学兼优，在校园里她还是颇有些名气的！

一天，孙树青和几个同学在放学回家的路上，经过县招待所，发现“晋东南文化艺术学校”来沁源招生，几个同学带着好奇心跑进去看，招生老师让她们每人唱一首当时盛行的歌曲《大海航行靠舵手》，没想到她竟然被选上了。这是“艺校”在1978年恢复高考后的首次招生。初试之后不久，父亲又带着她到长治市参加复试，当时虽然才 13 岁，但也知道能考上这样的学校就是端上“铁饭碗”了，学校包吃包住，发服装，管分配。这样的好事是多少家长和孩子梦寐以求的，参加考试的人很多，经过数轮测试筛选，在忐忑不安中，孙树青于两个月后收到了学校发来的“录取通知书”，喜悦之情溢于言表。命运青睐于她，在小伙伴和左邻右舍大人们的羡慕与赞扬中，小小的她带着彩色的梦想，走进了心中的艺术圣殿。

小荷初露尖尖角

优秀是一种品质！带着憧憬走进学校，13 岁的孙树青开始了独立的学习生活。新的环境，新的功课，新的老师和同学，大通铺的宿舍，一切都是那样的新鲜，满足着她的好奇心。她学的是戏曲专业，主攻科目是文武双全的刀马旦和花旦。

学习戏曲表演对一个人的意志品质是极大的考验。每日要坚持练功，日积月累，才能练就一身真功夫。戏曲艺术里的唱、念、做、打都是必修的基础课。从小比较懂事的孙树青，没有辜负人生黄金时段五年的艺校学习。她常常天不亮就开始练功，汗如雨下，磕着碰着是常事。每次上课她都认真地听老师讲解。下课后，反复地练习，努力让每门艺术学科都更富有灵魂。虽然小小的她对未来的发展还处在懵懵懂懂之中，但她还是深知只要坚持练好基本功，在自己以后的艺术道路上就会有用。一段时间的学习训练后，她切身体会到，要想当一个出类拔萃的好演员难之甚难，不但要有很高的艺术造诣和精湛表演的技艺，更离不开知识文学修养和自身的灵性与悟性。幸运的是她的文化课老师王秀萍和她是同乡，老师觉得她听话乖巧，经常带她到自己分管的图书馆，给她挑书看，要求她写日记，每篇都帮她批改，从标点到错别字再到语句，非常认真，王老师还让她练习写毛笔字，那时的宿舍不要说写字台，连个小课桌都没有，她利用午休时间，坐一个小板凳在自己的铺位上练习毛笔字。这些学习不仅让她养成了好习惯，对培养她的自律韧性也有极大的帮助。她也没有辜负老师们的期待，艺校学习期间每次考试始终名列前茅。

在艺校学习期间，孙树青被山西电视台挑选去拍摄电视剧《瑞云》，角色虽小，但她认真做戏的精神还是得到许多老师的好评。1983 年她和同学们参加了长春电影制片厂拍摄的上党落子戏剧电影《佘赛花》，半年的拍摄，让他们开阔了视野，增长了见识，增强了锐气和胆识。他们班毕业汇报演出的《三关点帅》，由她扮演的穆桂英更是赢得了一片喝彩声。毕业时他们班成立了“上党落子青年团”，大家选举她担任“妇女队长”。这群不满二十岁的孩子们，充满激情，青春飞扬，就像一只只毛毛虫刚刚蜕变成的蝴蝶，张开了美丽的翅膀，在艺术的百花园中飞舞着，开始了做演员的职业生涯。一年后“青年团”和原上党落子剧团合并。她的母校校长亲自找她谈话，建议她留校任教。也许从小是乖乖女的缘故，父母则更愿意她留在他们身边工作。涉世未深的她毅然谢绝了老校长的挽留，听从了父母的召唤，1987 年孙树青从长治市调回沁源县文化馆，回到了故乡工作。接下来是按部就班的工作、恋爱、结婚、生子。经年之后偶尔回首往事，虽然有点遗憾，但她更知人生没有后悔药，生活没有回头路。

甘当绿叶映红花

如果你想成为一朵花，命运却偏让你做一片叶，那就尽情释放绿色去映衬花的美丽吧！

1990 年她表演的沁源秧歌《磨豆腐》在山西电视台《五彩

缤纷》栏目播出，1992 年长治市举办的“专业干部技能大赛”中，孙树青获得十佳第一，长治市群众艺术馆出资奖励，推荐她到北京舞蹈学院进修深造。已近而立之年的她，舍家别子，重返校园，重拾艺术功课，对她来说也是一件非常不易的事情，其间的甘苦自不必说。她异常珍惜这次难得的非常喜爱的舞蹈学习机会，渴望学到更多的舞蹈专业知识，在校期间身为民间舞进修班班长的她，在努力完成好自己学业的同时，尽量帮老师、同学做好班内的事情。北京一年的学习，让她从各个方面收获满满。1994 年，长治市文化艺术学校再次盛情邀请她回母校任舞蹈教师，并且将宿舍和课程都安排好了，与此同时县里也正在积极筹备办艺校，正是用人之时，竭力挽留她参与这项工作，因为当时像她这样的专业技术人才，在县里还是不可多得的。为此她纠结了一个月，最终还是选择了留在县里工作，别无他因，只是难以割舍。

回来后，县里安排孙树青到文化局文艺科工作。上班后她积极组织开展各项文艺活动，到各单位、企业、乡镇辅导节目排练，她充分发挥自己的艺术才干，舞台上既演又跳，还当主持人，充当着万金油的角色。县艺校开学后，当时招了近六十名学生，开设了晋剧、秧歌、舞蹈、歌唱、乐器等专业。她被抽去做兼职老师。当时的办学条件异常艰苦，说来寒酸，学校就设在 20 世纪 80 年代修建的露天剧场的戏台上，半露天的简陋舞台既是教室又是练功场地，好在楼上还有两大间房子，算是能解决学生们的住宿问题，老师们在家备课，来戏台上上课。工资由原单位发，艺校没有报酬，但老师和学生们都用极大的毅力克服各种困难，坚持到学生毕业。由于种种原因，县艺校难以继续。这批学生开枝散叶，各谋艺术出路，多年之后，他们在各自的舞台上都有了成绩。从 1997 年开始，孙树青在节假日办起了少儿舞蹈培训班，培养了一大批舞蹈人才，舞蹈班自编自排的节目经常参加县里的各种演出活动。

2006年，她到文化馆担任馆长。单位不大，人员不多，但事情不少，头绪很多。她深知以自己的能力承担目前的工作做起来不难，但要做好、做出点成绩来确实太难了。但既来之，则安之，最重要的是要做好当下，尽快熟悉自己的工作环境。好在当时有好几个艺术前辈也在文化馆工作，他们是沁源文艺领域的优秀人才，像杜瑞敏、邓万民、南月兰、杨显萍等。她从内心非常尊敬这些老师，珍惜这些难得的文艺人才，工作上虚心请教，生活上从细微处关心他们。她还努力发现人才，为文化馆所用，她觉得科班出身才华出众的龙青山老师，集作词、作曲、编剧等于一身，是沁源文艺界不可多得的人才，龙老师当时的手续在县图书馆，孙树青多方协调将龙老师调到文化馆工作，让他在文化馆发挥艺术才干。后来的事实证明她的做法为沁源文艺的发展保护了人才。

俗话说，人心换人心，四两换半斤。孙树青这种谦虚谨慎、真诚善良的为人品质，认真扎实、兢兢业业的工作作风，感染着同事们。大家群策群力，为发展沁源的文化文艺辛勤地工作着、忙碌着。这些干着行政的文艺工作者们，用心守护着这一亩三分田，在这方天地里努力发掘着沁源的文化瑰宝。尤其是“沁源秧歌”，对沁源人来说，就是他们的“魂”！而文化馆作为具体的职能部门该如何发掘、保护、传承并发展好沁源秧歌，让沁源秧歌走得更好、更远，让更多的人了解喜欢，作为文化馆馆长的孙树青，她明白这是一份沉甸甸的责任和重担。她深知沁源秧歌是一份珍贵的历史文化遗产，收集保存、完整传承是文化馆首要责任。为此她和同事们急速行动，聘请沁源文化名人张怀奇、张成仁、杨栋等老师研究沁源非遗文化，拜访民间老艺人，听他们原汁原味的民间秧歌，收集来自民间花鼓、花鞭、说嘴、三弦书等资料，组织人员加班加点，整理文本资料，积极申报非遗保护项目。孙树青牵头组织馆内工作人员、离退休文化工作者、民间老艺人积极推动“沁源秧歌”非物质文化遗产申报工作，虽说也是“摸着石头过河”，但是努力去做还是取得了一些成绩。“沁源秧歌”2008年、2009年先后成功申报并通过成为市级和省级非物质文化遗产保护项目。2009年申报国家级没有成功，2013年孙树青又组织力量充实完善沁源秧歌相关资料，当年腊月她只身一人带着大量资料，到北京联系非遗专家，拼尽全力继续为“沁源秧歌”申报“国家级”做最大的努力，由于天气严寒和长途奔波劳累，孙树青返沁途中感冒加重，回去直接就住进了医院，由此而落下了慢性支气管炎的毛病，至今未能痊愈。遗憾的是虽然做了大量的工作，付出了繁重的劳动，但此次申报没有达到预期的目的。每次回想起这件事来她都激动不已，两眼含泪哽咽着说很遗憾。回想整个申报过程，后来她幡然醒悟，这么大的事件是非她一己之力所能完成的，但是她和每一位参与者都尽心尽力了，对得起自己的良心了，所谓“谋事在人，成事在天”罢了。

2008年起，她组织全县的省级秧歌传承人，开展了沁源秧歌进校园，编印了进校园教材，沁源秧歌走进了乡村，让更多不同年龄段的人近距离感受到了沁源秧歌的魅力，在孩子们心里种下了一颗热爱沁源秧歌的种子。

2015年以来，广场舞在神州大地兴起并迅速扩展，孙树青因势利导创设了沁源秧歌广场舞大赛，将沁源秧歌改编成广场舞曲，以广场舞的形式推动沁源秧歌贴近群众，融入百姓生活。这个很接地气的活动，得到广大人民群众的大力支持，目前已举办了五届大赛，参赛团队年年增加，参与表演的人数越来越多。每年的沁源秧歌大赛、秧歌展演已坚持了十六年，早已成为全县人民每年翘首盼望的大喜事。

盲宣队的贴心人

孙树青刚到县文化馆任职不久，就接到各地很多乡镇村委投诉盲宣队闹事的电话，着实让她非常头疼。不少人劝她“这些人不好管理，经常闹事，尽量少管吧”，但她很同情这些身有残疾的盲人们。

盲宣队在以前民间叫“说书的”，改革开放前，沁源城乡民众的物质生活非常贫困，更谈不上精神生活了。那时的盲宣队还是比较好生存的，他们经常到村子里说书，人们在劳作之余或阴雨天不能干农活时，听听盲人说书也是一种极好的娱乐享受，应该说那时老百姓还是比较欢迎他们的。而他们则可以凭借自己的一技之长，赚取微薄的收入用来养活自己。

改革开放以后，人们的物质生活发生了巨大的变化，电视走进了千家万户，各种新型娱乐方式不断增多，人们对精神文化生活的要求也越来越高。久而久之，人们不再需要盲宣队了，他们成了被人们遗忘甚至被讨厌的对象。而他们也因此失去了赖以谋生的根本。他们几乎快要将所拥有的说书丢失了，技艺水平不高，经常被拒演。有些单位、乡村出于同情，也给点演出钱以此打发他们，有的不理不答不给钱，他们干脆耍赖大吵大闹，甚至破口骂人，不给钱不罢休，一段时间成为扰乱社会治安的大问题。

如何解决好这一问题，既能让这些可怜的盲人有碗饭吃，不再受人欺视，成为自食其力的劳动者，让职能部门引起重视，关注这些真正的弱势群体。尤其是盲宣队说唱的“三弦书”是沁源民间非常珍贵的文化遗产，如此荒唐下去，势必失传，这对沁源的文化艺术也是很大的损失，孙树青决心下大力气整顿盲宣队。她说：“作为管理他们的职能部门，面对盲宣队目前的处境和对社会带来的麻烦，文化馆不能袖手旁观、不理不睬，这事做起来难度不小，但不管多难，得让这支队伍重新振作起来，让他们能靠自己的劳动，相对体面地活下去，这也是应尽的善心和职责。”

孙树青一次次地召集盲宣队队员们开会，耐心听取他们的建议，从细微处着手解决问题。首先她鼓励盲人要自尊自爱。比如，教他们养成注意个人卫生的习惯，让他们经常洗头、刷牙、洗澡，勤洗衣服，保持衣帽整洁，注重个人形象。她耐心地告诉他们，你虽然看不到别人，但别人却能看到你，只有自己尊重自己才能让别人尊重你。

其次，她帮助盲人要自强自立。孙树青从内心理解这些盲人的处境，在生活上给予他们关爱。她知道这些盲人由于身患残疾，大部分人性格敏感甚至怪异，但他们内心深处也渴望得到“明眼人”的理解关爱！

为解决盲宣队队员生活上的困难，孙树青带着文化馆的工作人员一趟趟跑民政局，为他们办低保；一次次找政府和财政部门，为他们争取财政资助；和企业协商他们的演出费，帮助他们购买乐器音响，尽力解决他们的温饱问题。她把盲人当朋友，从关心他们的婚姻问题入手，帮助他们树立生活的信心，鼓励他们战胜困难的勇气，甚至亲自帮助他们找对象解决个人问题。慢慢地，长子媳妇、沁县媳妇纷纷落户沁源，不仅解决了队员们的婚姻问题，这些外来媳妇们还带来她们本地的曲艺形式，她们将上党鼓书带进了盲宣队，她们的到来既壮大了队伍，又增添了曲艺表演种类和女队员。

再就是强调团队意识。在给盲宣队开会时孙树青强调得最多的就是“团结”二字。面对盲人内部经常发生矛盾纠纷的情况，她告诉盲人，虽然你们大家互相看不到，但是心齐就能让你们立足社会，只有团结互助，才能战胜困难过上好日子，如果这支队伍解散了，你们以后的生活怎么办？虽说费了不少劲，但收效不错。渐渐地队员们不再相互闹矛盾，来告状的越来越少，工作的积极性提高了，排练时氛围也变得越来越融洽了。

为了提高盲宣队的演出效果和社会声誉，她和同事们积极制定规章制度，调动队员们的工作主动性，工作细则化，规定每年的演出场次，量化考核，责任到人。用她的话说就是逼着每一位队员，人人能说唱，个个会乐器。规定盲宣队每年业务培训至少四次，演出场次不少于六十次。就这样上下齐心内外合力，盲宣队员的业务素质不断提高，盲宣队重新焕发了生机。他们的节目既有从民间挖掘的传统唱段，又有紧跟时代贴近百姓生活的时尚演绎，节目不断推陈出新，深受群众欢迎。在大家的不断鼓励下，盲宣队一路前行，走出了沁源，走进省城，走向北京，他们的演出不但满足了观众的需求，也为自己赢得了喝彩声，他们用自己的特殊技艺，向世人展示了红色老区沁源盲艺人的精神风貌！

盲人们说起孙树青时都很感动，夸她不仅是一位好领导，更是他们的贴心人。这些“没眼人”心里明亮着呢！而孙树青则用实际行动诠释了“因为懂得，所以慈悲”这八个字的深刻内涵。

稻花香里说丰年

日子总是在不经意间就流走了，在工作的历练和岁月的打磨中，人到中年的孙树青，逐渐成熟和稳健，办事更加周到和干练。她说自己在工作岗位上还需修炼，以前干工作时，只知努力往好干，不太注意方式方法，幸运的是一路走来遇到了好的领导、好的同事，他们理解她对工作的责任心，一直在努力支持着她的工作。回想起这段走过的日子，她说她性格中的“韧性”和“忍耐”也帮助自己成长了很多。而今她和她的同仁们，依然在自己的岗位上为沁源的文化事业、文艺繁荣而忙碌着、快乐着！

我曾看到几篇写她的文章，从中也了解到一些她和我未聊的事情。多年来人们这样评价她：“最直观的职业定位是忠贞不贰的文化工作者，最有成效的评价就是弘扬和发展了沁源秧歌。”她的确在自己的岗位上尽职尽责，为沁源的群众文化与非遗工作做出了很多努力。而这些成绩是她多少年来日日辛勤耕耘的结果，她就像一个劳作的农夫，在希望的田野上收获着累累硕果。用她自己的话说：“虽然自己不是以舞台为职业，但是30余年自己一直在喜爱的文化部门工作，和舞台仍然有着千丝万缕的关系。”她把自己的心血和精力都投入到沁源县的文艺事业中了，一直在为舞台服务着，我想这大概也是一种缘分吧？在这里我拣出和她有关的重要成果罗列如下。

1991年孙树青导演和参演的沁源秧歌《赶集》，在长治市农民演唱会上获一等奖。这一作品初次展示了她出众的创作编导能力，之后的二十多年，由她组织创作和排练的节目一次次获得各级奖项。

2010年由她辅导的沁源秧歌表演唱《串门门》、2012年辅导的沁源秧歌表演唱《学电脑》，分获山西省第十五届、十六届群星奖一等奖，孙树青荣获了山西省“群文之星”称号。

2012年她组织相关人员编撰出版了《沁源瑰宝——沁源非物质文化遗产荟萃》一书。她本人被山西省文化厅表彰为“非物质文化遗产保护先进个人”。

2013年，在县政府的支持下，由宣传部牵头，文化馆组织，沁源相关人员录制了《沁源秧歌50首》影像光盘和秧歌伴奏光盘。

在她领导下的盲宣队，成果显著。沁源秧歌作品《十劝人心》在市残联举办的曲艺比赛中获得一等奖后，盲人曲艺队如芝麻开花节节高，在曲艺比赛多次获奖。2017 年在她的积极努力下，沁源盲人曲艺队的“三弦书”申报为“省级非物质文化遗产保护项目”。2017 年，孙树青被长治市表彰为“最美社会体育指导员”，也是当年沁源县唯一获此殊荣的人。

“出水方见两腿泥!”就这样，孙树青在自己平凡的岗位上，用踏实的作风做出了不平凡的工作业绩，她的敬业精神得到了大众的肯定。人生的路上她付出了大量的心血，在比舞台更大的广阔天地里，她收获了更多的美好与美丽!

孙树青现在除担任沁源县文化馆馆长外，还身兼数职：中国群众文化学会会员，国家一级社会体育指导员，山西省群众文化学会理事，山西省舞蹈家协会会员，沁源县舞蹈协会主席，长治市第九届、第十届、第十一届党代表，沁源县第四届、第五届、第六届政协委员，沁源县第七届、第八届人大代表。

不忘初心向前走

作为一个基层群众文化工作者，在谈到今后的工作时，孙树青欣喜地说：“今年县委提出要建设‘绿色沁源、康养沁源、文化沁源、幸福沁源、美丽沁源’的目标。”她觉得这个规划确实很好，建设“文化沁源”实在太重要了，对于文化工作者是一大喜讯，虽然这是一项艰巨漫长而又复杂的工程，但对提高全民素质是有极大的促进意义的。在说到她具体所涉及的工作时，她不时流露出发自内心的忧虑：一是沁源秧歌作为沁源文化的载体之一，深受广大人民群众的喜爱，近年来秧歌队伍如雨后春笋般蓬勃发展，也产生了不少贴近生活的好作品，但是精品不多，今后还需下大力气创作更加优秀的作品，才能让沁源秧歌不仅受沁源人民的热爱，而且能走出沁源，走向更广更远的地方；二是作为非遗文化的传承人，这些手艺人的力量是很微薄的，单凭他们个人的坚守是不够的，需要社会力量来保护并继续传承，这也是一项极其重要的工作。

文以载道，文以化人。优秀的传统文化是一个国家、一个民族传承和发展的根本。文化是民族的血脉、人民的精神家园，文化创造美好，美好需要文化。在人民日益增长的美好生活需要中，丰富的精神食粮是不可或缺的，而文化工作者则是文化的维系者和守望者！正是因为有无数和孙树青一样默默无闻、坚守岗位、兢兢业业的文化工作者，正是因为有无数这样始终把家乡文化放在心上的平凡工作者，才能让广大人民群众真正享受到文化发展带来的成果。

有人说："心中有风景的人，永远是最快乐的、最美丽的；心中有花香的人，她的心扉会一直行走在春天的路上。"我觉得孙树青不仅是一个心中有风景、有花香的人，更是一个有责任心、有担当的人。在文化艺苑的这块芳草地上，她忙碌着、辛劳着，也快乐着、幸福着……

硕果累累挂枝头，耕耘年年在田间。从孙树青的身上我看到了一个基层文化文艺工作者的忠诚与坚守，在她灿烂的笑声中，我感受到了她内心世界的充实与美丽！

衷心祝愿她的文化素心常在，艺术之树常青！

2018 年 9 月 5 日于北京

沁河岸边一朵花

中国台湾著名作家张晓风曾在一篇关于“名字”的散文中写道:“名字是天下父母满怀热望的刻痕，在万千中国文字中，他们所找到的是一两个最美丽、最醇厚的字眼——世间每一个名字都是一篇简短质朴的祈祷！每一个名字，无论雅俗，都自有它的哲学和爱心。如果我们能用细腻的领悟力去叫别人的名字，我们便能学会更多的互敬互爱，这世界也可以因此而更美好。”

杜沁花，这是一个漂亮到近乎直白的名字，一朵开放在沁河岸边的美丽花儿！我不知道对这个名字的理解是否到位，但是坐在我面前的这个叫沁花的女人，的确是一个美丽而朴实的女性，就像故乡沁河岸边开放的山丹丹花一样，明艳俏丽，美而不娇！她美好的容颜和匀称的身材，让人看不出这是一个年过半百之人。这是一个热爱本土文化的文艺工作者，一个在舞台上塑造过不少美好形象的晋剧名角，一个正在为沁源秧歌的传承与发展发挥余热的秧歌人！

在故乡沁源说起杜沁花这个名字，也许现在的年轻人并不知晓，但对于20世纪七八十年代生活在沁源的成年人来说，应该是非常熟悉的。她是沁源县晋剧团的著名演员，在舞台上塑造了不少知名的重要角色。《朝阳沟》里的银环、《红珠女》里的红珠女、《打金枝》里的升平公主（金枝女）等都给观众留下了深刻的印象。也许和她是同龄人的缘故，我至今还能回想起中学时代看过的《朝阳沟》，还能回想起杜沁花扮演“银环”时的形象。时隔三十多年，我认识的一位热爱沁源秧歌并关心秧歌发展的朋友，向我推荐介绍了杜沁花，想让我写写她，以便保存下一些应该保存的资料，这是对沁源文化和文艺工作者的一份敬重！

带着这份心愿和责任，我按约定的时间来到约见地点时，沁花已先我而到。当我们近距离的接触时，我把自己的想法和她进行了简短的交流，虽说是初识但我们之间的沟通很顺畅，她给我简单介绍了一下自己的从艺之路以及后来的工作生活，半个多小时的随聊后，因她所在的“沁河源艺术团”有演出任务，她便匆匆告辞了。但我从她的言谈举止中能感觉到她是一个做事勤奋认真而又本分实在的人。

回京后，忙里偷闲的我一边码字，一边给她发微信沟通。我们俩都忙，几乎没有同时在线的时候，微信文字和互相语音留言，便是我们之间主要的交流方式了，从中我了解到她的从艺初衷以及后来工作生活的简况，也颇有触感。

家庭是孩子成长的第一所学校，每个人的身上都打着父母的烙印。杜沁花出生在县城一个普通人家，父亲是国家工职人员，在单位担任过领导，母亲是一位贤惠善良的家庭妇女，兄妹五个，她排行老四。在她出生的那一年（1962 年），国家压缩城市人口，母亲和他们兄妹几个都被取消了城市户口，全家靠父亲微薄的工资度日。

虽然那时她年岁很小，但依然能感受到被人歧视的情形和不一样的待遇。童年的生活几乎一直是在这样灰色的日子中度过的，好在母亲的性格温存又比较乐观，没有给她留下太多的阴影，后来全家人的日子才得以好转。杜沁花说她很感恩和敬佩她的父母，在那样艰难的环境中把他们养大，而且从未听到过父母的抱怨，父母只是常常嘱咐他们要好好学习，好好做人，吃苦在前，享受在后，在父母年老的时候，还在教育他们要感谢共产党，好好工作，珍惜现在的好时光。杜沁花说，父母的这种品德和精神是她们永远学习的榜样和一生的精神财富！

也许是受了母亲喜欢文艺的遗传和影响，他们兄妹五人都喜欢文艺，在学校都是文艺骨干，但最终从事文艺工作的只有她。1975 年沁源县首届“艺术培训班”（简称艺训班）招生，13 岁的她幸运地被录取，从此走上了一条追求艺术之路。说起她考艺校时的情况，杜沁花说她考艺校有两个原因：一是她从小喜欢唱歌、跳舞；二是当时还没有恢复高考，上大学是靠推荐选送，像她这样的家庭是根本没有希望的，能考上艺校在当时也是一条不错的出路。两年的学习生活，刻苦的日日训练，给她的成长奠定了良好的基础，正如她几十年后回忆起这段日子时说：“几十年过去了，好多事都不记得了，不过还是很怀念以前在艺校上学和剧团工作那十几年的生活，虽然很苦但很快乐，生活很简单很单纯，每天除了演出就是练功。不过，也很锻炼人，让我变得能吃苦，意志坚强，养成了勤奋好学、对艺术精益求精、做事有责任心、有集体观念的好品格。”说起她的艺校生活，她非常动情地说：“上学期间，遇到了几个很好的启蒙老师，班主任胡国林、戏曲指导老师张粉珍、武功老师王二小，还有胡国彪、安国杰老师等，都是我终身感激的恩师，尤其是张粉珍老师，既是我的严师，又像一位慈母一样关心我的成长，点点滴滴让我永远铭记在心。”

1977 年艺训班毕业时，为了组织好毕业汇报演出，张粉珍老师和安国杰老师亲自到河南豫剧团学习取经，把经典豫剧《朝阳沟》全剧像读书一样烂熟于心“读”了回来，改编成晋剧，然后

“读”字“读”句，言传身教，领着学员们刻苦排练，老师们选择杜沁花出演主角“银环”，对她寄予了厚望，对她的排练要求更是精益求精，付出了极大的心血。她也没有辜负老师们的殷切期望，这次毕业汇报演出取得了极大的成功，演出轰动一时，无论是在县城剧院还是下乡演出，人们争相观演。

艺校毕业后，这批学员分成两拨，一拨去了晋剧团，一拨去了绿茵剧团（秧歌剧团）。杜沁花被分配到晋剧团，成了正式职工。刚刚出道的杜沁花深知，自己要想成为一个好演员，仅靠两年艺校的稚嫩学习是远远不够的，真正的舞台学艺历练才刚刚起步。一个戏剧演员必需的基本功唱、念、做、打，除了自身的悟性之外，更多的是舞台经验的积累。刚刚入行的她，在认真演好团里安排的角色之外，特别注意观察老演员的表演，人家在前台演，她悄悄地在侧幕看，一字一句、一招一式默记在心，一场戏连演几次，她便把主角的台词、唱段及表演模式熟记在心了。人常说：“机会总是给有准备的人。”剧团有句话叫：“救场如救火。”杜沁花说，在她刚分配到剧团的第二年，有一本戏叫《十五贯》，当时担任女主角的是她的一位老师，每当老师上台演出时，她总是悄悄地站在舞台的侧幕静静观看。有一次演出前，老师突然嗓子疼得不能演唱了，可是演出的“海报”已经贴出去了，在没有任何排练的情况下，领导和老师急忙安排杜沁花接替老师按时演出。当时她非常紧张，虽然把台词唱段都背下来了，但是并没有实际排练过，救场如救火，她还是顶着压力上了舞台，而且整场演下来没有出现任何纰漏，剧团领导和老师对她的表演，都投来了赞许的目光，从此以后她便得到了演主角的机会。《红珠女》《打金枝》《游龟山》《蝴蝶杯》《生死牌》等戏剧，她都出演了主角而且都得到了观众的认可和赞誉。其中《红珠女》这部戏，1982 年在山西电视台现场录制并直播过，得到良好的反响，她饰演的“红珠女”走进了千家万户，这部戏深得观众喜爱，一段时间成了沁源县晋剧团的“看家戏”。而这之前（1981年），在晋东南地区戏曲优秀青年演员评比演出中，杜沁花获得了“二等奖”。在20世纪的80年代，晋剧团最红火的时期，每年正月初六杜沁花便应邀到外地演出。一辆敞篷车载着剧团人，简单的行李伴随他们走出故乡，披星戴月，一路颠簸，长治、晋中、临汾、阳泉、左权、孝义，远到内蒙古的包头、呼和浩特、萨拉旗等地，到腊月才匆匆回家，每次演出深受当地群众的欢迎。因而那段由苦乐年华组成的日子，也成为她留在心底最快乐的记忆！

1986年，杜沁花改行到生产资料公司工作，接着结婚成家，生子当妈，享受着一个女人该有的日常生活，1997年又调入县环保局工作，到2013年正式退休。虽然说这二十多年的工作环境发生了变化，虽然说她离开了热爱并为之付出过辛苦的舞台，日子在忙碌的生活中不知不觉便过去了，可她热爱文艺的心一直未曾改变。尤其是退休后，有了属于自己主宰的时间，她便应邀加入了“沁河源艺术团”，重新走上了舞台，再次与艺术结缘。

“沁河源艺术团”成立于2006年，艺术团以表演沁源秧歌为主，也有小戏、小品、舞蹈等。这是一个云集了众多优秀秧歌艺人的团体，有“秧歌劲旅”之称。在这个丰富美丽的艺术园地，杜沁花的艺术才华得到了充分的展示，她参与演出的节目如《纳鞋垫》《学电脑》《串门门》《新时代新征程》《一路欢歌出大山》《古风古韵古寨村》等，都深受群众好评，也得到各级部门的很多奖励。其中《串门门》在2010年参加山西省第十五届“群星奖”比赛中，获得了“一等奖”的好成绩。2012年沁源秧歌表演唱《学电脑》获得山西省第十六届“群星奖”一等奖。而她参与编导的节目也很多，如舞蹈《欢聚一堂》《锦绣中华》《舞动中国》、歌伴舞《中国梦》《映山红》《闹元宵》等，都深得观众好评！不再一一赘述了。

不久前沁河源艺术团在长治演出了秧歌表演唱《依依惜别时》，讲的是住村第一书记扶贫攻坚的事情。演出获得巨大成功，赢得了现场观众的热烈鼓掌。在和杜沁花说起这段经历时，她说：“自从改行以后参加的文艺活动很少了，有幸能成为沁河源艺术团的一员，我深感欣慰，也算是发挥余热为沁源的文化工作做点贡献吧。我是沁源人，从小就喜欢沁源秧歌，现在老了觉得更有义务把沁源秧歌唱好，让更多的人喜欢咱们的沁源秧歌。”在她说这些话的时候，对沁河源艺术团充满了深情。感谢这个充满智慧与友爱的团体，给了她第二次艺术生命！而我从和她的交流中，分明能感觉到一个文艺工作者对自己本土文化的挚爱！是的，这是一个秧歌人的心声。

故乡沁源是一个山清水秀的好地方！沁源人深爱自己的秧歌，男女老少都爱闹秧歌，图的就是个热闹开心，只要闹秧歌的锣鼓一响起，人们便会放下手中的活，抛开眼前的琐事，心随秧歌一起唱，似乎一听到秧歌声，所有的烦恼忧愁都随歌飘散了，他们深爱着养育自己的这块土地，让泥土生歌，让大地欢唱，可以说沁源秧歌就是沁源人的“魂”！在故乡像杜沁花这样优秀的秧歌人有很多，他们在传承、在发展、在弘扬、在光大着沁源秧歌。这些秧歌人就像故乡那漫山遍野盛开的鲜花，五彩缤纷，绚丽多姿，用自己的深情装点故乡、美丽自己！

笑是心上开出的花！杜沁花是一个爱笑的人，她的名字和她的生活还是比较相符的，父母给了她一个美好的期冀，她用人生送还了父母一个满意的心愿。作为一个晋剧演员她是有成绩的；作为一个晚到的秧歌人，她同样做得很优秀；作为一个女人，她拥有一个爱她的丈夫；作为一个母亲，她养育了一个令她满意的孩子。正因为有她最亲的家人们的大力支持，才有了她幸福快乐的退休生活。这让我不由得联想起她的微信头像——一朵盛开的牡丹花，而她的昵称则是“幸福花开”，应该说生活对她还是青睐的，她的生活充满了阳光和幸福。

心有千千结，此生为歌来；莫道桑榆晚，为霞尚满天。愿这朵盛开在沁河岸边的山丹丹花，在百花吐芳的艺术园地上，能红艳艳地开放，愿她的艺术人生越来越好！愿她的生活亦如舞台上的她一样，光彩明丽！

2018 年 10 月 26 日于北京

梨花伴君向天国

2019年5月24日，杨栋走了，时年61岁，他的生命永远定格在了这鲜花盛开、遍地芬芳的五月！

现在是5月25日下午五点，当我坐在电脑前敲下这几句文字时，内心仍然不相信这残酷的事实。最早得知这一噩耗是昨天下午两点多，我在微信朋友圈看到故乡文友陈小燕发的一句话“杨栋老师走了——千古”，下面配了一张杨栋的照片，还加了一句点评：“白花送故人，忆及当年事。读书写作忙，生死两茫茫。”心中一惊，连忙下拉，便看到杨栋的儿媳南宇清的朋友圈信息：“父亲归天！天堂修筑梨花楼，书本搭成归西路，天堂尽是书海，您安心上路吧！我会照顾好您牵挂的所有人。”看到此言，确信是真，不由得打一冷战，推醒正在午休的老公，说了一句：“杨栋走了。”老公瞪着惊愕的眼神“啊”了一声，随后去看他的微信群，说：“前天还在发信息呢，怎么说没就没了呢？”当我再看微信群时，悼念杨栋的诗歌、挽联、文章、祈祷语、表情等，便纷纷出现在群里，大家都在用各自的方式表达着对杨栋的惋惜与怀念。我的老公作为杨栋的老同学、老朋友，也作了一首诗以表沉痛之心：“梨花楼在楼主去，太岳痛失好男儿。胸怀乡愁常咏诵，父老乡亲在心间。笔耕不辍几十年，著作等身绩斐然。今君不幸离人世，何人再续山地篇?”

一个土生土长的本土作家，一个凭借勤奋从放牛娃成长起来的国家一级作家，一个用毕生的精力去挖掘沁源历史文化的写书人，一个对自己成长的这块热土充满刻骨铭心之爱的赤子，一个用自己的有限能力不断帮助正在成长的文学新人的优秀老师，一个爱书写书藏书的读书人，一个为书而痴与文字为伴的文化人，在他的“十二生肖集”只剩“金猪”就全部完成时，在他自己也始料不及时带着深深地遗憾走了，永远地走了，在这样一个美好的季节！在这样一个充满生机勃勃的季节！他的离去，不仅让他的亲人感到深切的悲伤，对沁源文坛乃至山西甚至中国文化界，都是一种损失。怀念他的不只是他的亲人，还有许多的本土文化人和无数素不相识的父老乡亲，甚至天南地北的知名作家和文学爱好者！在他离世的这几天，每一天都能在微信朋友圈和微信群里，感受到人们对他的思念与追忆，一首首诗歌，一篇篇文章，还有不断加载更新内容的美篇，都足以说明在这个小城，在他的文化圈里，他在人们心中的分量！

一条沁河水，一个梨花村，一座小山城，杨栋生于斯长于斯。就是这样一个朴实的山里汉子，从读书、借书到购书、藏书再到写书、出书，杨栋在这所没有围墙的大学里学习成长，几度风雨，几经坎坷，无数挫折与辛酸，初心不忘只为书。衣可素饭可粗，书不可不买；屋可陋步代车，书不可不藏。杨栋为书痴为书狂！以书为媒，结交众多名家良友；以书为桥，走向四方广阔天地；以书为友，身居小楼从不寂寞；以书为伴，于无声处有知音。今日的梨花村，因了杨栋的文字吐芳，引来众多文人笔客到此行走，为这大山深处的小村庄，带来了飘香的文化气息。近年来，杨栋除了读书笔耕不辍外，又开始涉猎书法、绘画、收藏等，且颇有成就，他的漫画也时常被各种报刊发表，正如葛水平老师在为《书人杨栋》一书作序里所言："杨栋正是顽固地守着他的梨花村，守着他的沁河源，才有了文学的收获，书画的收获。"

一路书香自芬芳，坐拥书城我心怡。杨栋的每篇文章都在写故乡这片土地上的人和事，过去的，现在的，而他的文字亦如梨花般静美甘纯，故乡文友陈小燕曾写过这样的文字："一朵梨花的盛开，宣告着春天的美丽，杨栋的文字述说着太岳山间沁河水畔的大美。"是的，杨栋走过的路，是一条充满艰辛而又充满快乐的文学之路，这是一条通过文字排列组合铺成的书香之路。

一本素笺一支笔，写出人间多少事？不羡官位与富贵，文山书海任尔行。作为杨栋的朋友，我也曾为他写过两篇文章《杨栋的小城故事》和《一路书香自芬芳》，在他的有生之年，他也看到过我给他的祝福："祝愿他的梨花村年年花开，他的梨花楼岁岁飘香，他的梨花树年年挂果岁岁丰收！"可惜，梨花楼今犹在，而它的主人却永远地走了，在这个梨花如雪落的时节，他的生命也如梨花般凋谢了，这怎能不让人伤感？写到此，我不由想起《梨花颂》这首歌，我想借其中的两句歌词续写几句，以表达此时的思念之情：梨花开春带雨，梨花落春入泥，此生只为文学来，梨花楼里读书痴，西行路上慢慢走，梨花伴君向天国……

天不假年，人何以堪？斯人虽去，精神永存！梨花开时，魂兮归来！

谨以此文深切缅怀杨栋老师，愿他一路走好！

2019年5月27日于北京

青山在，人未老

——漫谈龙青山的艺术人生

说起龙青山，在故乡山西沁源年龄稍长些的人大都知晓，尤其在文化文艺圈，他可是“大咖”级的人物！他集编剧、导演、演员于一身；他能作词、作曲、演唱；他爱美术，会篆刻，善画脸谱；他对舞美设计、音像制作、晚会策划、节目编导、音乐创作、舞台字幕等样样皆通，做起来更是得心应手；他写剧评、编教材、创作“沁源三弦书”均广受好评；他参与创作编导的剧目获奖数目多、级别高；他还是沁源花鼓非遗项目的市级传承人。

作为沁源县文化馆的创作室主任、秧歌协会副秘书长，作为沁源县文艺工作的杰出人物，他为沁源的文化建设尤其是沁源秧歌的传承、保护、发展做出了巨大的贡献。像龙青山这样的“全才”，在自古尚文的沁源亦是翘楚——可谓，此生为艺术而来，每个细胞都是艺术的沃土！

在微信中关注他的公众号“青山戏剧”很久了，身在京城我能通过互联网和故乡的美景、故乡的秧歌亲密相连，慰藉心中的乡愁，可谓善缘如此。然而，善缘不仅如此，《沁源秧歌》主编雷玉清找到我，希望我能够写一写龙青山，这样一来，翻阅资料，深度访谈……我对龙青山老师又有了更新更深的认识。

小“杨子荣”出山记

沁源县地处太岳山腹地，群山绵绵环绕其间，是典型的山区县。1961 年 6 月，龙青山就出生在沁源县交口乡五凤峪村的一个普通人家。好在他的父母都有工作，父亲龙秀春是一位小学教师（后任沁源县实验小学校长，曾获“全国优秀教师”荣誉称号），母亲是县药材公司的一名普通职员。这样的家庭在当时来说，也算是书香门第之家了。尤其是他的父亲，知识广博丰富，上知天文、下知地理，琴棋书画无所不能，小学开设的所有课程，他几乎都能包揽拿下，且讲课非常受学生欢迎！优秀强大的遗传基因，给了这个小生命一颗聪明的脑袋和可爱的样貌，加之父亲从小对他的循循善诱和良好的兴趣培养，让尚在小小孩童时的他便对音乐和美术产生了浓厚的兴趣，学起来“灵”得很！他当时在县城东方红小学上学，这所小学在当时很有名气，尤其是在文艺宣传活动方面处于领先之列，这样的环境给龙青山的成长提供了很好的机缘。喜爱文艺的他，是老师眼里的好苗苗，小小年纪的他参加了学校和班级组织的好多节目演出，他的表演才华如“小荷尖尖”般开始崭露头角了。

1972 年，晋东南地区戏曲学校到沁源县招生，当时来了两位老师，招生条件也非常严格，除了看长相之外还要看手、看脚、看身材，招生老师很负责、很认真，对每个考生的筛选都特别仔细！在样板戏盛行的年代，两位老师一见龙青山浓眉大眼，虎头虎脑，长得酷似《智取威虎山》中的杨子荣，当时就决定把他招上了，戏校当年在沁源只招了两个学生，他是其中之一，亦可见当时的竞争之激烈。在当时能被艺校录取就意味着将来有工作了，而且上学期间全部公费，这样的条件是很多家庭和孩子的向往。虽然他的父母属于工薪阶层，可是毕竟要养活五个孩子（龙青山是老大），实属不易。由此也可得知当时父母的高兴程度了。然而，好事多磨。万万没有想到的事，他却被人告到了县里。眼看着同时录取的孩子已经入学了，而他迟迟收不到入学通知，得知原因后，他的父亲到县里据理力争，又到地区教育局找人评理，最后艺校又让他到地区重新考试，他记得当时考题是所有考生都唱一首歌曲《大海航行靠舵手》，念一段绕口令。而他却多唱了一段上党落子，还和老师要了一本歌曲书，当场看着简谱唱歌，"这么小的孩子已经识谱"，这让所有参加招生考试的老师非常震惊，天赋这么好的孩子不录取实在可惜啊，珍惜人才的老师们一致决定录取他！经过这番波折，11 岁的他终于在三个月后入学了！小"杨子荣"带着父母的牵挂和期望，走出了大山，开始了他的独立学艺之路！

走进梨园芳草地

柳暗花明，龙青山虽然比别的同学晚了三个月才入学，但如愿以偿来到了自己向往已久的学校，心里自是欢喜！

戏校是培养演员的摇篮，从童子功练起。戏剧艺术则是融文学、音乐、美术、舞蹈等为一体，以演员表演为中心，以唱、念、做、打等手段为基础的综合舞台艺术。这些十几岁的孩子为了心中的梦想，从各个地方走到一起，睡的是大通铺，吃的是大锅饭，既要学习文化课，又要学习专业基础课，压力也不小，而且，正是调皮捣蛋的年龄，自是免不了打打闹闹。龙青山在当时的班上年龄算是比较小的，又来自山区小县，被同学欺负是难免的。好在淘归淘，闹归闹，毕竟是"少年不识愁滋味"的时段，过一阵便忘记了。抑或说，因了这特殊的嬉闹，再加上迟入学，他需更加倍努力，许多功课都得往上赶，小小年纪的他深知这学上得不易，自是格外用功。

学戏是个苦差事，是对一个人意志品质的极大考验。入学后就要每日坚持练功，日积月累，才能练就一身真功夫。戏曲舞台艺术里的做念唱打、台步、跑圆场、靠旗、翻身、刀枪把子等都是必修的基础课。从小比较懂事的龙青山，没有辜负人生黄金时段七年的学习生活。他常常天不亮就开始练功，手舞银枪，疾步如飞，汗如雨下，磕着碰着是常事。每次上课的时候，不论文化课还是专业课，他都认真地听老师讲的每一句话，看老师做的每一个动作，将一招一式默记在心。下课后反复练习，只是为了动作更符合老师的要求，做得更到位、更标准，使肢体语言更富有灵魂。他说最难忘的老师班主任邓德田，是他们的身段课老师。邓老师人品很好，从不歧视他们，无论从哪方面对每位学生都很关心，让他至今难忘。还有一位是刘少华老师，是唱京剧的，教得好，知识面广，深受学生喜欢。正是受了刘老师的影响，他喜欢上了京剧。他从两位老师身上学到不少东西。

他记得去了艺校上学不久，学校老师为他排练的第一个教学剧目就是《智取威虎山》中“打虎上山”这场戏，饰演杨子荣的就是他。天生的长相，响亮的嗓音，老师手把手地教，龙青山认真地学，一招一式刻苦练，他没有辜负老师，虽然这只是教学剧目，主要是学习锻炼，没有正式演出过，但他的扮相和演技还是给老师和同学留下了深刻的印象。后来他又排练了《沙家浜》选场，饰演郭建光。这两个角色的塑造，让他的舞台表演长进不少。

在戏校学习期间，正是现代戏、样板戏盛行之时。他有一副天生的好嗓子，经常在排练剧目时替台前表演的同学配唱。处于变声期的他，不懂得如何保护嗓子，导致后来嗓子倒仓。他转而学习武功，后来还进入仅有七人的武功组，大家比学赶帮，每个人都练得非常刻苦，因而在每次的全省戏校基本功比赛中名列前茅。正是长身体的时候，由于练功消耗体力，吃不饱饭，学校在伙食方面对武功组的同学给予了特殊的照顾。嗓子变声后老师在排练教学剧《磐石湾》时，安排他扮演反面人物“黑头鲨”，尽管不属主角，但他的表演功夫、对人物的刻画把握，还是受到了师生的一致肯定。五年的戏校生活，数度寒来暑往，就在这紧张有序的学习中过去了。

就在他们即将毕业时，国家形势发生巨变，文艺界迎来了新生，重新恢复了对传统戏的学习排练演出，他们这批学生便又留下来学习传统戏剧，延迟两年毕业。老师根据龙青山的条件，让他学习的行当是“二花脸”。“二花脸”俗称“副净”，又称架子花，雅一点叫“二丑”，近似丑角，有时候还扮演一些诙谐狡猾的角色，其特点是戏份比较少，但却是戏中不可或缺的角色。两年传统戏的学习，让他增长了不少知识，随着年龄的渐长，他对所饰人物的理解、把握更加到位。

在晋东南戏剧学校学习的七年时间，龙青山像一棵雨后的春笋拔节而长，由一个青葱懵懂的少年，长成了一个风花正茂的青年。在这片艺术的芳草地上，他努力汲取各种养分滋润着他的艺术生命，为未来真正走上舞台，开启他的艺术人生，打下了坚实的基础！

爱上花脸结伴行

1979 年 10 月，龙青山从晋东南戏剧学校毕业了。因为在学校学的是“二花脸”，他嗓音浑厚高亢，扮相、演技都非常不错，被老师看好，毕业时分配到晋东南地区上党梆子剧团。

正是青春勃发充满朝气的好年华，龙青山带着理想与激情走进了放飞梦想的工作单位——上党梆子剧团，开始了他真正的舞台生涯。说实话，当时剧团的工作条件还是很简陋的，住的宿舍不仅没有写字的小桌子，甚至连坐的凳子都没有。但是因为从小对戏剧的热爱，这样的艰苦环境，对当年的他来说真是“天空飘来五个字，那都不是事”。龙青山说，学习“花脸”这个行当很难，要在台上演好更难！这是个艺术特色极其鲜明的行当，那千变万化，色彩绚丽的脸谱，那音韵铿锵，黄钟大吕的唱腔，都能给观众留下永远难忘的印象。台上一声“哇呀呀”，爱看戏的观众，只要一听这洪亮的声音，演员还未露脸，就知道这是花脸人物要出场了。因此这行当对演员要求特别全面，尤其是“二花脸”，又得嗓音好，又得会刻画人物，还得有规范、漂亮的身段，学校培养一个“花脸”演员不容易，剧团出一个“花脸”好演员更不容易，“花脸”演员在好多剧团都是“珍稀物种”。

在剧团工作的七年时间，他兢兢业业，服从团里的安排，对自己扮演的角色从不挑剔，认真排练，努力让自己扮演的人物符合剧情要求，尽量演出角色的灵魂。工作期间，他演过《忠烈千秋》中的“呼延庆”、《潘娘娘》中的“杨七郎”、《秦香莲后传》中的“包拯”、《下河东》中的“呼延赞”等，这些角色在戏中属“二号人物”。虽然每次排戏很辛苦，但他从不偷懒，他的演出均得到行家的肯定和观众的赞誉。此外他还作为武功演员参加过上党落子电影《佘赛花》的拍摄。龙青山因为自己在校学的是“花脸”，上台演的角色是“花脸”，他不仅深深地爱上了“花脸”这行当，而且还喜欢上了绘制“脸谱”，甚至近乎痴迷。

脸谱，是传统戏曲演员脸上的绘画，用于舞台演出时的化妆造型艺术。不同行当的脸谱，情况不一，主要用于净（花脸）和丑（小丑）。说到脸谱艺术，龙青山说：“我喜欢上搜集和绘制脸谱是从扮演《杨门女将》中的‘焦赞’开始的，这出戏是我们班排练的第一个传统戏，我在戏里饰演焦孟二将中的焦赞，第一次往脸上画是刘少华老师给画的，后来自己慢慢学着画。有一次刘少华老师拿着一本《郝寿臣脸谱集》，这本书很厚，里面全是京剧脸谱，我爱不释手，用了近一个月时间全部临摹下来。刘老师调到市艺校后，有一次我去看他，他送给我一本《豫剧脸谱》，我从那时开始搜集脸谱，不管是报纸还是书刊上的我都把它剪下来收藏。”工作后他不但自己钻研，还主动向一些老艺人请教，只要听到哪个剧团有唱花脸的老师，总是千方百计打听人家的住址，不管多远都要去登门求教，拜师学艺。

在剧团工作期间除了排戏演戏，他把业余时间都用在了学习绘制脸谱上，他的勤奋得到了时任剧团书记的王财旺的大力支持，王书记听说他搜集绘制脸谱，便特意让会计从库房里拿出一张桌子和一把椅子送到他的宿舍，这在当时也算特殊待遇了，他为此特别感动，至今难忘，说起来依然激动。在上党梆子剧团工作时，他先向团里的薛万青、王来虎、米小胖、卫建顺等老师搜集，后又向上党落子剧团的赵德芳、曹怀喜等老师搜集。在向这些老艺人学习时，他自己用绘图纸先画出人脸的轮廓来，再拿着各种色彩的彩笔去找老师，让老师上好色后他再去取回来收藏。有的老师把自己绘制多年的脸谱交给他，他总是抓紧时间仔细临摹后赶紧把原件送还人家，就这样把两个剧团的老艺人几乎走遍，搜集整理了不少优质的脸谱资料。

学习的过程虽然非常辛苦，但是他的绘制技艺也在飞跃，以至于有一次当他拿着自己临摹的脸谱去到一个老艺人家，把自己的和老艺人画的放在一起，让老艺人辨认哪幅是自己的，老艺人自己都分辨不出来了，后来这个老艺人自己的一些作品也遗失了。可以说这期间，他把自己的满腔心血都交给了心爱的“脸谱”，他在绘制的同时，也在读它们，与它们进行心灵的沟通，体味它们的酸甜苦辣，这些无声的朋友也陪他度过了无数难忘的日子！

2009年，上党戏剧院出版了《上党梆子脸谱》一书。这本书的主绘便是龙青山，他同时还是该书的副主编之一。尽管他调离上党梆子剧团已经二十多年了，当年梆子剧团几位老艺人大都已去世了，然而，当上党戏剧院的有关负责人请他一起编撰这本书时，出于对“脸谱”的喜爱，他毫不犹豫就答应了，他把自己二十多年来收集、整理、绘制的脸谱都奉献了出来，为这本书的出版奠定了良好的基础，而这一张张五颜六色的精致脸谱，是他几十年的心血凝聚。为这本书的出版，龙青山倾注了大量心力，一盏孤灯伴他通宵达旦工作，是那个时段的常事。这本书的出版保留和传承了古老的脸谱艺术，保存了源于民间的传统文化，弥补了上党梆子文化在这方面的缺憾，为上党地区的非物质文化遗产做出了重大的贡献。

欣喜得知，龙青山现在收藏有京剧、豫剧、山西四大梆子、川剧等脸谱大约有两千幅，而他并未停止，仍在收藏脸谱的路上继续行走着……

粉墨春秋脸上描，风雷电闪绮纹飙。
红黄蓝紫镌神圣，白绿银灰画鬼妖。
凤翥龙蟠云锦漫，蜂缠蝶舞杏花飘。
鲜明三块鸳鸯瓦，铁马金戈洗后销。

这是一首写戏剧“脸谱”的诗，恰似龙青山精湛的“脸谱”艺术，锦绣多姿，精彩纷呈。

青春作伴好还乡

1986 年 10 月，龙青山从上党梆子剧团调回了沁源县文化馆工作，回到了自己的家乡。青春正好，年富力强！

说起调动工作，也是颇费周折。龙青山之所以想回自己家乡工作并且想改行，主要是考虑到以后的发展前途。他说，花脸在上党梆子戏中永远不可能站到台中，只有须生和青衣才是主角。而且不少同学都找关系离开了剧团，有的也改行了，他也私下想过，他父亲当时是实验小学校长，请父亲出面帮帮忙换个工作，但是，父亲碍于情面又讲求原则，并没有帮他这个忙。

当他和剧团领导提出申请时，大大出乎领导意料。书记和他说："咱团花脸演员本来就缺，你正是演戏的时候咋能让你走了？而且你还要改行，这多可惜？坚决不能走。"在领导和剧团人眼里，他不可能改行离团，因为他平时不停地学习、钻研业务，演出中从来没带过任何情绪，更不像有的演员，想调离团里不答应就在工作中闹情绪或刁难领导。最后，出于个人感情，团领导还是答应了他的请求。但是，当他去到地区文化局办正式调动手续时，时任晋东南地区文化局副局长、戏剧院院长的张仁义老师却告知龙青山说："有人向文化局告你的状了，说剧团缺少花脸演员，不能让你调离并改行，不让给你办手续。"戏剧院院长张老师是个导演，给上党梆子剧团排过戏，龙青山和他很熟，他劝龙青山不要改行回沁源了，学了那么多年放弃演戏太可惜了，并说要把他调到戏剧院工作，但龙青山告诉他自己在沁源的工作已联系好了，其实，这是他向人家撒了个谎。张院长看他去意已定，就没有再难为他，嘱咐有关人员给他办好了调动手续。

调离手续办好了，但沁源的工作单位并没有联系上，龙青山就和人事局领导商量，先把手续放到人事局，等有了单位再说。其实，当时县文化局答应要他，但之后没有接收他。后来，龙青山去了县文化馆，他满怀一颗感恩之心，努力积极工作，特别是业务上尤为突出。文化馆是群众文艺，搞的是业余文艺，而他是专业水平，他用自己的优秀证明了自己并不是“无用之人”！

适逢其时，县里当时正在创办艺校，缺少师资，龙青山被临时抽调去当戏曲老师，因为各种原因文化局安排他到图书馆担任副馆长，而他的实际工作是仍在艺校当老师。他记得，当年艺校开学后，先招了六十名学生，开设了晋剧、秧歌、舞蹈、歌唱、乐器等专业。当时的办学条件异常艰苦，甚至寒酸：学校就设在20世纪80年代修建的露天剧场的戏台上，教师没有办公室，学生没有教室，半露天的简陋舞台既是教室又是练功场地。好在楼上还有两大间房子，算是能解决学生们的住宿问题，老师们在原单位上班和备课，来戏台上给学生上课，工资由原单位发，艺校没有任何报酬。但老师和学生们都用极大的毅力克服了不少困难，老师用心教，学生认真学，基础知识和基本功都很扎实。三年之后，学生毕业后组成了一个艺术团，龙青山担任团长，他经常带着这些孩子们下乡演出，深受乡亲们的欢迎。但是由于种种原因，两年后艺术团被迫解散，龙青山回到图书馆工作，这些学员开枝散叶，自谋生路，多年后他们在各自的行业都有不错的成绩，他们非常怀念与龙青山团长相处的那些日子。

后来担任文化馆馆长的孙树青（她既是龙青山的师妹又和他在艺校一起做过老师），觉得龙青山科班出身，才华出众，集作词、作曲、编剧、导演等于一身，是沁源文艺界不可多得的人才，孙树青觉得让龙青山一直在县图书馆工作下去，实在是对人才的一种浪费，于是她多方协调将龙青山调到了文化馆工作。

重回文化馆后，这个良好的平台让龙青山的才智有了用武之地！他以自己的勤恳敬业得到了大家的认可，他开始从事剧本创作，担任节目导演、剧目编导，搜集整理沁源秧歌，作词作曲等等。龙青山的创作激情如星星之火燎原，迎来了他生命中的创作之春，把自己的一片丹心献给了生他养他的家乡，为繁荣家乡的文化文艺做出了杰出的贡献！

霜叶红于二月花

秋天是一个美丽的季节！古往今来，无数诗人为秋天写下了美好的诗句！杜牧的“停车坐爱枫林晚，霜叶红于二月花”，刘禹锡的“山明水净夜来霜，数树深红出浅黄”，辛弃疾的“稻花香里说丰年，听取蛙声一片”……千百年来，脍炙人口。走在人生的秋天里，龙青山在经历了无数的春露秋霜夏雨冬雪，于四季轮回中，迎来了自己的“枣实垂红”“五谷丰登”！他像一个劳作的农夫，又像一个辛勤的园丁，在自己的一亩三分田上，精耕细作，修枝剪叶，在这片希望的田野上，挥洒汗水，期盼丰收。

龙青山从 1986 年 10 月调入县文化馆后，开始从事剧本创作、编导节目、作词作曲、收集秧歌、美术创作、篆刻艺术等等工作。据不完全统计，30 多年的时间，他创作、导演、编曲的大小剧目约 300 多个，有的上过央视频道，有的在省、市汇报演出中获奖。他在创作之余，还参与了一些书籍的编撰，发表过不少文艺评论。在此我挑选一些具有代表性的作品，简单列举一下，以飨读者！

独立及参与编撰的书籍：《戏剧曲艺》《沁源县晋剧团简史》《上党梆子脸谱》《长治市戏曲进校园》（教材）。

独立及参与编导、编曲、表演的参赛作品及获奖情况：秧歌表演唱《赶集路上》（长治市群艺调演一等奖）、《森林保护闯新路》（长治市文艺调演二等奖），小品《情深》（山西群艺馆剧本征集银奖），秧歌小戏《支书老婆去打工》作曲（全国群星奖山西选拔赛铜奖），表演唱《爱心的哥》作曲（在央视《曲苑杂坛》多次播出），表演唱《长治三农谱华章》作曲（2011 年长治市春晚播出），大型秧歌剧《山妹》导演、作曲（长治市优秀剧目展演中获音乐设计奖），秧歌表演唱《沁源宝》《习爷爷我想对您说》《大手牵小手》作词、作曲、导演（央视少儿频道播出），沁源三弦书《千古传奇"思烟台"》创作、编曲、导演、主唱（中国曲艺"牡丹奖"二等奖）等。

独立创作的舞台剧：《俺们的好书记》《诚信好人常二林》《常二林还债》《叔侄情》《英雄的土地》。独立创作大型沁源秧歌剧《米小翠当官》《唱着秧歌打日本侵略者》。

龙青山还潜心钻研花鼓艺术，搜集整理了 20 多首花鼓秧歌词曲和 20 多种锣鼓经。参加《沁源秧歌五十首》光盘录制工作，担任创意、副导演及词曲整理工作；2016 年创办"青山戏剧"公众号平台，收集录制了大量沁源秧歌、晋剧等非遗文字资料及演出视频；为沁源老年大学晚晴艺术团表演的《老娘难》编曲；为沁源秧歌《花鞭情》作词编曲；为秧歌剧《姐妹易嫁》《小二黑结婚》设计音乐和唱腔等。

发表艺术作品、剧评及研究性文章：《一出让农民看得起的好戏》《梨园曲坛百花竞放》《三兄妹游沁源》（相声）、《沁源秧歌"挑高"艺术浅谈》《为谁点赞》（小品）、《沁源秧歌挑高唱出美好生活》《创新发展的沁源秧歌剧团》等。

美术作品《正气》参加了山西省首届反腐倡廉书画作品展览，并入选《山西省首届反腐倡廉优秀书画作品选》一书。篆刻作品在长治市书画展中获优秀奖。

…………

丹心一片献故园啊！当我一口气捋出这些作品时，真有一种荡气回肠的感觉，这些源自龙青山生命的作品，就像秋天那满山的红叶，如火如荼地装点着他的人生，他的人生之秋也是丰收之秋硕果累累！

愿为家乡谱新歌

《我的家乡在沁源》是龙青山写给家乡的一首歌！歌中唱词是这样的："山西有个沁源县，沁源就是沁河源。沁河母亲多慈祥，养育儿女千千万。沁源有座灵空山，奇松古刹半空悬。神话传说遍灵空，人间仙境不虚传。我的家乡在沁源，资源矿产遍山峦。人杰地灵山水秀，天赐宝盆在人间。"这质朴的歌词、优美的旋律，唱出了一个土生土长的沁源人对自己家乡的无限热爱！

作为一个从事艺术创作的综合型人才，他把自己所有的时间和精力都贡献给了他挚爱的这片土地和钟情的事业。只要县里有文艺活动，他常常被大小团体邀请指导，经常忙得不可开交，而他总是乐在其中，编创了很多人民群众喜闻乐见的优秀节目。他有一个睿智的大脑，有一双敏锐的眼睛，善于搜集、挖掘人们生活中发生的有意义的事件，创作剧本，排练成戏，搬上舞台，向社会传播正能量！在这条充满希望的艺术之路上，他一直在跋涉、在探索、在创新！为繁荣沁源的文化文艺，讲好社会主义新时代沁源故事，作为一个文化文艺人，龙青山从未停下过自己的脚步。

向自己的故事挥一挥手，还没有结束又有新开头，每一次把欢笑送给别人，每一次把苦涩留给自己。龙青山是一个有故事的人，但他的键盘上敲出的永远是别人的故事！在绿色沁源的文艺百花园中，他像一朵无名山花默默吐芳而不争艳！

青山在，人未老！绿色沁源，有你真好！文化沁源，有你真好！沁源梨园，有你真好！

愿龙青山的艺术生命，如家乡的太岳山一样四季如画、风光无限；愿龙青山的创作源泉，如家乡的沁河水一样源源不绝、长流不息……

2020 年 2 月 21 日于北京

酸甜苦辣皆是歌

——简记秧歌人赵小转

在我的故乡沁源，但凡看过秧歌剧《老娘难》的人，一定不会忘记剧中“老娘”的扮演者——赵小转。她的形象她的唱腔，或低吟或高亢，或倾诉或悲伤，把一个善良勤快、历尽艰难、含辛茹苦、忍辱负重、左右为难、老无所依、悲愤难诉的可怜母亲，演绎得淋漓尽致、惟妙惟肖、催人泪下，我曾在网上看到过她演的《老娘难》，非常感动，几乎是流着眼泪看完的……

一个偶然的机会，我见到了秧歌人赵小转，而且有幸亲耳聆听到了她演唱的沁源秧歌《闹一个好人家真不容易》，那婉转流畅、字正腔圆的表演，引起了我的极大兴趣，瞬间便产生了想写写她的念头。在前秧歌协会主席、资深秧歌人雷玉清的引荐下，我见到了赵小转，并和她进行了简短的沟通，对她的从艺之路有了一个浅显的认识，从中也了解到，在秧歌声遍地开花的故乡沁源，说起赵小转这个名字，无论是圈里还是圈外，很多人都知晓她，她的足迹也几乎走遍沁源大地，歌声随着脚印或喜或忧，或悲或乐，或快或慢，回响在故乡的很多山寨乡村、犄角旮旯，丰富了乡亲们的文化生活。她的演唱曲目和风格很接地气，深受当地老百姓的喜爱，以至于凡是听到过她名字的人，家里有事需要“红火家”，大家都愿意把她请来唱上几段，无论是戏曲唱段还是流行歌曲，观众点到的，她几乎都能唱来，沁源秧歌更是她的拿手好戏，久而久之她便成了“红火摊子”上的名人了，最忙的时候，一天要奔走好几家，作为一个秧歌人，她天天辛苦着也快乐着。在这里，我想把我看到的、了解到的赵小转，告诉热爱沁源秧歌、喜欢赵小转的人们。

青春正好，走进艺校

赵小转，郭道镇乔龙沟村人，生于1963年，是我的同龄人。和她初次接触时，不知怎么我对她的这个名字有种别样的感觉，在我们出生的那个年代，总觉得她的名字里或许寄托着父母的某种心愿，亦如我们常常听到的“拉弟”“改弟”“招弟”等？和她聊起这事时，她说确有其意，只不过父母是想要女孩而并非男孩，她告诉我她家兄弟姊妹共九个，她排行老六，上面有四个哥哥一个姐姐，父母连生四个儿子后特别想要女儿，姐姐的到来让父母大喜，故而取名大转，她的名字便紧随其姐取名小转了，之后她给父母带来了两个妹妹一个弟弟，五龙四凤，人丁兴旺。不过在20世纪六七十年代这样的大家庭，仅仅靠以土地为生的父母，他们身上的负担可不是一般的重。尽管父母一年四季从未停息，种地、养猪、喂鸡等，也仅仅能解决温饱而已。赵小转说，她的母亲性格温和，喜欢秧歌，唱起来特别好听，茶余饭后经常给孩子们唱秧歌。在母亲的秧歌声中长大的赵小转，从小就对秧歌产生了浓厚的兴趣，她天资聪明记忆力好，很多大人唱的歌，她听一两遍就记住了，加上一副天生的好嗓音，逢年过节村里闹秧歌便少不了她，大大小小的演出中，常常能看到她小小的身影，而她当时的愿望就是长大以后能做一个演员。由于家里孩子多，排在中间的她为了帮助父母照看弟弟妹妹，比同龄人晚上了四年学，好在父母没有让她辍学，她在村里上完了小学，而后又到郭道镇上了初中。读书期间，因为特别喜欢唱歌，她经常把作业本用来抄写歌词，上课不专心，学习成绩不是太好，为此没少挨父母的打骂，但是打归打骂归骂，过了还是“外甥打灯笼——照旧”，说不上是青春期的叛逆，就是发自心底的喜欢。

念念不忘，必有回响。1982 年，就在赵小转初中快毕业时，县艺校到郭道中学招生，她和喜欢唱歌的同学一起参加了初试，老师当场便告知她初试通过了，让她准备到县城参加复试，如果复试能通过，艺校就正式录取了。她欣喜万分，立即和家里人商量报考艺校的事，父母却坚决不同意，原因有二：其一，父母传统观念很重，认为一个女孩子，唱唱秧歌当玩可以，但要真正做一个“戏子”坚决不行；其二，家里的确困难，她的两个哥哥上到初中便回家务农了，帮助父母养家糊口，她读初中时，父母还在供着另外两个上高中的哥哥和一个上大学的姐姐，下面还有三个上学的弟弟妹妹，尽管当时的学费很低，但要同时供六七个孩子上学，仅生活费也够父母发愁的了。但是，赵小转不顾家里人的坚决反对，打定了主意要考艺校，在郭道初试选上后，复试就要到县城进行，可她手里连买车票的几毛钱都没有，又不敢和父母要钱，于是她趁父母不在家时，偷偷地拿了家里的鸡蛋跑出去到村里的小卖铺卖了，跑到车站买了车票，独自一人去往几十里外的县城，寻找艺校参加考试。到了艺校一看招生要求，她已超龄了，在填表时她又自作主张把年龄缩小了 4 岁，终于参加上了招生考试，至今她还记得，当时考试时，老师只让她唱了一首《数九寒天下大雪》的歌，便高兴地告诉她考上了，木已成舟，父母不再反对了，她带着简单的行李，1982 年 5 月 20 日入学了，19 岁的她从此成了艺校的一名学生，这一天也成了她终生难忘的日子。

带着满心的欢喜和憧憬，赵小转来到了心中向往已久的“大地方”，走进了她期待已久的学校，和她一起入学的同学，都比她要小好几岁，最小的同学和她相差 9 岁。他们这批学生入学后，全部学习戏曲，主要为县晋剧团培养后备军。戏曲是一门综合性的艺术，培养一个好的戏曲演员，除了必须具备先天的好身段、好嗓音和端正的五官外，更重要的是训练基本功。戏曲表演中的唱、念、做、打，要从最简单的、最基本的东西学起，腰、腿、跳、旋、跌、扑、翻、滚等等，是一个戏曲演员必须熟练掌握的各种动作，在腰腿功中，腿功又是最重要的。同学中赵小转的年龄最大，错过了练功的最佳时期，和所有的同学相比，赵小转在基本功的训练中，明显处于劣势，四肢过于僵硬，尤其是被老师掰腿的时候，多次疼得痛哭流涕，但她心里始终有股韧劲，性格倔强，自尊心强，不甘心落后于年龄比她小的同学们，常常和自己暗暗较劲，疼过哭过继续练。也许正是因为她比同学大几岁，所以更加懂得珍惜学习时光，更懂事，更能吃苦，多少个夜晚同伴已经入睡了，她一个人还在悄悄练习，无数个黎明别人还在梦乡，她又早早爬起来练功了。功夫不负有心人，入学一个多月的时间，她便掌握了训练要领，四肢变得柔软，收放自如，深得老师喜爱，用她的话讲，“没有挨过老师的一次打骂”。

随着时间的推移，她的基础课中的各种基本功，都掌握得更加到位、应用自如了，这为她以后的舞台生涯打下了良好的基础。在说到她为何选择学习“须生”这一行当时，她说，一是她的嗓音清亮，老师认为她适合唱须生，二是她自己特别喜欢这一角色，再加上她个子高挑扮相好，从此便和须生结缘了。她在艺校学习时，正赶上刚刚恢复高考，各行各业人才断层，他们虽然学的是专业的戏曲，是未来的戏曲演员，可是学校却没有固定的专业老师，上学期间他们没有上过识谱课，所学戏曲唱段，基本还是靠老师口口相传，或老师唱谱学生唱词，更多的是跟着刚刚兴起的录音机学习，教他们唱腔的是马学友老师，她记得当时，在晋城工作的叔叔送了她一个小录音机，还有两盒磁带，她便尽量把老师的唱段录下来，自己一遍遍地跟着学，竟然也学会了不少唱段。在学校学习时，她参加了《打金枝》《辕门斩子》《黄鹤楼》《哭灵堂》等剧目的排练，对自己扮演的角色，无论是表演还是唱腔，都把握得比较到位，得到了老师和同学的好评。

学有所成，走上舞台

艺校原本是三年的学制，但由于县晋剧团急需人才，所以他们这批学生便提前一年毕业分配工作了，除个别人分到绿茵剧团外，大多数人分配到了县晋剧团。从此，赵小转正式与舞台结缘。赵小转知道自己虽然参加工作了，但是并没有真正出道，于是她更加刻苦努力，在认真做好团里安排的工作后，虚心向老演员学习求教，细心观察人家的表演，人家在前台演，她就悄悄藏在侧幕观察，一字一句，一招一式，都牢牢记在心里，一场戏从排练到演出，她都紧紧盯着默默地认真地学习，几场戏演下来，她便能把剧中须生一角的唱段、台词及表演套路熟记于心。

20 世纪 80 年代，正是文艺复苏时期，也是各地剧团最红火的好时候，每年正月未过十五，剧团便应邀到外地演出，一辆敞篷车载着全体演职人员，简单的行李伴着他们走出家乡，起早贪黑，一路颠簸走四方，一走少则几个月多则要一年，他们的戏走到哪里都受欢迎，长治、临汾、阳泉、晋中、左权、孝义、忻州等，最远到达内蒙古的呼市、包头等地。回忆起这段经历时，赵小转说这期间，有两件事情让她最难忘记。

一件是她刚参加工作的第二年，在阳泉演出时，当时演出的剧目是《三审皇宫案》，这是一个大型三联本古装历史剧，有一次演出快要开始时，当时扮演主角“裴政”的一个老演员突然生病上不了场，而演员中又没有 B 角代替，剧务主任急得满头大汗，在舞台上团团乱转，情急之下，急忙问赵小转：“你敢不敢上?”当时赵小转才到剧团两年，且第一年几乎是在跑龙套，没有演过正经角色，但是对这个戏的内容和扮演的角色还是比较熟悉，尤其是念白和唱词，都能记得住，她平常的“偷戏”派上用场了，看到主任着急的样子，她不知哪来的勇气，不假思索地说了句：“敢!”“救场如救火”，她赶紧化妆换装，平心静气，稳稳地登场了，而且演得很好，以至于观众都没看出任何破绽，而她欣喜的是，从此以后她演上了自己心心念念的主角，听她说这事，我真佩服她的胆量和胆识，真可谓“艺高人胆大”啊!

另一件事是，有一次在忻州演出时，她母亲突然去世，她哥哥给她发了三次电报，催她回家送母亲最后一程，可是当时演出正紧，没有临时顶替她的演员，直到安葬了母亲，哥哥到演出地找到她，她才知道母亲已经不在人世了，而她连最后一程都没有送老人家。好在这地方的演出全部结束了，领导准假让她随哥哥一起回家。一个多月后，她才又回到剧团，这件事成了她终身的痛。后来由于家里三个孩子需要照顾，她不得不离开了她心爱的舞台。在剧团工作的八年多时间，与大家朝夕相处的日子，扮演过的各个角色，永远留在了她的生命里，那实在是一段难忘的美好时光。

生活所迫，无奈选择

在赵小转离开剧团的日子里，对于县剧团来说是一个损失，培养一个好演员太不容易了，何况还是一个演主角的料，但是团领导也知道她的具体困难，不得不忍痛割爱。而对赵小转来说，当时正是她演技日臻成熟、在舞台上大显身手的时段，不得已而为之的选择是痛苦、是折磨，好长一段时间，她身在家中心系舞台，手里拿着锅碗瓢盆勺，嘴里唱着《狸猫换太子》，常常干活干着干着就走神了，不由自主地就在地上走起了台步，逗得孩子们直笑她。因为心里不舒服，她的脾气也变得急躁易怒，动不动就冲孩子们发火撒气，甚至动手打孩子们，孩子们也为此受了不少冤枉气。

回忆这段往事时，她觉得当时实在是对不起孩子们，说着还难过地掉下了眼泪。虽然她离开了剧团，但是她还是住在剧团家属院，生活的圈子还是以前一起工作的同事朋友，那时县里就兴起了办事闹“红火”的乡俗，和她要好的朋友，看她如此难受，就偶尔拉她出去，在办事的“红火摊子”上，和大家一起扭扭秧歌，让她在临时搭建的舞台上给大家唱几段，慢慢地她的情绪才有所好转，积存于内心深处的疙瘩，也开始慢慢化解了。

后来，孩子们长大了，先后离家外出上学，她有了短暂的重新属于自己的时间，于是开始积极参加县里面组织的文艺活动，在秧歌的舞台上又重新找到了失去的自我。再后来她凭自己的能力组织了一套秧歌班子，尽管只办了三四年，虽说辛苦，但是收入不错，她家在县城的楼房就是靠她的秧歌班子走村串巷挣的辛苦钱买到手的，后来她说自己实在是心力不够了，就解散了自己好不容易办起的秧歌班子，卸下担子，轻装上阵，跟着别人的班子凭借自己已有的名气唱着秧歌走四方了。

桑榆非晚，霞彩满天

2017 年冬天，老年大学晚晴艺术团组织排练《老娘难》，秧歌协会找到她，邀请她来演剧中的“老娘”，主要是看中她的表演风格和独特的嗓音，觉得她比较适合演悲剧。

赵小转是一个能吃苦肯下功夫的演员，尤其是入戏特别快，在她刚拿到剧本，和其他演员合对台词时，就已经入戏了，有一次排练前演员对完剧本从排练室出来后，大家看到赵小转两眼泪汪汪的，以为她受啥委屈了，一问才知刚刚对完剧本，她还沉浸在剧中，没有走出来呢。这个戏从2018年正月开始演出，多次下乡，她的表演都很动情，对人物的心理细节把握得很准，尤其是她那富有磁性略带嘶哑的唱腔，特别符合悲剧人物，每一次演出，台上的她淌着泪唱，台下的观众流着泪听，大家仿佛不是在看戏，而是看到了一个正在受难的老人，因而为她伤心。

一个朋友对我说，有一次他们下乡演出，坐在台下的几个领导，看着她的表演，都被感染得泪流满面，甚至连话都说不出来。晚晴艺术团的舞蹈演员们说：“我们不敢看小转演的《老娘难》，伤不尽的心……”这台好戏深得民心，受到了老百姓的一致好评！

有人说，一台戏只要选对了演员，就已经成功了一半，可以说《老娘难》遇到赵小转就已经成功了一半。此后，在一些秧歌剧中，赵小转扮演的一些角色都深受老百姓的喜欢，比如《刘四姐》中的李英、《刀下留鸡》中的三女则等等，都给观众留下了极深的印象。

2006年赵小转在沁源县举办的民歌大赛中获得二等奖；2007年在长治市举办的首届民间秧歌电视大赛中获得一等奖，因在大赛中表现突出，她喜获长治市广电总台《上党娱乐秀》特聘演员。因为中途的离职，她已算不上专业的演员了，失去组织的她，参加的各种比赛极少极少，仅有的一两个奖，可以说是她生命中的“一点红”了，当她和我说起这些荣誉时，非常开心，她说她实在太爱这个行业了，不管获奖与否，她都要一直唱下去。

记得很久以前的一个电视剧《篱笆·女人和狗》，片尾主题歌叫《苦乐年华》，这首由范琳琳演唱的超级经典名曲，曾红遍大江南北，久唱不衰。其中有几句歌词是这样写的："生活是一团麻，那也是麻绳拧成的花；生活是一根线，也有那解不开的小疙瘩；生活是一条路，怎能没有坑坑洼洼；生活是一杯酒，包含着人生酸甜苦乐……"这是生活的本真，作为一个行走于乡间，忙碌于街坊的秧歌人，赵小转亦有她的难处、她的苦恼，但是这些生活中的琐事，并不能妨碍她对唱歌的热爱，我很为她的这份情怀感动，尽管她早已离开了属于自己的专业舞台，但她情系梨园，痴心依旧，在繁杂的生活中又寻找到了民间自娱自乐的舞台，让心有归属，情有所托。无论生活给予她什么，只要一唱起心爱的歌曲，她就忘却了一切的烦恼，再苦的人生都要歌唱，快乐的日子更要歌唱，唱歌是她的生命，她的今生是为唱歌而来，她的歌声唱出了生活的酸甜苦辣，生活中的酸甜苦辣都是她的歌！

这就是我所认识的赵小转，一个曾经的专业演员，一个当下的民间艺人，一个没有任何头衔的沁源秧歌人，一个年近六旬依然驾车奔走忙着演出的"红火摊子"上的名人。愿她的歌声能带给乡亲们更多的快乐，愿更多的人能关注赵小转，认识赵小转，愿赵小转能用自己的方式同样为传承沁源秧歌做出贡献。

2020 年 10 月 20 日于北京

银杏片片，晖映太岳

——有感于王翌晖老师的家乡情怀

我与王翌晖老师素不相识，至今未曾谋面，只因我们都是沁源人，在微信盛行的当下，我们成了故乡微信群里的“微友”。

不久前我在县文联建的供文学爱好者学习交流的“沁之源文学群”里，看到一个叫王翌晖的微友发了几段视频，其中一个上面写着文字“呀呀呀，原来咱们是岳家军的后代”，也许因为我是学历史的，所以非常感兴趣，赶紧点击视频来看，这大概是一个简单的访谈，交流者是两个年龄在六十岁左右模样的人，交流的内容是关于对郭道村的一个山上所建的一座古庙名字的探讨，细听考证结果应该是岳飞庙，接下来的视频还有对古苍龙岭上“望牛坪”地名的考证等，以此推断南宋岳家军抗金时曾在沁源驻扎过，说不定就有人永远留在这里了。我不由得联想起沁源人的群体性格，那种骨子里的硬气倔强不服输，坚壁清野“围困日本侵略者二年半”，在抗日战争史上写下了辉煌的一页。这股“劲道”原来是遗传了岳家军的基因啊，内心深处不由得产生了无比的自豪感，深以为然。也感到视频中的叙述者，应该是一个有故事的人，于是便产生了想认识发视频的王翌晖的想法，当我给他发了加好友的请求后，他马上就通过了。经过简单的沟通，我才知道发视频的王翌晖就是视频中的叙述者，再浏览几个文友对他的评价——“历史教科书”“活化石”等，便产生了写写他的念头，当我和他试探性地表达了这个想法时，他先是很谦逊地拒绝，但又给我说了他为故乡做过的一些事，我在网上也看到了关于他的一些资料，最终还是决定写写他。我觉得在全县上下凝心聚力，建设“绿色沁源”“文化沁源”的这样一个时代，王老师是有贡献的，他就像一棵长在沁源大地上的“银杏树”啊，于是便有了这个题目，在我和王老师的电话、微信交流中，便有了如下的内容。

君子不器，卓尔不群

虽说我与王老师素昧平生，但是对于这样一个才高出众的人物，除了与他本人的交谈了解，在信息爆炸的这个时代，了解他的更多信息其实并不难。我在网上就搜到关于他的不少信息，简单罗列了一下，以飨读者。

王翌晖，1953 年 9 月生，山西沁源人，1975 年 7 月毕业于山西财经学院财会专业，山西音响材料厂职工子弟学校校长，曾任山西音响材料厂沁源分厂厂长。

王翌晖系中华全国集邮联合会会员、中国收藏家协会会员、长治市集邮协会理事、沁源县集邮协会秘书长等。1976 年 8 月开始收藏，主集邮票邮品、书籍、粮票、火花、门券、钱币、唱片资料，现藏书籍近万册、粮票三千余种、火花三万余种、门券五千余种、唱片资料四千五百余张，编组有历史的回顾、腾飞的巨龙、长江之畔话改革、民族之歌等专题邮集；兼集站台票、证章。

王翌晖的个人成就：1993 年 9 月，参加沁源县纪念毛泽东一百周年诞辰邮展，获一等奖；1995 年，参加长治市纪念世界反法西斯胜利五十周年邮展，分别获一等奖、二等奖。有多篇邮文发表于报刊。1993 年，获长治市十大藏书状元称号。《长治日报》、沁源电视台等新闻媒体专题介绍过他的收藏事迹。其个人传略已入编《中国百科专家人物传集》《中国当代集藏家辞典》《中国集邮名家辞典》。

2011 年主编完成了 146 万字的《郭道村志》，2015 年完成了《沁源民俗剪纸》一书的全部文字编撰。

2006 年获沁源县优秀文艺工作者称号，2012、2013 年获沁源县文史文化先进工作者称号。有多篇邮文与文史作品发表在各种报刊上。在《世界名人录》与《沁源人物志》《文化志》上均有他的简介。

当我看到这样的一些信息时，不由得感叹王老师真是一个有知识、有文化的有心人啊，于点点滴滴中体现着他的素养素质和情怀，更感动于他在当下这样一个物欲横流的时代，能保持这么一份高雅清欢的素心！这样一个集众多才华与健康爱好于一身的人，不要说在我们那个相对封闭的大山深处的沁源，就是在繁华盛极的大都市也实属罕见，这样的信息更吸引了我想更多了解他的兴趣愿望。

光荣之家，书香育人

花甲之年的王翌晖，虽说是沁源人，但他并不属于土生土长的沁源人，他的身体里有一半的基因来自彩云之南。《沁源人物志》对他的父亲有记载，我摘录其中要点："王银虎（1923—1967），李元镇下庄村人。1942 年参军，为太岳军区十一旅三十八团二营战士，1944 年加入中国共产党。曾做过三十八团团长、太岳军区第一军分区副司令员蔡爱卿的警卫员；担任过排长、连长、指导员、教导员；参加过济垣战役、豫北战役、上党战役等，1942年参加临浮战役时参加了消灭国民党精锐部队‘天下第一旅第二团’的战斗，在全连牺牲受伤只剩他一个人的情况下，坚持战斗1小时20分，被授予‘孤胆英雄’的称号，荣立大功一次。之后出山西入河南，建立豫西根据地，参加过淮海战役、渡江战役，解放南昌，一路向南，进军广东、广西历经无数战斗，而后随部队入云南在大理、丽江、保山一带参加缴匪战斗，帮助地方政府建立政权等。参加大小战役一百多次，负伤七次，立大功五次，一等功两次，二等功五次，1950年9月25日，被中央军委授予‘全国战斗英雄’称号，二级甲等残废军人。中华人民共和国成立后，曾任丽江公安大队政委。1955年要求转业回沁，1959年又重返部队，担任重庆三〇二部队农场场长。1964年因病转业地方回到沁源，享受团级干部待遇，曾任郭道食品厂、县农产品公司、县劳动服务公司（食堂旅店）党支部书记和厂长、经理。1967年因积劳成疾，伤病复发在郭道村去世，年仅45岁。”

现在是7月9日早上6时20分，窗外正下着大雨，这是今年以来北京下的最大的雨了，噼噼啪啪的雨点紧密地敲打着地面上的一切，让近一个月来闷热的天气凉爽了许多。我坐在厨房外面小餐厅的凳子上，一边为家人做早餐，一边戴着耳机用笔简记着前几天与王老师的电话录音。这段通话主要说的是王老师的母亲及姥爷姥姥（他叫外公外婆）一家的事。

王翌晖的外公外婆（苗族）是云南玉溪市新平县人，早年都曾留学日本，外婆是医学博士，是专门攻克癌症的专家。外公叫李济光，是中国近代民主革命家蔡锷的学生（至今王翌晖还保留着一个蔡锷用过的箱子和颁发给他外公的勋章），与朱德同为云南陆军讲武堂同班同学，担任陆军讲武堂上校战术教官，1928年秘密加入共产党，后来以地下党的身份潜伏在国民党中工作，官至少将师长，其间为共产党的早期革命做过不少事情，1943 年，受党委派领导滇东革命时，不幸壮烈牺牲。当时外婆在昆明与外婆的舅舅共同开办着一个医馆，得知外公牺牲的消息后，外婆因过度悲伤，也早早离开了人世。至今云南新平县龙泉寺（建于清光绪三十一年，即公元 1905 年）还留有他外公李济光写的一首诗："龙泉寺内吐龙泉，寺自清幽水自鲜。不仅平山欣仰戴，尤分余润到南天。"由此可见他外公当时在当地已属名贤之辈了。

王翌晖的父亲 1942 年参加部队后，一路随军打到云南，云南解放后其父又参与了剿匪战斗到达大理，战争结束后担任大理公安局政委，1952 年回昆明汇报工作时，经十四军首任军长李成芳介绍认识了在汽车二十二团担任护士长的他母亲——李令闻女士，并于当年结婚，1955 年因其父要求转业，先回到沁源，1956 年年底他母亲带着王翌晖和他五姨辗转一个月的行程才到达平遥，他父亲花钱雇了一辆马车，在崎岖的山路上走了三天才终于回到沁源李元下庄村，从此在这里安了家。在当时县委书记张连科的关怀下，他父亲被安排到农产品公司工作，他母亲被安排到刚开建不久的留神峪煤矿任会计，1956 年因郭道医院缺人，县人事局查阅他母亲的档案后，又将其调到郭道医院任护士长兼急诊科医生，他母亲一直在此处工作到 1959 年。

1959 年因中印边界发生摩擦，国家扩军备战，其父母被调到重庆三〇二部队，战争结束后，父母又回到沁源工作，而母亲当时是作为父亲的医护人员一同回沁源的，后因"文革"动乱和部队失联，直到 1974 年其父母亲才又找到部队，重回云南，其后参加了 1979 年的对越自卫反击战，之后在云南退休。

1953 年出生于云南的王翌晖，先后随父母辗转奔波于云南—沁源—四川，1964 年又重回沁源。因成绩优秀，原本该上二年级的他跳级上了三年级。说到他的成长，他非常感激自己的母亲。

他说自己小时候非常淘气，是在母亲的文化熏陶下渐渐成长的。小时候母亲就经常给他讲《聊斋志异》的故事，只为把淘气的他镇住，后来他也渐渐爱上了听母亲讲故事、讲家史，母亲先后给他讲完了《包公案》《岳飞传》《杨家将》《西游记》等，慢慢引导他读书，后来他也渐渐地爱上了书，至今还记得他母亲给他买的第一本书是《红岩》，通过看书听故事他好像变成了另一个人，一年级时他就入少先队了，而且从一年级到六年级都是班长，四年级时他已是班里少先队中队长、全校大队长了。在以后成长的路上，书成了他最好的朋友，伴随了他的一生！

风华正茂，走进三线

大概20世纪80年代之前出生的人，对"三线"这个名词并不陌生，甚至不少人就是在这样的环境中成长的。"三线"建设，一代三线人曾以"献了青春献终身，献了终身献子孙"为自豪，他们带着知识与憧憬从大城市走进闭塞落后的小地方，在大山里安家扎根，用青春和热血书写着共和国的光荣与梦想！因为历史原因，三线建设在当时是保密的，工厂也实行半军事化管理，这些来自大城市的建设者，就这样窝在小山沟里，默默地做着贡献。正是因为沁源坐落于太岳山腹地，所以迎来了七个特殊工厂落地沁源，主要建在郭道、韩洪、李元一带，郭道最多，有五个工厂。"三线工厂"走进沁源，不仅让当地一辈子从土里刨食的老百姓，开阔了视野，也影响了他们的一些生活，更铸就了红色沁源的一段辉煌历史。

三线厂的入驻，为沁源带来了许多活力和新奇。那时几乎每个工厂的都有自己的篮球队、宣传队，厂内建有灯光球场和演出礼堂，经常有文艺演出和篮球比赛、露天电影等。这些业余活动丰富着职工的精神生活，更让当地老百姓非常羡慕。这些建设在祖国大地上的新型工厂，奠定和壮大了我国的军事工业基础，这绝不仅仅是一段尘封的历史，那是一段无数人用拼搏成就的一段激情燃烧的岁月，是一代人大爱无疆默默奉献的家国情怀，他们的辛苦付出为我们今天的安稳、和平的幸福生活奠定了一定的基础。现在，沁源人还都喜欢打篮球，除史上传统，更多的原因就是受到了三线厂职工的影响。因为这些来自大城市的职工，经济条件要比当地农民好得多，衣食住行很细致、很时尚，很多人会把城市的新鲜玩耍方式带到郭道镇来。所以当时的郭道镇甚至比县城还热闹一时，人们的穿着打扮也很时髦，被誉为沁源县的“小上海”，令当地人所向往。

优秀是一种品质，是一个人的综合素养与各种能力的具体展现！1969 年 9 月，16 岁的王翌晖，正是风华正茂青春勃发时，他和他的同龄人一样，带着理想与情怀走进了位于郭道的晋东器材厂，走进了三线，成了一名在当时令人羡慕的三线人。

王翌晖说到自己是如何参加三线工作时，还是比较激动的，讲得也很仔细。他说自己是 1966 年最后一批考上郭道中学的，后来也没有正经念成书，只是在学校宣传队演了几年节目。1969 年 7 月中学毕业，由于父亲去世，县有关部门照顾他是烈士子女，安排去县里当交通员他没有去，9 月三线厂招工，他作为三线首批徒工于十一月底被分配在晋东器材厂。1970 年厂里将其送往太原山西机床厂（247 厂）学习维修车工，1972 年夏他回到晋东，在金工车间当工人。作为沁源三线建设中的第一批“徒工”，他不仅跟着师傅们学本领，当年他们厂有不少自清华、北大等名校毕业的学生，他工作之余便跟他们如饥似渴地请教学习，不断提高自己的文化水平和工作能力。正是因工作期间勤恳敬业，热爱学习，善于钻研，1973 年他被选送（经过考试）到山西财经学院学习，1975年年底毕业后又返回厂里，任金工车间文书兼统计员、材料员。后又被调往电位器车间与电阻车间，工作同样。1978年被调供运科，干了5年采购后又担任全厂统计工作。1984年被调行政科。1985年晋东、东升、人民三厂合并，取名山西音响材料厂。1987年三厂搬迁榆次，郭道设沁源分厂，留有职工370多人，他任郭道分厂厂办秘书，后任职工子弟学校教导主任，一年后又担任校长，1997年任厂长至2009年退休。工作四十年，甜酸苦辣都曾有过，但他总是兢兢业业地忘我工作，年年都是先进工作者，省电子厅曾单独授他为省厅读书楷模！

王翌晖说他把自己的一生都给了三线，一辈子待在沁源，一辈子守着“三线建设”的这些厂矿，经历了这些军工企业的辉煌和衰败。在乡村振兴建设文化沁源的今天，他参与了郭道镇“三线记忆馆”建设的全过程，建成后又担任讲解员，把自己的心血倾注于此，为每位参观者讲述着三线的历史与辉煌。希望有一天，我也能走进三线记忆馆，倾听王老师充满深情的讲述……

大山之子，情满太岳

村志是地方志的一种，是以某一个行政村或自然村为记述范围的志书，是地方志书的重要组成部分，是省、市、县三级志书的延伸和补充。它以基层行政单位为记述对象，全面盘点乡村地理、历史、经济、风俗、文化、教育、物产、人物等方面的状况，是十分珍贵的历史遗产，有着特殊的历史价值、文化价值和学术价值，具有其他书籍不可替代的功能。每个村庄都是一部历史，都有着自己的独特文化和品格。每一个村庄的变迁，都印证着一个时代社会、历史发展的轨迹。在这个乡村快速变化的时代，编修村志，全方位记录乡村状况以及乡村变化，已成为挽救乡村文明、承续乡土文化的一大方式。村志的基本功能有三：存史、资治、育人。

2006年郭道村启动了《郭道村志》的编撰工作，王翌晖被聘为主编。他说虽然自己喜欢看书也喜欢写作，曾发表过不少文章，但却从未涉猎过写志，好在他倒是看过不少县志，尽管内心忐忑不安，但面对村主任、书记的信任，他还是试着挑起了这一重任。为了能够全面、完整、真实地记录郭道村的历史，他组织成立了编志委员会，先后发文邀稿，召开各级座谈会，走访村里的每个村民，了解史实，但是他很快便发现，走访越多发现存在的问题也越多，比如地名、村史、庙宇、遗址等，这些必须准确记录的历史，大都说不清。于是他和其他成员便开始了一场饱经酸甜苦辣的历史大寻踪！

这是一份相当辛苦的工作。当时村里没有任何资料遗存，他们写志必须从“零”开始，于是便从村民口里追寻，而面对没有多少文化的村民，他们能提供的资料大多也仅仅是口口相传的一点东西而已，且大都是模棱两可、模糊不清的，为了保证《村志》的记述准确清晰，尽可能地减少错误，他带着编志成员开始对搜集到的材料线索一一进行实地考察，对一些古遗址进行发掘解读考证，他们本着一丝不苟、精益求精的治学态度，对任何细节纰漏均不放过，白天大都行走在大山高岭上，进行实地考察，夜晚则根据线索再查找历史资料，整理成文。经过一段时间的艰辛劳作，在发掘的残碑上，通过现存的文字考证，更正了不少因口误叫错的地名，如：牛邦寨应为刘邦寨、寨子圪塔应为思烟台、凤凰台应为烽火台、苗家峪沟应为庙家圩、银盘洼应为营盘洼（明代李自成曾驻扎兵营）、唐家山应为汤家山等。从更正地名中大家还发现了寒食节之根“思烟台”；郭道村村名所起是源于北宋宋江征战而起；发现了南宋岳家军抗金曾征战于沁源，捋出了郭道红色历史的出处，并申报了非遗寒食节，修建了郭道关帝庙（庙里重建碑文与对联全出自王翌晖之手）。经过五年不分黑夜白昼、不辞辛劳的努力工作，146 万字的《郭道村志》终于在 2011 年完成了，并受到有关部门的好评。尽管这本村志由于种种原因至今未能付梓，但王翌晖的确为之倾注了巨大心血，同时也为其他村编纂村志提供了样本。

这次编志等于全面盘点了乡村起源、历史沿革、党政军史、文化教育、文体艺术、民风民俗、宗教文化、山川地域、地名考证、农工商业、名胜古迹等，以至于现在沁源北半县的好多乡村编写村志时还找王翌晖要资料，请他帮助修正，而他也乐于助人，将自己搜集整理后的一些史料，心甘情愿提供给他人，为家乡的文化建设做出了巨大的贡献！

夕阳正红，晚霞尚好

我的故乡山西沁源是一个山清水秀的好地方！诗人黄亚洲曾这样写道：“春天在描画沁源的时候，多用了几笔绿色，所以沁源的森林覆盖率全国闻名……”是的，沁源县拥有 220 万亩森林、113 万亩天然牧坡，森林覆盖率 56.7%，位居山西省第一，是全国天然林重点保护县。在建设“绿色沁源”的今天，身处他乡的我深深地感受到生活在这片土地上的人们，就像这棵棵树木一样，挺拔昂扬，屹立于大山深处，把自己的生命色彩全部给了这片扎根的大地！王翌晖就像一棵生长在这块土地上的银杏树，他用年轮记载历史，用如蝶似扇的片片叶子，装点故乡，寄托深情！

荷花暮雨，杨柳西风，季节总是趁人不备时就悄然变幻了时光。岁月匆流，人间万事，风雨兼程，不敢回首。都说流光易抛人，忙碌行走的人们，总是仿佛一夜之间，就到了深秋。行走在人生的深秋里，王翌晖依旧辛劳着，亦收获着，在这样的年龄季节，我觉得他活成了杜牧的那句诗：“停车坐爱枫林晚，霜叶红于二月花。”也可以说他的此生既没虚度年华，更没碌碌无为，当下的他可谓夕阳正红，晚霞尚好，微风细雨，黄昏暖人。

“铺锦见知一寸丹，肯将金色洒故园。痴情仍恋钟情处，故遣黄蝶舞碧天。”有人曾用这样的诗句赞颂美丽的银杏树，那我就借他人之诗，赠予王翌晖老师！愿故乡的这棵银杏继续在这片乐土上，丰盈自己，充实生命，迎风飞舞，欢畅人生！

在与王老师加为好友时，正逢北京疫情时，我和他边沟通边码字，断断续续用了近三周的时间，在回到银川后的第三天，终于完成了这篇七千余字的文章。遥祝故乡越来越好！愿王老师永葆情怀，再为故乡发挥余热！

2020 年 7 月 18 日于银川

泛舟墨海心怡然

——走近中国书法家秦水才

秦水才，祖籍山东，一个土生土长的山西沁源人。这个年近八旬的老人，琴棋书画样样皆通，尤其热爱书法艺术，可谓“始于总角，伴随终身”。他在古稀之年，喜获中国书法家协会颁发的“中国最具影响力50位书法名家”的荣誉称号，并被中国书法家协会聘任为“中国书法家协会终身理事”，他的书法经文化和旅游部艺术发展中心和中国书画职称润格评定中心职业资格认定办公室评审考核，认定其职称为“国家特级书法师”，他编写的格言刊登在《中华名人格言》一书，他的长篇叙事诗《长城感叙》刊载于《国学雅集》，他被中国文学艺术家协会聘为名誉主席。他的作品获奖累累，恕不一一罗列，在随后的文字中再叙，以飨读者。

躬耕陋室，情怀依旧

说起秦水才这个名字，在我上中学的时候，就听我的父亲说起过，知道他口才很好，毛笔字写得很好。和他的第一次见面，是1982年我师范毕业正式参加工作前，参加县教育局组织的“教师假期培训会”，有幸聆听了秦老师给我们讲的一节课，现在依稀还能记起他讲课时的一些情形，他的那节课讲得非常精彩，声情并茂，甚至还根据课堂的需要，给学员们唱了两段歌，而且唱得很好听，我们听得很入神，下课时大家用热烈的掌声对秦老师的讲课给予了肯定和赞誉。仅仅一面之交，还是远距离的，其后虽然我们都在教育战线工作，但再无任何交集，再后来我因工作调动，离开故乡远赴宁夏，近三十年的时间，虽然我也回过很多次老家，每次也和朋友们聚聚，闲聊中没有再听到过关于秦老师的消息。

很高兴2021牛年的春节，我和老公回到老家沁源和亲人们一起过大年，一颗漂泊了多年的心，得到些许的安慰。因我的外甥腊月结婚典礼，我和老公于腊月中旬便回到了老家，时值疫情期间，我们没有和老家的朋友们联系，但我们多年来的好朋友雷玉清大哥不知怎么得知了我们回来的消息，他和我老公微信联系后并约定了见面时间，当我们在老年大学雷大哥的办公室见面时，闲聊中他和我说："秦水才，你认识不?"我说："知道秦老师这个人，听过他讲课，但不认识。"热心的雷大哥说："哪天我带你们见见秦老师，他的书法造诣很高，你有时间写写他。"我知道雷大哥非常喜欢艺术，对文化文艺界的人才都很尊重，也希望把他的成就用文字加以记录并保存下来，便对他说："好的，你和秦老师约时间吧。"腊月二十五上午，雷大哥和我们一起相约去拜见秦老师。

秦老师的家大概是建于20世纪80年代的庭院式二层小楼，我们仨还在大路口，远远便看见一个个子不高的老头，不停地在朝我们这边的路上张望，雷大哥对我们说："那就是秦老师。"我们急忙向老人家走去。一进不大的院子，秦老师一边招呼老伴给我们烧水，一边把我们领上二楼他的"写字室"。这是一间二十多平方米的屋子，陈设非常简单，两张普通的桌子拼接连成了一个长方形大桌面，上面盖着一块白色的桌布，构成了秦老师的写字台，桌子上摆放着一些供他随手翻阅的书籍和厚厚的几沓宣纸，一个橘黄色的低矮平柜，上面凌乱地摊放了很多写好用报纸卷着的作品和一堆红色证书，一个铁皮书柜，一把椅子，一大一小两个陈旧的布艺沙发，以及秦老师喜欢的几件大小乐器，构成了这个房间的全部。这次见面也是我和秦老师第一次近距离的接触。

坐定后，雷大哥和秦老师简单沟通了一下我想和他交谈的内容，秦老师对我们的到访很乐意，话匣打开，侃侃而谈，一如他当年讲课时的神情。我特别惊讶于他惊人的记忆力，从幼年到晚年，几十年的人生历程，说起来思路清晰，层次分明，非常流畅，没有一点零乱，我一边听他讲述，一边用手机录视频，偶尔打断问个问题，他不仅回答清楚，而且思路还能再回到他原先所讲的地方继续叙述，不知不觉一个多小时便过去了。在我们离开时，我和秦老师商量加他的微信，以便随后的沟通，他说自己不会微信，让我加了他夫人的微信。能看出来，秦老师很开心，我们握手再见后，他在大门口一直目送我们至转弯看不见，才转身回去。

走出秦老师的小院，说实话我的心里有种酸酸的感觉，虽然我们看到的只是他生活中的一角，直观印象中和我见过的一些书画家的陈设还是有很大的差距。但是一想到秦老师，讲述时的风采，对书法的一生挚爱，几十年来笔耕不辍，取得了那么多令人望尘莫及的成果，尤其是他丰富而乐观的内心世界，就好像有一种温暖的光芒照耀着我们，和这个慈祥的老人交谈，让我感到很顺畅、很舒服。此情此景令我不由得想起唐人刘禹锡的《陋室铭》来："山不在高，有仙则名。水不在深，有龙则灵。斯是陋室，惟吾德馨。苔痕上阶绿，草色入帘青。谈笑有鸿儒，往来无白丁。可以调素琴，阅金经。无丝竹之乱耳，无案牍之劳形。南阳诸葛庐，西蜀子云亭。孔子云：何陋之有？”心里默诵着这篇经典短文，我为自己瞬间滋生的那点俗人想法深感惭愧，对秦老师的敬意油然而生！

幼学之年，结缘书法

秦水才，1941 年出生于沁源县灵空山镇下兴居村。时值抗战的烽火已燎原中华大地，沁源人民正在和日本侵略者进行艰苦卓绝的“沁源围困战”。他的父亲在村里担任农会主席，尚在襁褓中的他被母亲抱在怀里带着哥哥姐姐们，跟随乡亲们在深山老林里东躲西藏，靠随身背的一点点“炒面”和野菜树皮来维持生存，所谓的吃饭也仅仅是充饥而已，大人尚且如此，小孩能活下来就全靠命运的造化了。好容易熬到抗战胜利，生活尽管依然贫困，但毕竟能有个安定的家了。

1949 年，秦水才在村里上了小学。那时的小孩一入学，首先学写字，写字用的是毛笔和麻纸。小孩上学每天带一张“麻纸”，上课时，老师教学生把“麻纸”叠成六块，先给学生写好“字帖”，让学生放在叠好的纸下面“印”着写仿（现在叫描红）。说到学字之初，秦老师还给我们讲了个笑话，他说刚上学时，因为年龄在班里算最小的，不会用砚台磨墨，总把水放多，胡乱磨几下，水和墨还没有融合，就着急写字，结果用笔蘸着一写，纸上印得一塌糊涂，连老师写的字帖都看不清字了，整张纸全部废掉了，逗得全班同学哄堂大笑，后来老师手把手教他如何放水，怎样磨墨，怎样调墨汁，慢慢地他终于掌握了其中的技巧。那时学校开的课程不多，大概四五门，写字课天天都有，学生天天交作业，老师天天批作业。不怕写得丑，就怕天天练，经过两年的学习，到三年级的时候，秦水才写的“仿”上老师给他的每一个字，几乎打的都是双红“圈”（那时老师批改写毛笔字的标准是按一个字一个字来批：写得好的字打一个“圈”，差的在字旁打一个“杠”，像阿拉伯数字 1，写错的打一个“×”，写的特别好的打两个“圈”，把优秀的作业张贴在教室的墙上展示，叫“贴堂”），他的“仿”不仅在本班“贴堂”，还经常被老师张贴在校园，让全校学生排队观看，在全校大会上表扬他，“小荷才露尖尖角”的他得遇良师，何尝不是一种幸运！秦老师说，从那时候起他就对书法产生了浓厚的兴趣，并且书法伴随了他的一生，他至今都非常感激他的小学书法老师王殿宇。

四年级后，虽然学校不再开“写仿”课了，但是作文和数学作业依然要用“小楷”来写，他依然认真写字，各门功课成绩都位居前列，是老师眼中的一棵好苗苗。1956 年，15 岁的秦水才以优异的成绩考上了沁源中学初中班，离开老家，到县城上学了，秦水才至今还记得他当年考试的分数：数学 99 分，作文 86 分；他所在的班级是初中 12 班。从一个小小的山村一下来到县城的中学上学，对他来说是一个跨越式的发展，学校的一切对他来说都是新奇的。尤其是当他看到学校的一个大教室门上写着的字时，虽然自己也认不完整，更不懂写的是什么字体，但是他觉得写得非常漂亮，从内心非常敬佩写字的人。有同学告诉他那些字是郭变和老师和李廷奎老师写的，他心里很激动，可是因为年纪小胆子小，不敢去向老师求教。自己就悄悄地拿个本子，在没人时，偷偷跑过去，照猫画虎学写一会儿。他的初、高中阶段，因为功课多，学生参加校内外的集体劳动也很多，学生每周六几乎都要到农村参加劳动，同学中几乎没人再写毛笔字了。但是，他因为特别喜欢毛笔字，还是想办法利用一些业余时间，自己不间断地写写“仿”练练字，使他的书写功夫没有荒废。尽管他没有条件购买字帖，没有正儿八经地去临摹史上的名家字帖，但他的字还是随着年龄的增长加之良好的悟性而长进很大。

风云年代，才华初现

1963年，秦水才高中毕业后，先到农村担任民办教师，后又被教育局调回教研室工作，主要负责教师培训工作。良好的工作环境和大量的学习资料，让他如鱼得水，欣喜万分。为了更好地胜任自己的工作，他一边工作一边如饥似渴地自学，废寝忘食地充实自己各方面的知识。工作之余，他开始研习史上名家的各种字帖，颜体的大气磅礴、柳体的骨力遒劲、欧体的瘦硬俊逸、赵体的温和典雅……秦水才尤其喜欢“书圣”王羲之，他说：“王右军的字，史上评价很高，‘飘若浮云，矫若惊龙’，千变万化，飘逸灵动，端秀清新，柔中带刚，横竖点撇捺折钩，笔锋所用之妙，只可意会，无法言传。不忙时我就铺开笔砚，对帖临摹，乐在其中。”他讲这段话时侃侃而谈的陶醉之情形，言语动作完全不像一个耄耋之年的老人。

秦水才说，他的毛笔字真正得到锤炼，是在20世纪60年代。那时的他青春正好，风华正茂，一笔好字，让他的名字一下传遍县城。

因为秦水才的毛笔字写得不错，单位的同事都愿找他来帮忙写字，而他也觉得自己既帮了别人的忙，又能借此机会名正言顺地“过把写字瘾”，一举两得，何乐而不为？他的字帖出后，看到的人都说字写得好，不少单位、个人都请他来帮忙，他来者不拒，他的字帖遍了县城的大街小巷。在那样的年代当然也没任何报酬，他记得个别单位的领导，觉得他既好用又写得好，心里过意不去，就带他到县里的国营食堂，一两毛钱买碗“炒肉面”给他吃，就算对他最好的答谢了。过春节就更忙了，一进腊月，请他写对联的单位、个人越来越多，他有时写到通宵达旦，虽分文未取，但陶醉其中。说到这里，秦老师哈哈大笑，那神态真的有种“把酒临风，其喜洋洋者也”的惬意感。

说起写字经历，秦水才说，那时候，虽然他写了很多，但最令他难忘的有三件事：一是自己特别喜欢“毛泽东诗词”，凡是毛主席发表过的诗词，他全部能熟背，而且特别喜欢毛主席的字，那时虽然还不知有“毛体”一说，但他在背诵诗词时，就把主席的每个字体牢牢记在了心里，一有时间就背写。二是，1976年，县委办公室主任侯明亮邀请他为县委大门两边的围墙上写标语，他只需一个人帮他用脸盆端墨汁，自己踩着木梯在新刷好的白墙上写字，用硕大的毛笔，仿“毛体”写下了毛主席的十几首诗词。无须翻看书本，无须划线打格，全凭成竹在胸，书写一气呵成，字墙融一体，不差半分毫，写出了主席的磅礴气势，蔚为壮观。领导非常满意，观者驻足盛赞。这两面墙成为当时县城的一道独特的景观文化。其中两首《水调歌头·重上井冈山》《念奴娇·鸟儿问答》他至今依然记得全部内容。兴致所至，当场还给我们背了下来。三是，1977年，世界著名的物理学家任之恭先生，首次回沁源探亲，沁源县刚建好的红旗商场，作为任之恭先生参观的地方之一，商场经理为了欢迎任之恭先生，邀请秦水才为商场写幅作品用以临时张贴。秦水才根据当时商场的布局，就地取材，用六张白领纸相连接，约两丈多长，这种纸当时5分钱一张，又薄又脆，他把纸直接铺在地上，脱掉鞋子，穿着袜子踩在纸上，硬是蹲在地上，依旧用“毛体”完成了主席的《沁园春·雪》，同样达到了“诗亦完纸亦尽”的效果，真可谓：“笔随墨拈来，功夫到处准。”

任之恭先生一走进红旗商场，看到这幅字时，马上举起相机拍照存念，并问身边的陪同人员是谁写的，商场经理段静告诉任先生“是县文化馆的秦水才老师写的”时，任之恭先生连连称赞“好字好字”。此后，秦水才在县里的名气就更大了，好多熟人见了他便说：“你的字都被任之恭先生拍照带回美国了。”但是后来繁杂的工作，也让他静心写字的时间越来越少了。

追梦路上，遗憾在心

2002年，秦水才退休后，有了充裕的时间，他又开始重拾旧爱，专心于自己的诗歌和书法创作了。退休之日，他便给自己写了一副中堂：“居家喜书学不厌，整日情坠笔墨间。挚友劝说太孤寂，吾心反觉乐无边。”将其挂在墙上以鼓励自己不断学习，也就是从这个时候，他才真正开始关注书画界的动态，订了书法杂志，积极参加各种社会活动，以诗歌书法创作为形式，创作了不少优秀的作品，参加了很多书法比赛。

秦老师说，他参加书法比赛的作品，所书内容都是自己的原创诗歌，从不抄写别人的作品。当我们翻看了秦老师的不少作品，尤其是看到《当代中国国学名家系列丛书出版工程推介名家秦水才》一书，和他聊起了参加书画比赛的情况时，他给我们回忆了两次参赛的心痛历程。一次是，1989年中国书法家协会和山东书法家协会共同举办的“纪念王羲之诞辰2750年书画大展”，他创作了这样一首诗：

沂水长流育书圣，逸少兰亭垂古今。
唐宗觅得无价宝，同体归峨留书魂。
欧虞颜柳开新体，苏黄米赵意韵精。

千秋书家谁为冠？后人孰胜王右军。

用行书写了寄出后，很快便收到了主办方的回复：作品已入选。但同时告知他需交 20 元的评审费，他当时一个月的工资也就四十多元，要养活全家五口人的生活。虽然他非常珍惜这次机会，但还是忍痛割爱了。

另一次是，1997 年长江流域遭遇特大洪水灾难。同年中国书法家协会和中央电视台联合举办全国电视书画大赛，他创作书写了一幅作品参赛，内容为：

三江洪峰翻恶浪，冲毁河坝吞田庄。
军民携手齐奋战，英勇顽强降洪魔。
同胞义赈慨相济，老幼捐资乐解囊。
惊看中华雄风展，万难临头具无妨。

同样因未交 20 元评审费，没有参与评奖，但他的作品被刊登在《中国书法电视大奖赛精品集》上。

经过这两次参赛的惨痛经历，他决定以后凡需交钱的大赛，他一概不再参与了。和我们交谈时秦老师也说，这和他的个人局限性及当时家庭的实际困难有关，虽留遗憾，但不后悔，作为一个普通人，首先得养家糊口，其次才能考虑自己的兴趣爱好。我相信，他说的是心里话，更是大实话，虽然我比他小很多，但同样也经历过困难年代，能理解他当时的矛盾心里和权衡后的决定，更理解他当时的心痛。

桑榆虽晚，霞彩满天

柳暗总有花明时，机遇总是青睐于有准备的人，莫道桑榆晚，为霞尚满天。花甲之年的他，得遇良机，创作了大量优秀的作品，参与了很多高级别的大赛，收获了丰硕的成果。

2002 年，文化和旅游部举办“世界科技博览会书画大展”，以热爱祖国、热爱人民为内容在世界各大城市进行展出，进行大规模的爱国教育。秦水才参加了比赛，他饱含深情创作了一首五言诗：

风是故里暖，月是家乡圆。
山是华夏青，水是祖国甜。

他用现代书法创作风格书写，荣获“金奖”，并入编该作品集。

2005 年，中国收藏家协会和中华魂纪念抗日战争胜利 60 周年典藏编委会，联合举办书法大展，秦水才创作了五言诗：

国耻牢记心，血仇永难平。
奋发搞改革，强国保家宁。

此作品获得“金奖”，并授予秦水才“中华杰出艺术家”称号。

2006 年，中国文化艺术国际交流中心和中华艺术报杂志社联合举办“纪念红军长征胜利 70 周年书画名家作品邀请展”，秦水才创作了七言诗：

红军万里赴长征，旷世奇迹震天闻。
开辟艰辛革命路，胜利到陕传伟名。

此作品使秦水才荣获“共和国功勋书画家”荣誉称号。

2007年，中国申奥喜获成功，国家举办“迎奥运全国书画大展赛”，秦水才创作了七言诗：

千年梦想今成真，奥运健将汇北京。
展示华夏精英气，世界遍传中国风。

此参赛作品荣获“金奖”。

2008年，中国书画协会和中国书画家联谊会联合举办全国“庆奥运书画大展”，秦水才创作了五言诗：

五环旗高飘，选手聚鸟巢。
北京展雄姿，争霸竞英豪。

此参赛作品荣获“金奖”。

2010年，秦水才参加“上海国际博览会全国书画名家邀请赛”荣获金奖，创作内容为：

上海世界博览会，凝聚全球精英气。
和谐璀璨未来景，万国尽现高科技。

2012年，中国文艺协会世界著名华人艺术家协会邀请秦水才参赛，秦水才的作品入选《世界著名华人艺术家大辞典》。

2013年，中国国学研究会和北京五岳魂文化机构联合举办“纪念改革开放35周年书画展”，秦水才荣获“金奖”，作品入选《中华人民共和国文艺三十年》。

2015年，秦水才参加全国书画名家作品大赛评委会举办的“不朽的丰碑——纪念中国人民抗日战争胜利70周年全国书画名家大赛”，荣获金奖，被授予“中华当代杰出功勋书画家”荣誉称号，其作品入编《不朽的丰碑全国书画名家典藏》一书。同年秦水才参加北京天军书画院举办的“血铸丰碑——纪念中国人民抗日战争暨世界反法西斯战争胜利70周年全国书画名家大赛”，荣获“金奖”，并被授予“中国百强书画名家”荣誉称号。参赛内容略。

以上所列，仅仅是秦水才参赛并获奖的其中几个，他的各种获奖证书及聘任书，因篇幅有限，恕不赘述。从他的作品中，我深深体会到他对党、对祖国的一片赤子情怀！一点一横颂党恩，一撇一捺报国情。几十年来，他一直这样用自己的作品去弘扬社会风貌，讴歌我们的党，讴歌我们伟大的祖国！

畅游墨海乐在田间

当我一边翻看秦老师的这些证书，一边不由得夸赞他时，他神情淡定地说了一句：“我给自己取的笔名叫‘草坤’，‘坤’为大地，我就是大地上的一棵无人知道的小草，没有树高，没有花香，默默生长，自得其乐。”当我一边码字，一边翻阅他出版的书法作品书籍时，虽然我不懂书法更不会鉴别，但是看着秦老师那一个个灵动的字，的确如行云似流水，既婀娜凝练，又刚劲有力；既典雅端正，又潇洒飘逸；藏锋露锋，含蓄雄强；变化多端，气韵一体。这种和谐统一的神妙，应该是他常年挥毫，久久为功的修炼所得，正所谓“熟极而成”的功夫吧。

俗话说“字如其人”，通过与秦老师短暂的交流，我能感觉到他内心深处的善良朴实、谦逊低调、豁达宽厚、淡定自若。方寸之间天地宽，畅游墨海心自乐。他作品中流露出的浓浓爱国热情，宣扬的中华文化精神，言语中抒发的中华民族伟大复兴之使命，一个八旬老人的精神情结，让我非常感动。在这凝固而不静止的字形中，我领悟到了他内在生命的强大张力，正如他本人一样，在极其朴素不加修饰的外表下，却蕴藏着一种内在而深刻的美，一种极其珍贵的情怀之美！

“今来尘世再来难，何使形影空飘转。怎与星河比灿烂，亦为蜡烛照人间。”这同样是秦老师写给自己的一首诗，用以勉励自己。正如他对自己的笔名“草坤”的解释，永远不张扬、不傲视，自信但又谦逊低调，和他对面相坐交谈，真的有种“家人闲坐，灯火可亲”的温馨感。

在我和秦老师的简短访谈结束后，我们一行就要离开秦老师家的时候，嫂夫人从一楼居所出来，乐呵呵地告诉我们，秦老师写字之外，还经常敲敲扬琴，拉拉二胡，老两口还种着几分地，两人一起上地时，秦老师常常扛着锄头或挑着担子，嘴里还不停地唱着歌。嫂夫人简短的几句话，让我的眼前顿时呈现出一幅动人的幸福图景，心想眼前的这位古稀老人，难道不是当下的“五柳先生”吗？真的希望秦老师能一直保持这种健康乐观的心态，泛舟墨海，采菊东篱，平安喜乐，怡然度日。

书法是一种养心亦养人的艺术！在这篇文章结束之际，衷心祝福秦老师：

岁月安澜，身心长健，平步“米寿”，笑迎“茶寿”！

2021年3月5日于北京

泪洒相思一路情

窗外正下着凉凉的秋雨，间或吹过一阵冷冷的风，天地间是灰蒙蒙的一片，分不清是雾霭还是雾霾。地上铺着被风雨打落的片片树叶，有绿有黄还有红，相互依偎着静待风雨的洗刷，劳作的行人撑一把雨伞匆匆而过。此刻已是上午九点钟了，屋里的光线依然如同黄昏时分，做事须开灯才可以看得清楚。翻看日历，后天（11 月 8 日）便是立冬时令，想来这应该是乙未年的最后一场秋雨了吧？心想：难道是秋天在用自己的眼泪和季节恋恋不舍地道别吗？这样的情形无论如何是不能让人的心情明朗起来的。

是的，这样的天气，这样的风雨，这样的屋子，这样的孤灯，是适合用来回忆和怀念的。它让一个在我心底住了很多年且早已离世的孤苦老人适时地走了出来，让我能在这样的一个氛围中把她的故事说给大家……

认识六元巴巴（即奶奶，此处用当地方言）是在 1985 年农历牛年的正月，按照当地的乡俗，腊月刚刚完婚的我们，在婆家过的第一个春节，要在大年初一这天走家串户，给村子里的长辈拜年。在不多的长辈中，六元巴巴留给我的印象极深：高高壮壮的个子，白白的皮肤，五官端正却给人一种不正常的神态，让我不敢正视，大概因为耳背，说话声如洪钟却含糊不清，更让我觉得可怕，走出家门，依然胆战心惊，不敢回首。

之后，由于全家人移居他乡，千里之外的我们便很少得知故乡的音讯了。若干年后，当我们再次回到村里时，问及六元巴巴时，表嫂告知我们老人早已离世。当我们见到六元巴巴的“养孙”时，他给我们说了一些老人的事，听来不由得心痛泪下，从此，这个和我仅有一面之交的老人，便默默地静静地在我的心里住了许多年，似乎老人一直在不远不近地看着我。我也总想在一个合适的时候，写写她的故事，却一直未能完成。就在这个秋冬之交的日子，我终于坐在电脑前，用手指去敲打她的故事，愿她的灵魂能够听得到文字发出的声音……

六元巴巴的娘家在距我婆婆家村子十里地的一个较大的村子，年轻时的她因其俏丽的容貌和心灵手巧名扬周边邻村，在风华正茂的年龄，登门说亲的自然不少。而她看中的则是他的邻家少年——三哥哥。青梅竹马，双亲欢喜，洞房花烛，佳期如梦。只是这样的姻缘诞生在兵荒马乱的年代，实在是一个美丽的错误。蜜月未了，她的三哥哥便被路过的部队抓差而走，临走时留给她一句话：“等着我，仗打完，我就回来过咱的日子。”她纵有千般的不舍，万般的疼痛，又怎能惹得起兵家、拧得过军令？任凭心如刀绞，唯有泪水涟涟。从此她守着青春与年华，在寂寞与孤单中惜缘守诺，打发着寒来暑往、草青又黄的日子。

战争结束了，村里陆续走出去的年轻人或去或归，或留异乡，都有了音讯，而他的三哥哥却生死无息。那一段日子，她的心像乱麻一团，又像荒草一样疯长，她坐立不安，每每听到“有人回家了”的一点消息，不论远近，都要跑到人家家里打听三哥哥的消息，可是她的三哥哥就如同远飞的大雁一样，让她望断天涯路，等不到归人影。一间陋室，一碗粗饭，多少个落日黄昏，就这样在一灯如豆、一剪光阴中度过了，看似轻描淡写，却是饮尽凄苦。日复一日，年复一年，任凭媒人相劝，亲人苦说，她默不动心，只盼望有生之年，能和她的三哥哥在最深的红尘里重逢。

流年日深，期盼无望。一个马车夫终于敲开了她的那颗早已尘封了的心。就这样，她跟着这个我们叫六元爷的男人来到了这个小山村生活。因她年轻时的美貌名声在外，村人竞相争睹她的芳容，而她朴素得体的装扮、简洁明快的性格，再加上一双巧手，很快就让她和村里人熟悉了起来。村里小媳妇、大姑娘都愿到她家里来，请她裁衣服、剪鞋样、绣枕花、画鞋垫，出嫁的女孩要请她给上头开脸、梳洗打扮，她都乐此不疲。她的日子在常人眼中，过得的确不错。只是在岁月的蹉跎中，她已错过了最佳的生育年龄，或许还有别的什么原因所致，她和六元爷生活多年，却未曾生下一男半女。于是两人便抱养了一个儿子，这个小孩的到来，为他们单薄、清苦、寂寥的生活，增添了不少的欢乐。随着养子的长大成家，孙子孙女的陆续到来，他们的日子因忙碌而变得满满当当的。

多少日子就这样在一天天的日落月升中送走了，同时送走的还有自己的好年华。只是村里人谁也不知她那颗早已尘封的心有多痛。那段她生命中昙花一现的情缘，常常在夜深人静时来搅扰她的心，哪怕她已走到古稀之年，苍老的生命却时常被这根脆弱的神经所折磨，以至于神志不清、胡言乱语，经常无来由地到处乱跑，邻居碰到好心拉她回家，她说她要去找她的三哥哥，全然不顾所谓的“脸面”了。她的养孙告诉我，记不得从何时起，她的奶奶在不停地做鞋子，做好一双就锁在柜子里，从不让爷爷穿，她的日子似乎就是在不停地捻麻绳、纳鞋底中度过。又不知从哪天开始，他的奶奶经常一个人用新布包着做好的鞋子，天天走到村边，不停地喊着三哥哥的名字，一遍又一遍，不停地对村里人说："三哥哥要回来了，要接我走了。"村人只笑说她年老了还在犯花痴，只是谁也不晓得她心中的那份况味。

念念不忘，必有回响。她的孙子给我们说了这样一件事，大概发生在 20 世纪 90 年代初。有几天，她的奶奶疯了一样往村边的河滩跑，不停地喊着："三哥哥回来了，三哥哥回来了，他要带我走了。"喊得他们心烦意乱。可是尘世上就有这样的奇巧之事，就在那几天，他们听说，那个被他奶奶念叨了一生、苦盼了一生的男人，不仅还活在世上，而且竟然真的回来了！这难道是上苍对奶奶的怜悯吗？她的孙子听说后，急忙跑到邻村去探望这个奶奶想念了一生的人，的确也见到了，只是这个长者早已成家了，有儿有女，生活在大洋彼岸的南美洲，这个男人带着同样已经老去的他乡夫人衣锦还乡，只是不愿再见到原先的发妻了，哪怕只有几里路。或许是怕触动那份情感？或许是无颜面对？或许是久别生陌成路人？抑或是几十年幸福的日子，让他早已忘却了这个曾经走进他生命中的女人了？我们无从知晓，也没必要知晓了。她的孙子原想人家可能会见见他那可怜的奶奶，没想到他前去探问的结果竟是如此的无情。他只有把满腹的辛酸吞咽落肚，带着无限的惆怅去安慰尚在梦中的奶奶，或许只有这样的沉默才不至于看到梦碎后奶奶的绝望，让她在生命的最后一程仍生活在梦想中是对奶奶最好的孝顺了。

宋人赵令畤有词说："断送一生憔悴，只消几个黄昏。"而我认识的这个六元巴巴，却是用一生在望穿秋水，而不知远方的归人是谁，又到底在哪里。她就这样带着深深的遗憾和痛楚，在呼唤中走完了她的人生风雨路。在她走后，她的孙子在她锁着的柜子里，拿出了她亲手做的几十双布鞋，小山一样的高。只是她爱了一生的人不再需要了，这山一样的深情，海一样的深情，这一针一线纳出的爱，只能送给清风明月了，她的故事也早已被忙碌的村人淡忘了，而我们也无须去评判她的“三哥哥”的是与非了。因为生活从来不可以讨价还价，命运无论公与不公，我们都得承受。对与错，爱与恨，每个人心中都有一杆秤，只是其间的分量和长短，各有自己的计算罢了。

窗外，秋雨下得正忙，打落了一丛丛的花、一树树的叶，也打湿了我的心。想着这个和我仅有一面之交的老人，她的情、她的爱、她的岁月、她的男人、她的命运、她的故事，还是随着文字无端地给我添了些许的忧伤。古人有诗云：“落花流年去，春去佳期误。”今人有歌唱：“一生只爱一个人，一生只犯一种错……”今生的她因了一个“情”字，有了太多的错过，太多的“心”苦。如果真有来世，唯愿她能在最美的华年，能够遇见自己心仪的爱侣，携手走过，白首不离，不负时光，不为情累，去安享人生的幸福时光吧！

2015 年 11 月 5 日于北京

chapter

05 往事知多少（随笔篇）

尘埃之花

一棵无根、无须、无枝、无叶的花朵，你见过吗？这是一朵开在民国才女张爱玲心上的花朵。

张爱玲，一个拥有高贵血统的才女，从小却生活在一个没有温暖的家庭。一个暴怒而不负责任的父亲，一个自私而浪漫的母亲，造就了她孤独、清绝、冷傲的性格。喜欢孤芳自赏，从不轻易爱上别人的她，却偏偏演绎了一场轰轰烈烈的倾城之恋，而最后却落了个凄凄惨惨戚戚的结局。清风流水，各有所命，走过流年岁月，这段烟雨往事，只能是人们饭后茶余的闲聊罢啦。

命运有时真的在捉弄人。人与人之间的缘分，真的是说不清道不明。白落梅说："民国的男子多如星火，却偏偏有那么无情的一颗点亮了张爱玲。"那就是乱世情种胡兰成。从此，她为他放下了所有的骄傲，变得很低很低，低到尘埃里，但她的心里是欢喜的，从尘埃里开出花来。胡兰成曾经为张爱玲许下"愿岁月静好，现世安稳"的诺言，但这个处处留情的男人，只用一盏茶的时间，就可以忘记自己许下一生的诺言，最终没有给张爱玲一个"静好的岁月和安稳的现世"。而被胡兰成誉为"民国临水照花人"的张爱玲，却为这一段爱情几乎付出了一生，只是"因为懂得，所以慈悲"。这段注定无果的乱世姻缘，虽然早已湮没在冷冷的风尘之中，但这段故事在走过季节的轮回后，依然会让今天的人们有一种薄荷般清凉的感觉。因为，喜欢一个人，无须缘由，不问因果。当看到张爱玲历尽劫数，尝遍百味，最终落得“叶落空山，寒枝捡尽”的落寞人生时，虽然是烈日炎炎的酷暑，心中却有一种“水寒江静，月明星疏”的丝丝寒意。

每一个人都有如花似锦的年龄，每一个年轻美丽的生命，都希望有一段美好的爱情来伴随，有一个相爱的人来牵手走过岁月的风雨。这大概就是每一个追梦人所谓的“踏花拾锦年，枕梦寻安好”的美好幻想吧？可人们苦苦寻找的幸福在哪里呀？叵测的世事，无常的朝暮，会打乱多少人美好的生活？张爱玲纵有斐然才情，风靡民国，最终却落得个“浮生一梦，几度清欢；终如飘萍，无根无蒂”的悲惨结局。或许，这就是张爱玲的宿命吧。

岁月山河依旧在，人间日月亦长存。临水照花人的张爱玲已离我们远去了，但她的纯情故事犹在烟波浩渺的人世残存，尽管“杯中酒已尽，旧事已成尘”。是的，张爱玲走了，她的此生，过尽人海，最终也没有找到现世的安稳，这朵开在尘埃里的花，最终还是谢了，连心也埋了。

时光无涯，红尘多累。生活在平淡中的我们，应该多多感恩上天赐予我们的平静的日子，让我们在人生的风雨中享受那种“执子之手，与子偕老”的忠诚之旅，享受人间“娇儿绕膝，含饴弄孙”的天伦之乐。

真的希望每一个人的生活都能“岁月静好，现世安稳”！

2012年6月27日于银川

旗袍人生

在千变万化、摇曳多姿的服装世界里，旗袍是属于东方的，她是中国女人的专利，是华服典雅高贵的象征。行走在芳菲的流年里，身着旗袍的女子，永远是一道靓丽的风景。

戴望舒在他的《雨巷》里，用深情的笔给我们留下了一个永远的“丁香姑娘”。那撑着油纸伞的姑娘，身着素雅的旗袍，散发着丁香花般幽幽的芬芳。她悠悠地走过，慢慢消失在微雨蒙蒙的视野……多少年过去了，丁香姑娘一直留在读书人的心里。

如果说戴望舒的丁香姑娘是“小家碧玉型”的美丽，张爱玲在《倾城之恋》里，则给了我们一个“大家风范”式的白流苏。一样穿着旗袍，欣赏的人则品出了不同的味道。由此可见，旗袍是知性的、优雅的，她可以是大家闺秀，也可以是小家碧玉。她可以千娇百媚，“侍儿扶起娇无力”，惹人怜惜；也可以高贵冷艳，高处能胜寒。有文人这样描述旗袍特质：“旗袍可以是婉约的、细腻的，也可以是旖旎的、华丽的。旗袍可以是洒脱的；但不可以是张扬的、豪放的，更不能是狂野的、粗俗的。因为她不属于市井，她挑剔，需有一张温婉的、娟秀的、精致的面孔，更要有一副窈窕的、曼妙的、丰满的、凸凹有致的身材，还需要有一种含蓄的、内敛得经得起岁月磨砺的兰心蕙质，才能诠释出旗袍的无限丰韵。”

一个多月没有敲键盘了，在这里我想给大家介绍一位拥有“旗袍人生”的美丽女子，她就是复旦大学第一批女学生中的一个——严幼韵。

严幼韵这个名字，对于我们今天的大多数人来说是陌生的。当我看了她的人生历程后，深深为之惊叹，惊叹之余，也想把她的故事告诉大家，让看到这个故事的朋友能汲取这个年逾百岁的老人身上的正能量，由此，也让我们的人生美丽起来。

严幼韵，一个来自上海滩的富家大小姐，复旦大学的首届女学生，战乱时期的外交官夫人，“民国第一人”顾维钧的晚年伴侣，孙子们爱戴的奶奶，保姆心中慈祥的老人。她是中国整个近现代史的见证人。她的一生跨越了一个多世纪，并没有被岁月的沧桑淹没，而是沉淀得越发美丽。

也许是冥冥之中的上天安排，1905 年，复旦大学初建，她诞生在上海的严家，家人为她取名严幼韵。生于一个官商家庭，她从小受到良好的教育，过着无忧无虑的富家生活。20 世纪 20 年代的中国，百分之八九十的女子还处在裹脚忙于做女红的日子，她已走进了复旦的校门，享受高等教育，并且每天穿着精致时尚的衣服，亲自开着汽车上学（当然每天有专门的司机陪伴），这在当时实属凤毛麟角了。以至几十年过去了，当年的复旦男生依然能想起她的车牌号是“84”，想起她的“爱的花”（一些上海男生将 EightyFour 读成沪语）。当她的女儿从美国回到上海去拜访一位年长的朋友，老先生一听到严幼韵的名字时，脸一下子亮了起来：“噢，你就是‘84’的女儿？当年，我们可是天天站在大学大门口，就是为了看‘84’一眼呢！”可见这位奇女子，留给异性同学的印象有多深。

对这样一个美丽的女子，上帝也似乎格外青睐，在人生最好的年华里，她遇见了自己的心上人，一个出生在丝商家庭的优秀男子杨光泩。杨光泩清华大学毕业后，适逢庚子赔款资助赴美留学，获得普林斯顿大学的国际法博士学位，回国后受聘到母校清华任教，兼北京政府外交部顾问，1928 年，受邀南下，进入民国政府外交部。在一次朋友聚会上，严杨二人相遇，情投意合。1929 年 9 月 6 日，二人举行了盛大的婚礼，地点是蒋介石、宋美龄举行婚礼的地方——大华饭店。婚礼由外交部部长王正厅主持，千余人出席，媒体争相报道，成为上海滩众多青年男女向往的风尚。

命运是一只看不见的手，再好的人生，也会遇见出其不意的风波，甚至是残酷的，好像是在考验人的意志。1930 年，新婚不久的杨光泩出使海外，严幼韵随夫出洋，开始了外交官夫人的生活。1938 年，杨光泩赴尚未独立的菲律宾，担任中国驻马尼拉总领事。1939 年，严幼韵带着三个女儿到达马尼拉，随后以总领事夫人的身份，开始了一系列的社交活动，进行为抗战募捐的事宜。严幼韵曾说，那段日子虽然辛苦，但能帮丈夫做事，能为祖国尽一点力，“非常美好”。然而幸福于他们来说，实在太短暂了。

1942 年 1 月 2 日，马尼拉沦陷，杨光泩当着妻女的面被日本宪兵拘捕，因其拒绝为日军募捐，4 月 17 日，被疯狂的日军杀害，同时遇害的还有 7 位中国外交官。这件事，直到抗战结束，严幼韵才得知。而在此期间，她成了这一大群外交官夫人和孩子们的主心骨，她的家成了这些家属的共同家园，她主动担负起了照顾这些妻儿的责任，成了非常时期这个特殊家庭的大总管，解决粮食供应的难题，平息争端，带着大家数次搬家。这样的生活，对于一个从小养尊处优的人来说，何其艰难？可是，在生活的重压下，她毅然坚持了下来，从未有人听到过她的抱怨声。几十年后，她在回忆录中写下了这样的文字："现在回头想想，我们当时的确非常勇敢。我们不知道自己的丈夫生死如何，又很担忧我们的孩子；我们自己的命运也完全茫然不可知。但我们做到了直面生活，勇往直前。"

对于这样一位女子，上天怎忍心让她一直生活在苦难之中？1945年，她带着三个女儿赴美生活。初到美国时，她遇见了驻美大使顾维钧先生，由此开启了新的生活。1959年9月，他们在墨西哥城登记结婚，这一年，严幼韵54岁，顾维钧71岁。和严家人生活的日子里，"严肃的顾先生"也被"改造"了过来，竟然变得活泼了起来，以至于在72岁时，居然学起了滑雪。顾维钧晚年总结自己的养生心得时，说了三样："散步，少吃零食，太太照顾。"他们一起幸福地生活了26年，顾先生在一次洗澡时，以98岁的高龄无疾而终，用没有任何痛苦的方式，告别了这个世界。

而今年逾百岁的严幼韵老人，依然居住在美国纽约，四世同堂，每天看书、读报、旅游、去超市购物、烤蛋糕、打麻将，甚至织补羊毛衫，过着从容悠闲的生活。

读着严幼韵的故事，想象着她的人生历程，眼前浏览着她不同时期身着旗袍的照片，我的脑子里忽然跳出了四个字"旗袍人生"。在我心里，她的精致生活是用旗袍写就的，东方女性的高贵、典雅、善良、温存、坚韧，在她的身上无不彰显。这位老人在总结自己的人生时曾说，在她18岁时曾遇到过一个看手相的人，说她会度过精彩的一生，足迹遍布四方，身边的人非富即贵。百年之后，回想起这段话，"每一句都应验了"。尽管有点宿命在里面，但是，我相信，这样美好的人生是她自己用良好的心性、教养、善良、包容和智慧修来的。在这样一个大家小姐的身上，我没有看到骄横跋扈，没有看到冷眼看别人，没有妒忌，没有憎恨。即使她百岁之后，即使她家的保姆换过几次，严幼韵对他们都非常尊重，对他们调皮的孩子都从不呵斥，非常宝贝。孩子们可以随意在老奶奶的床上乱蹦，老太太会很开心，帮助佣人的孩子联系学校，资助学费，所以这些孩子们都感念于心，在他们毕业或结婚的重大时刻，都不会忘记和守在家中的“奶奶、外婆”分享快乐，称她为“我的偶像”——正是从她身上，他们学会了要去爱别人。

好女人是一所学校！严幼韵的精彩人生展现的是人性的光芒！

虽然，人们常常叹息，岁月如风似刀，稍不留神，便会把美丽吹散。就连国学大师王国维都发出过这样的感叹：“最是人间留不住，朱颜辞镜花辞树。”但是，严幼韵用自己不老的风采给每个女人留下了美丽的最好答案！

当然每一个人都有自己精彩的人生，而精彩之处又各不相同。但是我非常欣赏严幼韵这样的人生——用善良成就美丽！尽管，这样的人生，就如同旗袍只适合像严幼韵那样的女人穿着，只适合在优雅的环境里穿着。但这并不妨碍我们站在远处对她静静地欣赏……

2014 年 2 月 20 日于银川

一帘幽梦

近一周的时间，断断续续、安安静静地看完了江南才女白落梅的《西风多少恨，吹不散眉弯——纳兰容若词传》一书。

当我最终合上这本书，置于床头时，心间似有一丝凉意拂过，涌上了无限的落寞和哀伤，这种感觉久久挥之不去。

很喜欢这本充满柔情、充满哲理、充满灵性又略带禅意的书，很喜欢书中的锦词芳句，那优美淡雅的文字，就好像一朵朵素洁的白莲，在寂静地开放，那善解人意不慌不忙的娓娓道来，让人觉得你似乎并不是在读书，而是在和一个好朋友安安静静地交谈，在听她给你讲一个遥远而美丽的故事。

作者通过对纳兰容若词的解读，告诉了我们纳兰容若富有传奇却命运多舛的短暂一生，读来让人唏嘘伤感，用纳兰的话说："我是人间惆怅客。"这段三百年前的青梅旧事，这场深沉如海的清朝遗梦，会勾起多少人的思绪万千？

纳兰容若，生于王公贵胄之家，高贵的血液铸就了他此生的无上至尊。"本是烈火烹油、繁华著锦，可他偏思冰雪天地、三秋落叶。他拥有富贵奢华，却渴慕布衣清欢；他处红墙绿瓦，却思竹篱茅舍；他食海味山珍，却思粗茶淡饭。""他有冰洁的情怀，有如水的禅心，有悲悯的爱恋"，却终究是"在佛前修炼过的一朵金莲，贪婪了人间烟火的颜色和气味，注定今生沿着宿命的轨迹行走。在佛前，他素淡如莲，却可以度化苍生；在人间，他繁花似锦，却终究不如一株草木。”

上天有时真的在捉弄人，就像周国平先生所说：“也许造物主真的太无聊了，因为他实在忍受不下去寂寞的生活，才造出人来。人是他的一个恶作剧，造出来替他自己解闷儿。因为他无休无止地活在一个无始无终的世界上，当然会无聊，当然要解闷儿。”因而也就有了人间演绎的许多悲欢离合。我有时想，命运有时真的对人太苛刻，还是人的欲望太多？像纳兰容若，上天给了他一个智慧绝顶、文武双全的脑袋，却给了他一个文弱多病的身体；给了他三段美丽的爱情，却又让这段情路走得如此曲折短暂；给了他一个世人仰慕的地位，却又让他年轻的生命早早画上句号。一段只如初见的开始，一个秋风画悲扇的结局。他留给世人的那些精美而悲伤的词文，让我们读懂了一种深邃的孤独，一种高贵的寂寞。

人生原本就是变化无常的，倘若祸福可以预测，人间就不会有那么多的悲剧了。纳兰容若又一次病了，病得没有因由，病得来势凶猛，病得让人措手不及。情到深处怕别离。任凭他的亲人们如何想尽办法，任凭他的表妹青梅和情人沈宛如何挽留，纳兰容若还是走了，好在那边还有他心爱的妻子意梅在迎他，通往黄泉的路上，还有一个心爱的人在相伴。

三百多年的时间，那么遥远的年岁，多少盛极一时的帝王将相，像流星闪烁般瞬间灰飞烟灭了，可一个多愁善感的才子纳兰容若，却把他的名字永远地留在了中华民族的文学史上，让人们因他的“词”记住了这个名字。这不正是文化的力量吗？如果没有他留下的大量词篇，哪能有白落梅如此精彩绝伦的解读？如何让我们认识那个流淌着游牧人血液但却如此文雅多情的才子纳兰容若？

我有时想，人的一生就好像是在画一个圆，起点在哪里，终点还在哪里。不同的是有的人画得大，有的人画得小，有的人只有一个点。岁月无边，人生有崖。让我们在有限的生命里，拥有自己可以拥有的，珍惜自己能够珍惜的，不要让似水年华辜负这仅有的一次人生。当然，如果真有另一个世界，那就让这尘世的暖，穿过黄土的凉，传递给另一个世界的人们一缕清风、一米阳光、一剪月色吧。

2012 年 5 月 26 日于银川

一瓣橘香

在物质如此丰富、物流如此畅通的今天，一个小小的橘子，这种产于南方的水果，在今天的北方市场，一年四季，司空见惯，而且品种不断增多。可是每每剥开新买的橘子尝过后，心里又会有一丝莫名的失落，似乎都不是我想要的那种味道，有时真觉得是自己太苛刻了。

第一次吃橘子，是在20世纪70年代初，那时我也就十来岁，生活在一个很闭塞的山城。记得那时一个邻居伯伯到省城太原办事，回来后伯母给我们家拿来了两个橘子，看着妈妈手里拿着的我们在图画书上看到的这种水果，真的有一种急于品尝的感觉。妈妈舍不得让我们一次吃掉，先放进柜子里一个，手里拿了一个给我们分着吃。妈妈在我们面前慢慢地剥开皮，顿时满屋子飘荡着一种我们从未闻过的扑鼻的清香，可是当妈妈把分开的船型橘瓣，给我们每人的手心里放了一瓣时，我竟不舍得一口吃下去，那橙黄透亮的橘瓣被我小心翼翼地托在手心里，鼻子闻了又闻，舌头舔了又舔，仍舍不得下咽，当我下定决心放入口中，牙齿轻轻一咬，清甜的汁液顿时溢满唇齿，甜中有酸，酸中带甜，一直弥漫到咽喉，沁人心脾，回味无穷。闭上眼睛，仿佛有一种陶醉感。再看看空空的手心，心里便不由产生出一种怅然若失的惜感。多少年过去了，这个场景一直定格在我的心底，橘香的味道也就永远保留在我的味蕾里了。

当我把这个故事说给孩子们听时，他们用不解的眼神看了看我，似乎理解我似的说："妈妈，现在条件这么好，你就多买一些吃吧。"我不无遗憾地对他们说："是的，我是吃了不少不同品种的橘子，可是我再也没吃出过当年的味道。"女儿说："妈妈，其实今天橘子的质量要比你当年吃的好很多，你哪里是在吃橘子，你分明是在怀念一种久远的生活。"是的呀，橘香依然，只不过是自己的心境不同罢了。

尼采说："幸福就是适度贫困。"当我看到这句话时，突然对自己的困惑有了一种释然。留存于心底的橘香，是因为我成长于一个物质贫困的年代，是一种在贫穷生活中留下的"奢侈"记忆啊。

一瓣橘香，一段温情。我知道自己怀念的不仅仅是一瓣小小的橘子，而是一种久违了的淳朴的人情味道啊。

时光会将记忆的河床漂白，但留存于心底的温暖却不会褪色！

写一篇小文，不是为了怀念"贫穷"，而是为了懂得"惜福"，懂得在宴飨中感恩。

2013年3月9日于银川

端午感怀

端午节里话端午，百味粽中品百味；
华夏端午年年至，几人犹记屈大夫？

风雨漂泊成《离骚》，心怀愤懑向《天问》；
日暮悲风唱《九歌》，丹心忠魂铸《楚辞》！

世人皆醉我独醒，吾将上下而求索；
说尽心中无限事，汨罗江中把身寄。

千古史中千古事，万人品读万人异；
我今犹为屈子殇，心寄明月到楚地。

太平盛世享太平，百姓自有百姓乐；
黄酒粽香龙舟赛，勿忘放臣清烈公。

2020 年 6 月 23 日于北京

感恩我的2020

朔风吹，天地寒，三百六十五里路，四季轮回中，一年又将尽。站在岁末，回首过往，这一年留给我的有难过，有欣喜，更多的则是感动、感恩，我怀着一颗真诚的心，截取几个片段，码成了如下的文字。

即将过去的2020年，注定是极不平凡的一年。

这一年，留给我最难过的一件事情。女儿一家刚回河南婆婆家，武汉突发新冠封城，为了孩子们的安全，亲家老两口，除夕之夜把孩子们送上了回京的高铁，一节车厢只有他们一家三口，恐惧之情可想而知。初一早上回到北京的女儿一家，恐慌中为了不让我们担心，只告诉弟弟给他们买些吃的送去，当我和儿子提着大包小包送到他们的居所时，女儿让放在门口，待我们走后再取，大年初一，近在咫尺，不得相见，听到外孙女团团的说话声，我的眼泪不由得落了下来，儿子急忙把我拉走。至今想起那情景，心还在疼。

在这近半年如仓鼠般的蜗居生活里忐忑度日，我要感谢我的玩具大宝贝——亲爱的小满孙儿。单调不安的日子中，每天陪着宝宝，忙碌着关于他的一切，看着他可爱的笑脸，听着他咿咿呀呀的语言，瞧着他翻爬起坐的动作，陪着他指认各种图片……日日能见证他学到各种本领，让这枯燥乏味、无聊烦闷的时日，变得情趣盎然，充满生机，充满活力，充满希望。

感谢我的故乡——绿色沁源，给了我意料之外的两次惊喜。一是有感而发的文字《疫情中，我的故乡你可安好?》，被文联朋友推荐参与了征文比赛，并获得了一等奖。二是由我和魏一先姐姐、雷玉清大哥共同创作的新编沁源秧歌剧《我的奶娘在沁源》，由郭道天天乐秧歌团用了近一年时间的辛苦排练，于今年 9 月 26、27 日在“沁河缘小剧场”正式演出，得到了观众好评，为故乡的“农民丰收节”送上了一份薄礼。

感谢我慈爱的老妈妈带给我别样的快乐。秋日的故乡如油画般美丽，10 月 3 日我的弟弟妹妹带着老妈和小侄女，陪同我和老公到景凤乡的丹雀小镇参观游玩，这个大山深处的乡镇，是我的大妹妹曾经工作了 13 年的地方。如今为了发展旅游产业，把这个依山靠坡而建的原始村落，因地制宜地改建成了一个非常美丽、错落有致、别有情趣的农家乐休闲体验区，景点不仅保留了原有的建筑风格，更有趣的是当地政府为发展旅游业，精心改建的“乡村亲情系列民宿”别有一番风味，那些极富人情味的命名：“大舅家”“小姑家”“姥姥家”“二大爷家”等等，带给人们一种强烈的亲情感，这个创意实在是太好了。

当我们沿着鲜花盛开的彩画道路，边走边欣赏着这诗意般的乡村，心里真是无比的爽畅，我可爱的小侄女灵感突至，要给我们录个当下流行的“大摇大摆”的视频，并亲自给我们排队，我妈第一、我第二、小妹第三、大妹最后，在小侄女的指挥下，妈妈带头边笑边扭了起来，把我们的快乐留在了美丽的丹雀小镇。

感谢侄儿一家带着我们来到“苍鹭之乡”的法中乡水泉村游览。时值深秋，当我们沿着山路往观景台走时，热心的老乡告诉我们，现在即使上去也看不到“苍鹭”啦，因为它们已飞走了，明年春天再来看吧，但我们还是爬了上去，站在高山之上，想象那成群的苍鹭在这里自由飞翔的情景，何尝不是把自己的心情也放飞了呢？而且我们在这里还听到了一个温暖的故事——一只被救助的小苍鹭，在放归自然后又“回家探亲”的故事。侄儿飞飞还特意领我们看了救助苍鹭的村支书孙开胜家的院落，那座普通的农家院子，见证了人鸟相亲的故事，也留给了我太多的感动。

感谢老同学贾月明的热心张罗，让我见到神交已久、素未谋面的好友王冷眉。感谢可爱的冷眉为我写下了美诗《一叶秋红，你我相逢》。感谢学长杜天云的一路相伴，陪我们观赏了“人民摄影专家小院”和“褐马鸡之乡”的五龙川；走进了鲜花盛开的美丽村庄“黑峪”，品尝到了“山顶人家”的独特风味，亲眼见证了正在蓬勃发展中的“乡村旅游”。当我们一行七人，沿着美丽的“太岳1号”路，来到第一川村时，适逢县里正在这里举行“农民丰收节”颁奖典礼及闭幕式活动，蓝天白云、青山环绕、绿茵茵的草地上，搭建着露天大舞台，一排排大红的灯笼，一串串金色的玉米，一座座用麦秸编制的粮仓，组成了舞台的主体，在旷野中显得格外的醒目漂亮。身着艳丽服装的演员在尽情地歌舞，台下观看演出的人们，脸上洋溢着丰收后喜悦的笑容，此情此景，真的是一幅现实版的“稻花香里说丰年”的幸福图景啊！

站在山巅，回望来路，那条引领着我们进山的道路，就像一条亮闪闪的黑色丝带，在山间起舞飞扬，美丽极了。我不由得脱口问道：“咱县的交通局局长是谁呢？这路修得太好了。”老贾同学笑嘻嘻地说：“是咱们原来的同事慧斌呀。”更让我惊喜的是，在这里居然意外地看见了张慧斌，我急忙上前和他打招呼，我以为他只是在这里参加“丰收节”的庆祝活动呢，一问才知道，他是在这里扶贫呢。当我不由自主地夸奖了他几句时，他还有点不好意思地说：“是县委领导得好，咱只是一个具体干活的。”还如以前那样谦逊低调、温文尔雅，分别三十多年，在这样的一个环境中，意外地遇见曾在一个院子里住过的同事兼邻居的慧斌，还是让我的心情格外的愉快。

感谢我的 2020，感谢给了我关爱和温暖的所有亲朋好友，陌上红尘，风雨人间，感恩的心，感谢有你。

一元复始，万象更新。在 2021 到来之际，送上我的祝福：

祝福我的祖国：风调雨顺，国泰民安！

祝福我的故乡：绿色沁源，歌甜花香！

祝福我的亲友：身体健康，生活幸福！

2020 年 12 月 25 日于北京

从头再来

一学年的教学工作就要结束了，这一学年对我来说的确是辛苦的一年、忙碌的一年、充实的一年，我为自己能坚持下来而高兴。这一年，在同事们的关心帮助下，在孩子们的信任配合下，一路走来，收获颇多。这一年的教学工作，让我的知识得到了充实拓展；这一年的教学工作，使我的能力水平在不断的探索中得到了提高。

当我怀着一颗感恩的心写下上面这段文字时，工作中点点滴滴的记忆不由得涌上了我的心间。当初调整工作时那种“无可奈何花落去，似曾相识燕归来”的感觉，依然记忆犹新。

十五年了，讲台和我的工作越来越远，远得近乎陌生；十五年了，讲台在我的生活中消失得太久，久得我似乎都找不到做老师的感觉了。我年岁已大，加之知识的更新，我还能捡拾起那些已被遗忘的知识吗？这些 90 后的孩子能适应我这个老大妈吗？能适应我的语言和教法吗？最让我担心的是自己久病的身体能承受繁重的教学任务吗？困扰我多年的“腰椎间盘突出症”像一个甩不掉的恶魔，时不时地就来折磨我，可以说从接到代课的通知后，我的心情是喜悦、是惆怅、是担忧、是不安，剪不断，理还乱，千头万绪，尽在其中。

就这样我怀着一颗忐忑不安的心走上了讲台。可是，当我看到那一双双天真无邪的眼睛和一张张纯真的小脸时，我的心被激活了，一下子变得温润了起来。我小心翼翼地把自己介绍给孩子们后，他们用那颗幼小而宽容的心接纳了我，使我的六节见面课得以顺利完成。为此，我把那段心路历程记录了下来。

我首先要感谢这些可爱的小精灵们。是他们的积极配合，使我的心灵之弦开始慢慢放松，曾经的担忧开始慢慢缓解，我觉得自己已经不自觉地爱上了这些可爱的孩子们，是他们给我的工作送来了第一缕阳光，让我的心情明朗了起来……我不敢确信自己一定能成为他们的良师，但我敢肯定自己能成为他们的忘年益友，因为我爱他们，我觉得他们不仅是爸爸、妈妈的宝贝，也我的宝贝。

其次，我要感谢给我伸出帮助之手的我的同事们。我忘不了第一次和历史教研组的老师们合影时的情景，是他们给了我热情，给了我温暖。还记得当我走进年级组的办公室，走近这些我今后将要合作的伙伴中时对他们的印象，他们有的是我的大哥大姐，有的是我的同龄人，更多的人则是我的小弟小妹，他们每一个人都给了我极大的鼓励，尤其是六个班主任老师和两个年级主任。当我看到那一双双信任的目光，听到那一声声鼓励的话语，握着那一只只温暖有力的手时，我感到自己不再孤单，身后有了巨大的靠山，我忽然觉得我就好像一只掉队太久的大雁，又重新找到了自己的队伍。虽然我不知道自己能和他们合作多久，也不知道自己在脚下的这条路上能走多远，但是我会永远记住这些给予我温暖的同事们，能在这样一个充满和谐、充满爱心的大家庭里工作，我真的为自己感到庆幸，庆幸自己能遇到这么一群优秀的人带着我向前走。

我还要感谢以前和我一起合作过的各科室的领导、老师、同事，也许有一天我还会回到他们中间，我真的希望他们还能像过去一样和我继续和睦相处，在一个其乐融融的环境中工作，愉快地度过忙碌的每一天。

最后，我要感谢我所有的亲人，尤其是我的丈夫和两个可爱的孩子。我的丈夫是一个人民警察，他热爱知识，喜欢读书，是他给了我勇气，让我重拾自信，从头再来；我的两个孩子，在附中完成了他们六年的学习生活后，以优异的成绩考上了理想的大学。就在我走上讲台的这天，度完暑假的儿子，踏上了返校的列车，因为有课我没有送他，当我上完三节课，打开手机时，看到的第一条信息是儿子发来的："课上得怎样？"短短的五个字，让我流下了眼泪。晚上，还在奥运会参加志愿者工作的女儿，打来了电话，又是问候，又是鼓励，还和我探讨方法，使我觉得我们之间的位置似乎颠倒了过来，仿佛我成了一个受人呵护的孩子一样，我为自己一时间的不自信而羞愧，同时也感到了万分的幸运，我感谢上苍赐予我这么一个好丈夫和两个优秀而懂事的孩子，他们是我今生最大的收获和最好的作品。

总之，要感谢的人太多太多，未来尚未来，我知道前行的路上还会遇到各种困难，相信有大家的一路相伴、一路同行，我会风雨兼程，且走且歌。

2009 年 6 月 18 日于银川

记忆祖国

当元谋人迈着蹒跚的脚步屹立在大地上时，古老的东方开始了人类主宰地球的历史，走过茹毛饮血的残酷厮杀，元谋人用自己的智慧编织出了一道无比神圣的花环。当周口店的北京人从大自然中采集出神奇的火种，东方古老的人类告别了滴血食物的生腥，驱散了寒冷和荒凉，熊熊燃烧的火焰划破了无边的暗夜，人类文明掀开了一个划时代的篇章。当半坡人带着火与土结合后诞生的婴儿——美丽的彩陶，向世界走来，一个伟大的艺术开启了新的一页。当炎黄二帝的部落走向联盟，定居于黄河流域的农耕民族，便拥有了一个共同的名字——炎黄子孙。

当禹铸九鼎，围城建国，华夏大地走向文明。捡拾甲骨碎片，仰视青铜铭文，殷商时代给我们留下了多少辉煌灿烂？当孔子开创自由讲学，带着弟子周游列国，一个中国学术思想界的“黄金时代”出现了，诸子百家，百家争鸣，留给后人无尽的财富。当曾侯乙的编钟敲响清脆洪亮的声音，伴随着汨罗江畔屈原大声高唱的《楚辞》，我们告别了一个战乱频频的年代。秦皇汉武，横空出世，天下一统，傲视苍穹。唐宗宋祖，华彩乐章，民族“和同为一家”，四大发明传世界。一代天骄成吉思汗，扬鞭策马，纵横天下，在驰骋中实现了自己的光荣与梦想，一个光耀世界的大中国，吸引了无数的异邦之人来中国学习、经商、生活，乃至于长期定居、通婚，在中华大地上形成一个新的民族“回族”，这是民族融合的历史见证，也是元帝国繁华的见证。明朝郑和扬威远航，戚继光荡平倭寇，再一次彰显了强盛的国力。当努尔哈赤的后代，骑着战马冲向关内，像历史上的契丹、女真、蒙古等游牧民族一样，当他们的马鞭来到中原大地时，只能驱赶汉人，但却动摇不了汉文化，为了获得武力之外的统治资格，游牧出身的统治者无一例外地开始自觉接受中原文化，同时也为中华文化带来了新鲜血液和创新因子，使源远流长的中华文明绵延至今……

当然，我们不会忘记，英帝国主义的坚船利炮，是怎样敲开中国的大门；我们不会忘记，英法联军烧毁圆明园的大火；我们不会忘记，八国联军洗劫北京城的罪行；我们不会忘记，日本侵略者惨无人道的南京大屠杀；我们不会忘记，所有侵略者在中华大地上犯下的滔天罪行……

我们更不会忘记，当我们的母亲备受蹂躏时，她的儿女们是怎样前仆后继，用鲜血和生命去捍卫母亲的尊严！忘不了林则徐的虎门销烟，忘不了邓世昌的致远舰号，忘不了武昌起义的嘹亮号角，忘不了南昌城头的枪声怒吼，忘不了井冈山的星星之火，忘不了长征路上的万水千山，忘不了延安窑洞的点点灯光，忘不了太行山上的抗日烽火，忘不了刘邓大军挺进中原，忘不了百万雄师横渡长江……

当毛泽东在天安门城楼上庄严宣告：“中国人民从此站起来了！”饱经灾难的祖国母亲终于扬眉吐气；当联合国的大厦升起第一面五星红旗，世界爱好和平的人们，听到了中国的声音！

当春天的故事传遍中华大地，古老的中国焕发出勃勃生机，港澳游子回到母亲的怀抱；当科学发展观的和谐音符奏响美妙的旋律，太空神舟送来了对母亲的问候。奥运百年圆梦，世博谱写新的华章，龙的传人昂首阔步，前进在建设中国特色社会主义的康庄大道上！

这就是我的祖国，她谱写了辉煌的历史，养育了坚韧的民族，创造了惊世的奇迹！这就是我的祖国，她拥有广袤的土地，如画的江山，无尽的宝藏！我为自己诞生在这样的国度而骄傲，我为自己拥有这样的祖国而自豪，我为自己能为这样的祖国效力而幸福！

2011年4月27日于银川

门的故事，说给你听……

伴随着江路的快乐与幸福，我看完了央视热播的连续剧《幸福来敲门》。

特立独行的江路用自己的善良、包容、奉献、牺牲，为中年丧妻的宋宇生一家敲开了幸福之门。当然，历经磨难的她也赢得了这一家老小的信任与尊重，最终也为自己敲开了一扇通向快乐的幸福之门！这是一个善良的东方女性，尽管是一个剧中人，但我还是要为她送上永远的祝福！

当我们来到这个五彩缤纷的世界上时，万花筒般的滚滚红尘中，会有无数的门面对着我们，当然并不是所有的门都会向我们打开，有的门轻轻一推就开启了，有的门也许用尽一生之力也难以打开，一扇扇未知之门，有的人打开的是幸福之门，有的人打开的是痛苦之门，有的人打开的是快乐之门，有的人打开的是烦恼之门……于是，有人叹息命运的不公，有人诅咒上帝的偏心。但是，只要我们静下心来想想，每一扇门的背后都有写不完的悲欢离合，说不尽的酸甜苦辣。

“长安回望绣成堆，山顶千门次第开。一骑红尘妃子笑，无人知是荔枝来。”杜牧的《过华清宫》，写尽了盛唐时代唐明皇与杨贵妃的骄奢淫逸。骊山脚下，林木葱茏，花草繁茂，华清宫殿耸立其间，宛如团团锦绣。平日紧闭的宫门忽然一道接着一道缓缓地打开了，一名专使骑着驿马风驰电掣般疾奔而来，谁都会认为那是飞送关于军国大事的紧急情报，怎能设想那是驿使专为贵妃娘娘送荔枝而来？白居易的《长恨歌》则用凄楚缠绵之笔，对绝代美人杨贵妃被凄惨地勒死于马前给予了无限惋惜，对盛唐由此转衰感到悲伤忧虑。“渔阳鼙鼓动地来，惊破霓裳羽衣曲。九重城阙烟尘生，千乘万骑西南行。翠华摇摇行复止，西出都门百余里。六军不发无奈何，宛转蛾眉马前死。”恩爱无比的唐明皇与杨贵妃只落得天人永隔之长恨。这是一扇大喜大悲之门，其中的苦乐只有他们自己知道。

巴黎的凯旋门，本是为了纪念拿破仑一连串的军事胜利而建立，让拿破仑军队胜利归来时在此接受欢迎。但是，1806 年奠下凯旋门首座基石后，因拿破仑于 1815 年失势，使得凯旋门建设工程延滞不前，一直到 1836 年才完成了这座高 50 米的雄伟拱门，而它等来的是兵败流亡惨死在圣赫勒拿岛的拿破仑遗体。不能不令人沉思，英雄？成败？相比之下，“柴门闻犬吠，风雪夜归人”“鸟宿池边树，僧敲月下门”的平常日子何尝不是一种幸福？

请看诗人笔下之门：

“天门中断楚江开，碧水东流至此回。两岸青山相对出，孤帆一片日边来。”这是神奇之门、激情之门、力量之门、勇士之门！

“爆竹声中一岁除，春分送暖入屠苏。千门万户曈曈日，总把新桃换旧符。”这是岁月之门、百姓之门、希望之门、温暖之门！

“去年今日此门中，人面桃花相映红。人面不知何处去，桃花依旧笑春风。”这是相思之门、爱情之门、美丽之门、遗憾之门！

是的，在这个世界上有无数的门，每一扇门的背后都有不同的故事。当然，开启每一扇门，都需要一把神奇的钥匙。这把钥匙握在善良者的手中，开启的是慈善之门；握在邪恶者的手中，开启的是罪恶之门；握在智慧者的手中，开启的是科学之门；握在贪婪者的手中，开启的是奢侈之门……

虽然，每一个人的思想不同，希望开启的门各不相同，但我更希望这把钥匙掌握在正义者的手中！公平者的手中！这样人间就会多一些光明之门！平安之门！友爱之门！

当然，无论是乡野的柴门、土门、砖门，还是城里的铁门、钢门、自动门，无论你身在哪里，回家的门永远不会找错！无论是佛家的空门、法门、慈悲门，还是人间的喜门、忧门、百乐门，心安便是自己的家门！

“手握一杆钢枪，身披万道霞光，我守卫在边防线上，为我们伟大祖国站岗……”最后我要感谢我们这个时代“最可爱的人”，那些为我们守卫“国门”的战士，是他们的无私奉献，才让我们拥有和平与安宁的日子！

2011 年 3 月 13 日于银川

chapter

06 会有岁稔时（读书篇）

有一种幸福叫读书

人间四月，花枝春满。春天是生命的季节、美丽的季节、希望的季节、力量的季节。在明媚的春光里，一年一度的 4 · 23 “世界读书日” 如约而至了。

夜色深处，当我静静地坐在电脑前敲下上面的文字时，心底不由得泛起涟漪片片。有书陪伴，真的很好。”

当我手捧康震讲书系列（共 8 册）之《康震讲王安石》《康震讲诗圣杜甫》《康震讲诗仙李白》《康震讲李清照》《康震讲苏东坡》，当我目及康震老师以其渊博的学识和极富魅力的语言，深刻解读这些身处唐宋，风华卓越、光彩千秋的文化巨人时，心随文动，顶礼膜拜。那一块块历史的碎片，一篇篇旷世之作，一个个有意思的故事，一段段跌宕起伏的人生况味，无不撞击人心，使我与古人同喜同忧同乐同悲……这些优秀的传统文化历经千年风霜依然熠熠生辉，为后人留下了一笔笔丰厚的精神财富，他们的诗文滋养和丰富着一代代炎黄子孙的精神世界，成为我们提升寻常生活趣味的涓涓溪流，这些民族文化中的瑰宝，是我们灵魂的养育者，阅之甚喜，何乐而不读呢?

曾经看过一个关于犹太人读书的故事。据说犹太人有一个非常好的传统习惯，在孩子很小的时候，父母就会将蜂蜜涂抹在

《圣经》上，让他们的孩子蘸着口水来翻阅，父母这样做的目的只有一个，告诉孩子们——书是甜的。犹太人还有一个习俗，就是在生命结束之时，陪葬品中唯一不能缺的也是书，可见这个民族是多么重视读书。正是从这些蘸着《圣经》上的蜂蜜开始读书的孩子中诞生了马克思、爱因斯坦、门德尔松、弗洛伊德；正是从这些舔着嘴唇、嗅着书香的孩子中走出了129位诺贝尔奖得主。我们不能不承认，这是读书带给他们的财富！这是知识带给他们的荣耀！

也曾记得一篇短文《带着书走向刑场》，说的仍然是犹太人的事迹。第二次世界大战时，在奥斯维辛集中营，纳粹法西斯在对犹太人进行残酷折磨和疯狂屠杀时，他们发现一个奇怪的现象：许多犹太人在那种极其危险的时刻，随身携带的贵重物品竟是几本书。除了《圣经》，还有一些自然科学和文学地理方面的书籍。面对黑洞洞的枪口，许多人走向刑场时，手里还紧紧地拿着一本书。连纳粹士兵都不禁喟然长叹：这是一个真正不可战胜的民族！因为他们强大的内心力量，足以抵挡敌人射来的子弹，你可以消灭犹太人的肉体，却永远不能摧毁他们的意志。由此可见，书能带给人无穷的力量和信心！正是这种强大的力量，使得这个民族在流浪数百年后，终于有了自己的家园——以色列。

据说联合国教科文组织之所以选择4月23日成为“世界读书日”，来自一个美丽的传说。传说西班牙加泰罗尼亚地区山上有一条恶龙，专吃人兽。人们为求太平，每年向它祭献一个牺牲者。有一年，这个不幸降临到国王女儿的头上，公主被恶龙困在深山中，这时英俊骑士乔治出现了，他上山与恶龙搏斗，在4月23日这一天终于屠龙，解救公主，并获得了公主回赠的礼物——象征知识与力量的一本书，从此，书便成了胆识和力量的象征。公主被解救的这天，被后来的人们称为“圣乔治节”。加泰罗尼亚地区的居民，在每年的 4 月 23 日这天，妇女们会赠送丈夫一本书，男人们则会回赠一枝玫瑰花，以示对节日的庆贺。而这一天又是西班牙文豪塞万提斯的忌日，也是莎士比亚等多位世界文化名人的纪念日。因此，1995 年，联合国教科文组织将这一天定为“世界读书日”。

自“世界读书日”宣布以来，全球社会各界热切响应，每年的 4 月 23 日，许多国家的作家、出版商、教师、图书管理员、私立或公立学校的教育工作者、学生、人道主义者、大众媒体，以及全球各国爱书的人已经把读书日的宣传活动演变成一个热闹的欢乐节日。

当下的我们置身于一个快速发展的社会和一个波谲云诡的世界，我们除了秉承我们民族的优良传统，更需要养成良好的读书习惯，只有不断学习才能不断优化自己的知识结构，开阔自己的胸怀与视野，培养自己的良好思维品质。记得有人说过一个推理句：“书籍改变不了世界，但是可以改变人，人却能改变世界。”可见，读书对人成长的影响是多么巨大，一本好书往往可能改变人的一生。一个民族精神境界的提高，在很大程度上取决于全民族的认知水平，也彰显一个民族的综合素质和强大力量。

我们的祖国拥有五千年的文明，优秀的传统文化像万古江河一样源远流长，奔腾向前，一代又一代的华夏儿女，用他们的民族气节和优秀智慧给我们留下了无尽的文化瑰宝、华彩乐章。正是这些宝贵的精神财富，支撑着我们的民族，历经苦难，走向辉煌。

古今中外的历史，无一例外地证明了一个共同的真理，人类前行的历史就是文化史、文明史。有人说，一个民族、一个国家，终其意义不是地域的，而是文化的，而文化则是靠读书来获取的。

做一个读书人是幸福的！因为这种福利不需要别人的给予，而是自己可以随时随地获取的。一本优秀的书籍，可以带给人无限的欢乐、无穷的力量。让岁月芬芳，让大地馥郁，让灵魂清明，让生活充裕。

亲爱的朋友们，在第 25 个“世界读书日”来临之际。我怀着一颗谦卑之心，写了如上文字。真诚的希望，大家都能热爱读书，不断提高个人的学习素养，为绿色沁源的文化建设贡献自己的绵薄之力！

2020 年 4 月 17 日于北京

一路书香自芬芳

——读陈小燕《书人杨栋》有感

近一年多了，因忙于照料外孙女，未能如以前天天翻书了，其间虽然也看过几本，但属简单潦草而已，更谈不上静心写东西了，先前陪伴码字的电脑，已经送人。偶尔回想，略有微憾，但仅仅一闪而过，忙中有乐的日子，会让我无暇顾及这似乎属于闲散消遣之乐事了。

前些日子，通过微信朋友群联系到了老朋友杨栋，随后收到他寄过来的几本书，非常高兴，《书人杨栋》是其中之一。

本书的主角和作者，均来自我的故乡。也许正是因为这故乡故土故人之故，便产生了一种想急于看完的心情，于是便在晚上宝宝睡觉之后，一盏小灯陪伴床头，竟在几个晚上之后，完成了全书阅读，而且看得相对仔细。读完之后，忍不住又利用手机微信的便捷功能，产生了写点东西的感觉。于是在夜的陪伴下，便有了这些文字。

认识杨栋好多年了，因他和我的老公是同学，每次回家只要有时间，老公总是想见见他，和他聊聊天。我也曾到过他的梨花楼，也曾在他的藏书阁小坐畅叙，也曾收获了不少他的签名赠书……但是对他的读书之路知之甚少。

看了未曾谋面的乡友陈小燕写的《书人杨栋》这本书，我才对杨栋如何从一个放牛娃成长为一个知名作家，有了一个比较全面的了解，非常感动。作家小燕的文笔很好，文字很美，文章很赞！全书叙事清晰，娓娓道来，就如同与她对面而坐，她在给你慢慢讲述一个读书人的成长之路，其中不乏酸甜苦辣，更有趣闻逸事，有时还让人忍俊不禁，有时又为他的各种遭遇扼腕叹息。

小燕用她朴素而温润的笔，让她的文字如清澈的小河缓缓流淌，让杨栋和他的梨花村由远及近慢慢浸入读者的心田。从大山深处的石佛院一路走来的杨栋，无论是放羊放牛，还是做公社放映员，从做临时工到为县里办报纸做编辑，时间在走，工作的环境在变，唯有一颗爱书的心不变。一盏孤灯一本书，伴随他度过了无数的日子。爱书如痴的他也因此留下了不少故事。其中三个故事最逗人，留给我的印象最深。一是他的爱书借给别人未能按时归还，他三番五次上门索要，甚至托人骑自行车走几百里的路去要书。二是一位女友借书迟迟不还，似有据为己有之嫌，为索书他竟然惊动了对方单位领导。如果说这两件事情于常人来说似乎有点可笑的话，更有甚者在这第三个故事。2015 年的 9 月，杨栋被评为“全国十大读书人物”，在第 25 届书博会“全国十大读书人物”颁奖典礼上，面对山西电视台记者的采访，他曾给大家爆料：“刚结婚的时候，我老婆嫌我只看书不干家务事，把我的一本书扔到桌子上，我很生气立马就跟她说‘离婚’，老婆一愣，我说你如果承认错误，再不扔我的书，那日子就能过下去，如果你不改正，还这样对待我的书，那咱们就没有共同语言了，只能离婚。后来老婆只好妥协了，从此以后，她再也不敢欺负我的书了。”看到小燕写的这段文字，竟把我逗得笑出了眼泪。这真是，爱书胜于爱美人，疼书胜过疼老婆，一片痴情只为书啊！难怪人们说他为“书痴”呢。

一条沁河水，一个梨花村，一座小山城，杨栋生于斯长于斯。就是这样一个朴实的山里汉子，从读书、借书到购书、藏书再到写书、出书，在这所没有围墙的大学里学习成长，五十多年，几度风雨，几经坎坷，无数挫折与辛酸，初心不忘只为书。衣可素饭可粗，书不可不买；屋可陋步代车，书不可不藏。杨栋为书痴为书狂。以书为媒，结交众多名家良友；以书为桥，走向四方广阔天地；以书为友，身居小楼从不寂寞；以书为伴，于无声处有知音。今日的梨花村，因了杨栋的文字吐芳，引来众多文人笔客到此行走，为这大山深处的小村庄，带来了飘香的文化气息，而我的故乡小城，因了众多文化人的滋养，而显得更加温情雅致。在杨栋的带动和培养下，大批文学爱好者和新闻工作者脱颖而出，一个十六万人的深山小县，竟有二十多位作协会员。近年来，杨栋除了读书笔耕不辍外，又开始涉猎书法、绘画、收藏等，且颇有成就，他的漫画也时常被各种报刊发表。正如葛水平老师在《书人杨栋》一书的序里所言："杨栋正是顽固地守着他的梨花村，守着他的沁河源，才有了文学的收获，书画的收获。"

一路书香自芬芳，坐拥书城我心怡。我想这应该是杨栋的日常生活吧？他的每篇文章都在写故乡这片土地上的人和事，过去的，现在的，而他的文字亦如梨花般静美甘纯，正如小燕的文字所述："一朵梨花的盛开，宣告着春天的美丽，杨栋的文字述说着太岳山间沁河水畔的大美。"我想，杨栋走过的路，是一条充满艰辛而又充满快乐的文学之路，这是一条通过文字排列组合铺成的书香之路。

向自己的故事挥一挥手，还没有结束又有新开头。一本素笺一支笔，写出人间多少事？不羡官位与富贵，文山书海任尔行。作为杨栋的朋友，我衷心祝愿他的梨花村年年花开，他的梨花楼岁岁飘香，他的梨花树年年挂果岁岁丰收！

2017 年 7 月 10 日于北京

有一个美丽的女人，她的名字叫冷眉

——读王冷眉《走遍沁源》一书有感

微信真是个好平台！

2018 年 3 月 16 日在县文联主办的《沁源艺苑》微信公众号上，看到了一则信息：“3 月 14 日下午，县作协、县图书馆、县读书学会联合召开王冷眉作品《走遍沁源》研讨会。”之后在读书学会会员群里，看到了县里几位文化名人写的书评，对这本书产生了浓厚的兴趣，当即便给县图书馆馆长闫金萍女士（我二十多年前的学生）发了语音微信，希望她能帮我和王老师讨到这本书，金萍很快便回复我：“没问题，郭老师。包在我身上。”于是我给她发了地址，几天后便收到她快递给我的这本书，心中自是欢喜！

“王冷眉”这个名字，在我离开故乡之前就听说过，也偶尔看到过她写的文章，感觉这人应该是一个特立独行很有个性的非一般女子，只是无缘结识。当我从快递箱中取出这本沉甸甸的散发着油墨清香的《走遍沁源——文学与摄影合集》时，只见封面上王冷眉坐在一块巨大的青石上面，一手微托下巴，面对群山，似在思考，她的背后是野花朵朵。这张在芊林背拍下的暮秋夕照剪影，给人一种朦胧而又清晰的别样美，非常吸引人。

翻开书页，看到冷眉的几幅近照，内心感觉这果然是个清秀干练、优雅美丽的女子。顺着书页几乎是一口气阅完，美丽的画面，流畅的文字，爱随心动，满是亲切。脑海中突然闪出诗人艾青的那句名诗："为什么我的眼里常含着泪水，因为我对这片土地爱得深沉……"王冷眉便是这样的一个人，一个生在沁源长在沁源生活在沁源的人，她把对家乡的满腔挚爱，赤子情怀，用隽永的文字和美丽的镜头定格成为永恒！正如她自己的文中所写："我要走遍家乡沁源的山山水水村村寨寨，用我的镜头记录下我走过的这一片美丽的土地和发生在这片美丽土地上的美丽故事，记录下我对这片土地的情和意，爱和恋……待我老迈之时这一幅幅美丽的画面将成为我心灵上不朽的风景给我慰藉让我怀恋也给儿孙后代留下永远的念想……"这是一个说到做到的女子，她在一个赤热炎炎的夏日开启了她的摄影旅程，一张地图、一部相机与她日夜为伴，走过秋冬，迎来暖春。在行走的日子里，大道小径，田间荒野，山涧沟畔，都留下了她的脚印，春风知道，夏雨知道，秋霜知道，冬雪知道！历经无数艰辛，收获无穷美丽。她用了一年的时间，将全县 352 个大大小小的村寨，鲜明地呈现了出来。也曾看到过故乡的不少摄影爱好者下的故乡美景，但是像冷眉这样全方位、一网全捞的拍摄应该是第一人吧？青山见过，河流见过，花草树木见过，乱石土地见过，有一个女子从它的身傍走过或驻足！时间会记住，历史会记住这样一个平凡的女子做过这样一件不平凡的事件！

尤其是当我看到照片中的土坯房子，扛着劳动工具的农人，人工打场的画面等图片，这些我儿时经历并常见的物件和景象，心中还是感慨万千，似乎在时空的隧道里，我又穿越了回去。在看到她拍摄的"红窑村"和"石板店村"的图片时，我挺激动，在我的童年常听爷爷说起我们北园村"郭姓"一族的老祖先在"红窑石板店"。如果不是在这本书中看到这两个村子的模样，估计我这辈子也不会站到老祖先生存过的这片土地上，当然也无缘目睹她的风采了。在此深谢冷眉这位勇敢的女子，让我可以手捧书本，目视画片，向我的祖宗我的根表达我深深的敬爱！人们常说“风景在远方”，《走遍沁源》一书告诉我，最美的风景在故乡！

阅读冷眉的文字，让你总是感受到这是一个激情涌动、活力四射的女人，她浑身似乎有用不完的劲，永远不知疲倦。阅读中我发现她挺喜欢使用长句，有的长句甚至有六七十个字，三四十个字的句子很多，而且在长句的后面跟着省略号，感觉她是急于想把知道的、看到的、想到的一口气给人讲完，还意犹未尽，故而加上六个小点，留给人想象的余地。我曾试着一口气默念了一个近八十个字的句子，有点喘但也感到大气回肠的爽，我想这也是她的文字特色吧？

合上书本，回想冷眉的照片，虽然她已年过半百，但是让我感觉她依然那么年轻，那么有朝气，走过岁月，青春仍在。这让我想起俞敏洪写过的一段文字：“青春跟年龄没有任何关系，有的人在16岁、20岁的时候，青春已经死亡，他对生命已经没有任何期待，也不再具有奋斗精神。有的人到了80岁以后，依然具有青春的色彩。”有句当下流行的话“愿你出走半生，归来仍是少年”，我想这句话送给冷眉也是再合适不过了。愿她永葆青春，享受美丽人生！

在这里我还要感谢可爱的金萍为我寄书，让我跟着冷眉的书走遍了心中的故乡！

2018年3月27日于北京

有位佳人，在我故乡

——读王冷眉《幽谷兰集》有感

我喜欢《诗经》中的《蒹葭》："蒹葭苍苍，白露为霜。所谓伊人，在水一方。"更喜爱琼瑶改编后的《蒹葭》："绿草苍苍，白雾茫茫。有位佳人，在水一方。"在此我也斗胆顺着思路填上一句："绿树苍苍，沁河滔滔。有位佳人，在我故乡。"佳人芳名？王冷眉也。

"王冷眉"这个名字，乍一看让我感觉应该是从鲁迅先生的"横眉冷对千夫指"一句中提取出来的，想象中的她应该是一个特立独行、个性极强的高冷骄傲之人，哪怕是一个美人也会是那种让人敬而远之的"冰美人"，通过阅读她的书，才知自己的所谓判断，其实不然。

人世间的缘分真的是可遇而不可求！我与冷眉至今未曾谋面，但是因了她的文字她的书，让我们有缘在微信的"文学群""读书群"里相遇，互加微信成为好友。记得2018年3月，她的《走遍沁源》一书出版，我的学生闫金萍（县图书馆馆长）给我寄了一本，我几乎是一口气看完，这本摄影与文学完美结合的书，带着我走遍了心中的故乡，我甚是喜爱！时隔一年多，在刚刚过去的猪年腊月二十三，我又收到了金萍给我快递的冷眉的新书《幽谷兰集》，而且有冷眉亲笔题写的"见字如面"四个潇洒漂亮的大字，这是小年也是我的结婚纪念日收到的最好礼物，虽然她不知道，但是我的心情激动不已！

收到书后，近两周的时间，每天晚上我都在认真阅读，我在读她的文字也在通过她的文字阅读她、阅知她，抑或说是冷眉在静静的远方陪伴我，让我的心绪随着她的文字与她在心底默默交流，拂去疲劳进入梦乡。

冷眉不冷。阅书知她是一个非常率真勤奋、热情开朗、有担当、有温度的人。她在工作之余，随性而发学习心理学，拿到国家二级心理咨询师的资格证，然后用学到的知识帮助了不少身处困境向她求助的人。因为父母的早逝，她早早担负起了照顾四个弟弟妹妹的责任，尽自己所能帮助弟弟妹妹们的成长，虽然她说自己有时也在帮倒忙，因为她家长式的管教，让弟弟妹妹们对她有所畏惧，但是这并不妨碍她把一腔的爱心如父母般给了她的弟弟妹妹们，她真的是尽心尽责做到了“长姐如母”啊！以至于长大的弟弟妹妹们虽然各自成家开枝散叶，但她依然是弟弟妹妹们最好的庇护者与主心骨。在她当了奶奶后，对宝贝孙子的爱更是竭尽所能，淋漓尽致，溢于言表，不遗余力。她的《仓皇之“老”》一文，便是见证！

冷眉不冷。她热爱生活，兴趣广泛，做事认真，心底坦荡，爱憎分明，就像一个文友所言“像一个水晶人”，不管生活给予她什么，哪怕是用无奈的逃离应对，但她依然保持一颗向善之心！她专门到北京“修德谷”学习传统文化，她练习太极参加“全民健身运动”，她喜欢旅行，爱好摄影，酷爱写作，笔耕不辍。我注意到她的每篇文章的后面，都注有写作时间，甚至记录到“分钟”，以及写作时的心境，可见她的仔细认真。她的文章或喜或忧，或爱或恨，都坦然流露，不遮不掩，她的文字很有感染力，描述人物很形象，比如她在一篇文章中对一个女人的长句描述："这是一个长相一般年岁已四十五六岁个子矮小形体偏胖走起路来腿向外甩脚尖往里勾划着典型的外八字的女人。"读来让人忍俊不禁，她的文字很真实，甚至天真可爱。她善良诚信，她在《杏花你就白》一文中写到拍杏花时遇到一位老人，应老人的要求，她给拍了不少照片，还答应洗出来给老人，照片洗出来后她专门到百里外的拍摄地寻找老人，亲手送去照片，遗憾的是老人已经去了他乡，好在她遇上了老人的兄弟，她把照片交给人家嘱咐一定要给老人寄到。读到这里我很感动，对一个陌生人的承诺她如此认真，也是少见，我想当这位老人收到照片后一定也会感动万分，感动于一个陌生女子对他的这份情谊！

冷眉不冷。她对自己喜欢的事情有夏天般的热情！她是沁源县唯一的民革党员，县政协委员，她多次随政协考察，善于观察，目光敏锐，发现问题，书写提案，积极建言献策。她喜欢写作，她的好多文章都是在写她自己的生活，抒发自己的心声，高兴的忧伤的，愉快的烦恼的，兴之所至一股脑儿抛洒交付于文字，她的文章干脆利落不拖泥带水，我想生活中的她也应该是一个有思想、有主见的爽快之人吧。

冷眉不冷。她有一颗如岩浆般赤热的强大内心。她是一个平凡的女人，生活没有刻意偏袒她。她也有常人的烦恼与忧愁，生活的酸甜苦辣，每一个人都逃不掉，对于冷眉来说，再苦的生活都要乐观去面对，再难的事她都能及时调整心绪豁达对待，就像她写到的因更年期身体的不适，独自一人去省城看病，被误诊为"癌"时，她虽然很恐惧无助，但她努力让自己镇定下来，独自去晋祠和天龙山游玩了一趟，用她的话说就是"管他呢，先高兴一天再说吧"，这需要多么强大的内心和意志！当她接受儿子的建议在妹妹的陪同下前往北京检查，最终鉴定结果不是"癌"时，激动的她立即和儿子、妹妹到"全聚德"吃烤鸭庆贺，而且一边吃饭一边写起了记录看病全程的文章，以至于儿子和妹妹不断催她快吃！她就是这样一个性情中人，因为她的心田里种着向往美好的种子，她终究活成了自己喜欢的模样！她能把生活的乱麻编织成精美的花篮，能把一地鸡毛的日子捋成一个精致的鸡毛毽来踢，不得不说她真的是女人中的“生活秀”！

冷眉不媚。爱美是女人的天性，她的美却完全是发自天然，不娇媚，不造作，秀雅美丽，大气端庄。苏轼云“腹有诗书气自华”！读书是女人最好的美容，写书的女人一定读过很多书，与书结缘让天生丽质的她因了文字的滋润内心更加丰饶，让走进中年的她更添了优雅与高贵的气质与丰韵！她喜欢写诗，写得很美，在我的眼中她自己原本就是一首诗！她喜欢华服，那不属于市井的旗袍，穿在她的身上格外雅致，难道不是她多年积成的才华与气质的体现？她的人生，真的就如山谷中的一株兰花，应着时令，静静开放，不媚不妖，自由自在，幽香淡淡，怡然自得。

行文至此，见字如面。我想把清代画家与诗人石涛的一首《墨兰》送与冷眉：

“丰骨清清叶叶真，迎风向背笑惊人。自家笔墨自家写，即此前身是后身。”

让这首略带禅意的诗，伴随冷眉，风轻云淡，欢喜人生！

再次感谢可爱的金萍为我寄书！祝她工作顺利，生活愉快，家庭幸福！

2020年2月6日于北京

结伴诗画走人生

——读赵建文老师《诗从画里来》一书随感

我和赵建文老师结识于20世纪80年代初，那时我们都刚刚毕业参加工作，供职于同一所学校，做同事的时间很短，似乎仅一年，印象中的赵老师言语不多，喜欢拉小提琴和写书法，他的隶书写得很好，小提琴拉得亦很好，记得那首《美丽的草原我的家》，他拉得尤其好。后来我们先后工作调动，都离开了原来的单位，再后来我到宁夏工作，从此再未见面。

岁月不居，时节如流。弹指间，三十多年过去了，一年前我在一个故乡文友建的“沁韵笔墨缘”群里，看到了赵老师的名字，并时不时看到他在群里发一些自己拍的美图，而且在上面配有自己写的诗歌，无论是图片还是诗歌都非常好，值得我学习。我想加他为好友，又担心是同名的别人，于是在申请加他时，表达了一下我的疑虑，赵老师很快便通过了，并告诉我是他本人，多年失散的同事，又重新找到了，这让我很开心。

在今年5月3日，沁源县图书馆的公众号上，刊发了“本土作家力作不断，《诗从画里来》入驻图书馆，并作为‘地方文献’被县图书馆永久收藏”的信息，我一看作者便是赵老师。激动之余，急忙给赵老师发微信祝贺他的佳作面世，同时也表达了和他讨要一本书的心愿，赵老师很高兴地答应了。

今年秋天我回家后的第二天，就联系赵老师和他要书。记得那天赵老师接到我的电话时，正准备和几个朋友开车到“五龙川”去拍照呢，我和他说：“那你先去，改天再约吧。”赵老师说：“不着急，一会儿的事，你告知我在哪里，我给你送去。”于是我告诉相约之地，十来分钟的时间，赵老师开车而来，我们如约相见，他还是那样文质彬彬，也不见老。他把书交给我，还在扉页上为我题写了“秀秀雅正，建文 2020 秋”，接着又把我和丈夫送到我们要去的地方，才匆匆开车去办自己的事情。

回京后，忙碌之余，我便翻书细阅。在欣赏他的美拍美诗的同时，更多的是对他人生态度的一种欣赏与敬仰。他的书中的前言和后记写得很简短、很实在。他的前言共三段，不算标点符号加时间落款，共 147 个字；后记也是三段，我用同样方法计数，共 176 个字。但在这简练的文字中，他的意思表达得非常清晰明了，亦可看见他这么多年做文字工作的功夫所在，我想这精确表达心意的文字，也是他这么多年人生的凝练所成吧。

《诗从画里来》一书，我用了一个多小时便看完了，但它留给我的思考却是长久的，给我的人生启发也是很大的。我能深深地体会到他做这本书时的用心良苦。可以说书中的每一幅图片都是赵老师精挑细选出来的，每一首诗都是深思熟虑后的心血凝成。他拍的照片多彩多姿、情趣盎然；他拍的照片定格历史、记录亲情；他拍的照片既有泥土的芬芳，又有阳春白雪的高雅。可谓幅幅精致，篇篇精彩。也许是年龄所致，也许是生活阅历所感。他为他的岳父、我的老书记郭景和拍的照片，和配写的诗歌《听岳父心语有感》，尤其打动我的心。在这里我想把这三首诗照录下来，分享给与我同龄的读者。

一

谁知天下父母心？老来始觉愧疚深。
回首今生无多憾，唯欠未报父母恩。

二

如今我也有儿孙，孝心不及母爱深。
从古至今在感叹，天性人心往下亲。

三

可怜天下父母亲，勿因儿女暗伤神。
反观自照当自醒，想通此理能慰君。

简单的三首诗，道出了生活的多少人生规律和无奈与哲理。一代代人何尝不是这样走过？而我们能做的只能是尽量少留一点遗憾罢了。

还有他为“奶牛”拍照并配写的两首诗，读来实在太有趣了。我也照录下来，以博大家一笑，并为赵老师的文采和深思点赞。

奶牛赞

都说有奶便是娘，从来无人叫过妈。
哺育儿女千千万，没有一个自己娃。

奶牛怨

有奶便是娘，无人叫过妈。
本不是同类，何必乱认家。

赵老师的《诗从画里来》，记录了他从 2009 年至 2019 年，十年间的所拍所想所思所写，每一幅照片都是他当时的辛苦所得，每一首诗都是他当时的心境所写，更多的是定格记录了家乡的美景和发展变化。他的这本书，带给远在他乡的我，是一种欣喜、慰藉和启迪。在我心情寂寥和烦闷时，只要拿起这本书，静静地看一会儿，便会平静下来、愉悦起来。

“行摄风光山水间，归来伏案赋诗篇。此身不恨名利浅，且喜今生有真欢。”这是赵老师写于 2014 年的一首诗，从中我能感到他的豁达之心态和人生之境界。

“掬水月在手，弄花香满衣”，一路走来一路诗，道尽人间千万事；一路走来一路景，定格世上万千画。

愿赵老师的余生，依然能与诗画结伴一路同行，怡然自得。

愿赵老师的 2021，四季景明，风清气爽，心有阳光，一路芬芳。

早就想给赵老师写点文字，一直未能如愿，也一直没有放下此事。在这岁末之际，终于草成此文。既是对赵老师的祝贺，更是对他的期盼，期盼他有更多的佳作奉献给大家。也希望有更多的喜欢摄影和文字的朋友，能看到赵老师的这本《诗从画里来》，并从中有所获益！

2020 年 12 月 30 日于北京

心语轻舞拈诗来

——读程庆莲诗集《我是一片羽》有感

“如果说，沁源也出产诗歌/那肯定与这个地方的文联主席是诗人有关……”这是中国诗歌学会常务理事、《诗刊》编委、著名诗人黄亚州为程庆莲的诗集《我是一片羽》所写的“序诗”首句。“大咖”出手，就是不凡，两句看是普通的诗语，却是全诗的“点睛之笔”。

我们沁源虽地处大山深处，祖祖辈辈生活在这里的沁源人，却没有让闭塞的地理荒漠自己的心田，他们用智慧的头脑和嘹亮的歌喉唤醒着山里人对生活的热爱。“深山出俊鸟”，这话说得没错，生活在这块土地上的沁源人，男人俊朗女人俏丽，而且他们都极尽所能热爱着自己的家园，山清水秀的沁源如慈祥的父母一样，也竭尽全力养育着她心爱的子民们。

沁源县的文联主席程庆莲，就是一位多才多艺的美女作家。她不仅散文写得好，还擅长诗歌创作，而且喜欢摄影，各种作品散见于省市报刊，曾出版过散文集《心雨嘀嗒》。她工作认真，近年来组织了很多有意义的活动，为沁源的文化发展引进了不少新的资源，注入了新的活力。在她的用心筹措下，2020 年著名作家阿来和徐则臣联袂推荐，由团结出版社出版了沁源本土作家联合推出的“沁之源·文之脉”系列丛书，为沁源的文化建设做出了重大贡献，而这套书的主编就是庆莲本人，其中的诗集《我是一片羽》便是她的作品。

认识庆莲好几年了，我们因为对文字的共同喜爱而结缘。《我是一片羽》是我收到的这套系列丛书的第一本。那是去年腊月我因事回家，当庆莲托我的妹妹把这本书递到我手里时，翻开扉页上有庆莲的亲笔题字“秀峰姐惠存”，而且还在右上角加盖了“铃印”，我感到特别高兴。当我看到庆莲用诗歌写的自序《在风里长大》：“在风里长大的孩子/自由/一直在田野奔跑/四季不同方向的风轮换着吹/山川河流树木花草蚂蚁蝴蝶/有根的没脚的爬行的会飞的/相伴童年的岁月……”这首诗写得纯真而活泼，一幅童年时的欢快图景顿时呈现在眼前，她的童年亦是我的童年，那些成长中不经意间的往事，却在她的指间敲出了这么美丽的诗行，让我欣羡不已。

这本 17 万字的诗集，以不同的主题分成九辑，共收录了 134 首诗歌。诗歌有长有短，阅读起来不费劲，诗歌的风格是我喜欢的那种，阅完之后有种舒爽畅快的感觉。我将书捧在手里，反复地来回翻，不想合起来。庆莲的诗歌是从她生活的土地上长出来的，从小在村子里长大的孩子，把生活给予她的种种美好，都牢牢地印刻在了她的心里，没有随着岁月的流淌而消失，那些琐琐碎碎的日子，让她编织成了花篮一样的美丽诗篇。她用一双美的眼睛，用一颗成熟而依然纯洁的心，写出了一首首充满情趣与童真、充满浓郁烟火气息、充满暖暖人情味的诗歌，就好像生活处处是诗歌，哪怕藏在犄角旮旯，她都能信手拈来，抑或像她把自己比喻成的一片羽一样，只要轻盈一飞，就可粘到一首诗。正如她的诗“我是一片羽/自由飞起落下/每个角落都是生活”，而生活于她而言又何尝不是每个角落都是诗歌呢？

庆莲是一个有良知的诗人。鲁迅文学奖获得者、著名作家郭文斌提到作家创作时，曾说过这样的话："作家要带着父母心肠创作，心怀敬畏和良知，用干净、温暖的文字，点亮读者的心灯，让文学成为读者的精神家园。"读了庆莲的诗，我的第一感觉就是特别干净，可以放在家里的任何一个地方，老人小孩皆可随手随意拿来去读。她的每一首诗都是一幅生动的画面，处处散发着自然的芬芳，她的诗很有灵气和动感，生活的五谷杂陈都能巧妙地揉进诗中。

庆莲是一个热爱生活的诗人。大自然中的春夏秋冬、风霜雨雪、雷电雾露，一棵树、一朵花、一株草、一块石头、一片枯叶……她都可以和它们对话，它们都可以成为她心中的诗，并从她的指尖唱着欢快的歌声流出。在她的诗中，我感受到四季的轮回是源自《风，起时》，《春》的温柔娇羞、《夏》的激情热烈、《秋》的盛装出席、《冬》的梦里遗忘。《冬夜寂静》，远处仿佛正唱着一支《雪地牧歌》，在又一轮的期盼中，《春天来了》《如约而至》，《雨的高低》《风的方向》《雾的迷茫》《雷的善良》，还有《露珠的梦》，《山里山外》都是《爱的信物》。庆莲是一个充满正能量的诗人，是"一片羽"，"随风飘落到一株小麦的麦芒上/不在飘摇/从此有了《安身立命的志向》"；《冬至》日，她在漫长的黑夜里做梦，因为"诗人爱做梦/做梦也是奋斗"；《早起，天不亮》，她"打开电磁灶把米煮进冷水里/扭开水龙头清洗昨天的饭碗/脑子里依然在想/以梦为马不负韶华"。她用口语化的表达方式，淋漓尽致地记录自己的生活，抒发着自己的情怀，让我读懂了她那颗永远奋进向上的心。

庆莲是一个酷爱故乡的诗人。从小在山村里长大的孩子，厚道朴实是她的性格，也是她多年来形成的文字底色，她眼里看到的一切事物，许多被人们忽略掉的细节，都能在她的手下，巧妙地组合成诗歌。读着她的诗，我可以跟着她到花坡去《躺在花丛中数星星》；到灵空山看《不老的风景》；走进《风洞沟之秋》的绚烂；去体验《石口子之冬》的寂静；《问菩提》《访莲心》，上一炷香，初心依旧。读着她的诗，我知道了《小箭杆的风》是这样的活泼可爱："只要你来风就在/随时等候/激动的/掀起你的衣角/吹乱你的头发/抚摸你的脸颊……村里老人说/这是十三省的风/原来是见过世面的风。"她的乡愁微诗一百首，是写给家乡的"三行情书"，是她心底一百种乡愁的最美注脚。

庆莲是一个行走的诗人。她走过的每一条路、每一条河、每一座山、每一座城、每一个村、每一个庄，凡留下她脚印的地方，就有一首诗留下。她在沙漠中的水洞沟遗址，找到了《我的前生》；她站在南半球的太平洋岸边，品读一望无际的蓝；她在富士山下的茅草屋边体味无处不在的秩序，她在普吉岛上静赏一群正在祷告的穆斯林……行走让原本寻常的日子，多了一些辽远的景色，开阔的视野让每一段缘分、每一个故事，都有了韵脚。

庆莲是一个拥有诗意细胞的人。她是一个能把平凡的日子过成诗意生活的人。青春勃发，芳华妙龄，恋爱中美好的过往，成就了一首《突然感受到的幸福》，其中的几句，依然能看到一对情人热恋中的美好："你看着我说/就在这个时候/有人敲门也不开/我甜蜜地点点头/突然决定嫁给你。"走过风雨人生，寻常人家的烟火，并没有熏旧他们的日子，守着《一杯红茶和一杯绿茶》，他们一路相爱，《你的风光》成了《那个黄昏赋予我的意义》；《来吧，做我的宿主》，让我《心里装着海去看你》；你的《早安之力》是《爱的信物》；在《爱的消磨里》，我《愿此生是和你并肩的小草》，《在路上》《在梦中》《走，到河边》《走，到太阳下》，《我想，我一直想》《在爱里做一个小女人》……

当我把庆莲的一些诗的题目，轻轻捋成一段段语句时，诗人汪国真《走向远方》的其中几句，突然从我的脑海中蹦了出来，“人生苦短/道路漫长/我们走向并珍爱每一处风光/我们不停地走着/不停地走着的我们也成了一处风光”。我觉得这几句就是写给庆莲的，她的诗在远方更在当下，因为在她的心里，生活处处皆是诗，或者可以说她本人就是一首诗，就是一处令人向往的明媚风光。

就在我写这篇文章的时候，在一个群里获知庆莲被评选为“2021 第四届‘十佳当代诗人’”之一，这个信息让我由衷地为她高兴。“欲戴其冠，必承其重”，这是她一直以来不懈的追求，一路走来她终于走到了梦想开花。真的希望更多热爱文学、热爱诗歌的朋友们，能读到她的这本诗集《我是一片羽》，愿这片洁白无瑕的羽，能给你的生活带来更多的诗意和美好！更希望在她的带动下，故乡的文化园地能更加蓬勃旺盛、枝繁叶茂！

在文章的最后，我也送庆莲一首小诗以共勉。

你是一片羽

你是一片羽
起舞在每个春夏秋冬
倾听风雨雷电的心声
与花草亲昵
和小溪欢唱
笑看露珠在春天里做梦
目睹落叶在秋风里咆哮
对着一块石头说话
凝视一双蝴蝶在荷叶上谈情

你是一片羽

飞过树林飞过高山
飘过泥泞的羊肠小道
钻进石头垒起的房屋
听一个人讲独守村庄的故事
悄悄落在大树上偷听
一个小脚老阿婆和鸡鸭在说话

你是一片羽
飞进七月的荷塘里
化作了一朵洁白的莲
在银色的月光下
在绿色的荷叶上
舒卷开合绽放天真
中通外直香远益清

2021 年 3 月 30 日于北京

飞燕展翅报春晖

——读陈小燕《约见》有感

青山环绕，森林浩瀚，绿草如茵，野花遍地，牛羊满坡，群鸟歌唱……这是我美丽的故乡——山西沁源。

记得诗圣杜甫曾写过一首美丽如画的《绝句》：“迟日江山丽，春风花草香。泥融飞燕子，沙暖睡鸳鸯。”时值春风之日，准备码字的我突然想起这首诗，觉得就像是写给我的故乡，写给我喜欢的小燕一样，心情不由得愉悦了起来。

沁源的确是个好地方，这里山水迤逦，风光奇秀，不仅盛产美女，而且出产美女作家。大山里出生、林海里长大的陈小燕，就是一个优秀的美女作家。这个20世纪70年代中期出生的女孩，19岁时在《中小学生俱乐部》发表了她的处女作《油的故事》，此后便和文字结下了不解之缘，在近三十年的时间里，她以小说、散文为主要形式，创作了并发表大量作品，出版了小说集《七日》、散文集《你和我》、长篇纪实散文《书人杨栋》，去年又参加了沁源县文联组织出版的“沁之源·文之脉”系列丛书，出版了她的新书《约见》，并题字赠我一本，作为她的文友，我深感欣喜。

知道陈小燕这个名字，是源于她写的长篇纪实散文《书人杨栋》一书。那是2017年夏天，我收到朋友杨栋寄来的几本新书，除了他自己的几本书外，还有一本陈小燕写的《书人杨栋》。杨栋作为沁源的本土作家，这些年出版了不少作品，为沁源的文化发展做出了很大的贡献。这是我第一次看到有人在写杨栋，不只是一篇文章，而是用一本书。因为本书的主人公和作者，均来自我的故乡，也许正是因为这故乡故土故人之故，我便产生了一种想急于看完的心情。那时我正在照料一岁多的外孙女，每天晚上宝宝睡觉后，一盏小灯陪伴床头，大约花了十多个晚上的时间我才看完了这本书。通过这本书，让我对杨栋如何从一个放牛娃成长为一个知名作家，有了一个相对全面的了解。作者的文笔很好、文字很美、文章很赞！全书叙事清晰、娓娓道来，让我感觉不是在看书，而是如同在和一个好朋友面对面闲聊，听她在给我讲一个个真实的故事，有时让我感动泪涌，有时又让我忍俊不禁。阅完之后，我写了一篇《一路书香自芬芳——读〈书人杨栋〉有感》的文章，发给了杨栋，后来在县文联建的"沁之源文学群"里，看到了陈小燕这个名字，我便申请加她为好友，小燕很快便通过了，这是我们成为文友加好友的开始。

缘分真的是一种奇妙的东西，大千世界，红尘熙攘，在我们的生命中，有些人遇见只为擦肩而过，有些人遇见是等一见如故，我和小燕的缘分当属后者吧。在我们遇见的四年间，仅见过两次面，皆在去年。一次是去年秋天，我回老家，见到在县政协工作的韩晓辉，我在沁源中学工作时和他家住一个院子，晓辉很热情地召集了几位文友一起相聚，小燕是其中之一，而且是年龄最小的，白皙的肤色，清秀的容颜，一头齐肩短发，一副黑框眼镜，言谈举止落落大方，虽属初次相见，却无须介绍一眼便各自认出了对方，她穿着一件青蓝相间的格子旗袍，外搭一件红色的长款毛衫，脖子上挂着一条长长的珍珠项链，这种打扮在我们这个小县城实属罕见，旗袍是典雅高贵的象征，它可以婉约可以华丽，但它不属于市井，不是所有女人都能穿出它的味道，只有知性优雅的女人才能穿出其内涵，才能诠释其无限的丰韵。当身着素雅旗袍的小燕站在我的面前时，我感觉她就好像从民国走出来的一位女学生，俏丽而不妩媚，清新中透着可爱，别有一番风味。再次相见是去年的腊月，在政协晓辉的办公室，小燕也在政协工作，她送我刚刚出版的《相约》一书。我知道年底他们工作都很忙，简单聊了几句，匆匆道别，小燕送我到单位大门口。

返京后，忙完手头的杂事，阅读故乡几位文友的书，便成了我生活的重要部分，我觉得看熟人写的书更有意思。在这个美丽的春天，看到小燕的新书《约见》，的确有一种“似曾相识燕归来”的美好，这些年的小燕，真的像一只勤劳可爱的“小燕子”，不停地衔字搭建自己的文学之巢，就如同葛水平老师在序言里写到的：“小燕从县级基层一线起步，文学的引领几近无有。一步一个脚印，所有的经历都是她创作的财富，她从家乡的物事中唤回记忆中的故事……”

翻阅小燕的书，我觉得小燕的确是一个讲故事的高手，其文字之所以令人感动，是因为源于真实。《临泉，沁源》是她的开篇，万余字的长文如一条奔涌而下一泻千里的长河，又如同压抑了万年的火山瞬间喷涌而发，她真的如同一只凌空飞翔记忆浓烈而又深情的燕子，虽然她生长在沁河边，但因了她的父亲是安徽临泉人，所以她隔着千山万水，一直不停地在寻找梦中的“泉河”，寻找她的故园巢穴：“泉河慈悲，沁河空灵，泉河宁静，沁河活泼，多少年我饮着沁河水，怀想着泉河，我才知道我内里一切的纠缠冲突喜怒哀乐皆因两条河的交汇相融。”这是她终于抵达梦中的故乡时，于情感激荡中找到的心灵答案。父亲的泉河，母亲的沁河，她的灵魂在这两条河上自由飘荡，在她的身上，既有沁源女人的淳朴，又有徽州女子的灵秀。《魁星阁，六府塔》

下的长治一中，如今是否还记得那些在这里苦读奋斗过的沁源孩子？史懋源、邓嘉欢、张敏，这些优秀的沁源学子，如今已在更大更高的广阔天地上实现着自己的人生愿景，而这里的一砖一瓦、一棵树一棵草、一盏路灯一朵花开，都见证了孩子们的跨越式成长，以及为他们实现理想而无私奉献的父辈和祖辈们的辛劳！《2019 年的火，与松》这篇文章，让我非常感动，数度落泪。在那场举国皆知的灾难中，沁源人像油松一样，手臂相挽，众志成城，在省委省政府的领导下，在各地救灾部队的大力驰援下，2019 年的沁源在与火魔的较量中，打了一场胜仗。其间那些可歌可泣的故事，小燕用她的文字，做了较为详细的记述。

在《开往春天的火车》里，有这样一行文字："男人的朋友是用来办事的，女人的朋友是用来说话的。"这话有一定的道理，就如同我现在，不是正在用文字和小燕说话吗？她在《上学路上》遇见的怪异事情，以及由此而引出的凄美爱情故事；《炉火红通通》里的"温暖"与"寒彻"；《漆树》的美丽传说；《睡在秋叶里》的小伙伴；《河底，池上》记录的两个曾经美丽而日趋衰落的山村，河底的牧羊人家和池上那个一人守着一个村子的近百老妇人；《碧水青山葫芦沟》里美丽的石猴、龙王庙；《董家故事》里神奇灵异的魁星庙；《夕照中的琴泉书院》中琴高真人的悠悠琴声；《寻访山西明代贤臣宋讷踪迹》中沁源人忠贞不二的硬骨头精神……那一个个藏在时光深处的故事，忽远忽近，当它们从小燕的文字中走出来时，虽然带着历史的尘埃，但却让我闻到了岁月的馨香。

感谢小燕和她的《约见》，让我的生命在前行中醒悟，都说"女人如花花似梦"，是的呀，女人天生爱做梦，在摇曳的红尘中，哪个女人不愿让自己的生命如花，让梦想花开呢？有人说"读书是女人最好的美容""爱读书的女人是美丽的"，那能驾驭文字写出一篇篇美文，并汇集成书的女人，是不是更美呢？那是一种经过时间的积淀，在岁月的风雨洗礼中，在寂寞而温暖、平凡而简单中，能有一颗不惊不扰、不骄不躁的淡定的素心，才能写出这样的文章，这种感觉正所谓“花开半季，情暖三生”吧。

“小燕子穿花衣，年年春天来这里……”这是一首传唱大江南北、经久不衰的儿歌，年近六旬的我依然非常喜欢，带着可爱的小孙孙，走在鲜花盛开的春天里，总是不由自主地小声哼唱这首歌，而我的孙孙竟然也能把每句歌词的最后一个字给续上，配合奶奶来唱这首歌。陈小燕出生在美丽的春天，她的生命和春天有着天然的不解之缘。春天是生命的季节，是希望的季节，是歌唱的季节。“谁言寸草心，报答三春晖”，在沁源这块绿色的土地上，陈小燕真的如同一只展翅的飞燕，迎着春风，起舞欢歌，用她的智慧和文字，回报着养育她的这方天地，回报着喜爱她和她爱着的人们。

茫茫人海，遇见是缘。愿我的文字和小燕的文字，亦能如我和她的缘分一样，相见愉悦，欢喜同行。希望小燕在她的文学之路上，向着远方，一路顺畅！希望在不久的将来，看到她更多的新作、佳作，愿这只可爱的小燕子在和人生一次次的“约见”中，遇见更好的生活，与快乐同行，和幸福结伴！

2021 年 3 月 22 日于北京

太岳山上一抹霞

——读岳晓霞《时光温度》有感

岳晓霞，中国诗歌协会会员，山西省朗诵艺术协会会员，长治市作家协会会员，沁源县朗诵艺术协会主席，现从事教育工作。

和晓霞认识十多年了，虽然实际接触的机会并不多，但晓霞留给我的印象非常好，她的言谈举止，待人接物的那股劲道，从骨子里散发出的那种气韵，尤其说着一口标准的普通话，让我感觉她好像不是在我们这个山城里长大的一样，几次想问但出于礼貌还是话到嘴边又咽了下去。在我的心里，她是一个大气高雅的美丽女子，一个饱读诗书的知识女性，一个有温度有修养的贤妻良母，一个活泼可爱有才情的小妹妹。

很高兴，牛年的春节相继收到来自故乡沁源几位本土作家的题名赠书，晓霞是其中之一。这是由县文联主席程庆莲主编的一套“沁之源·文之脉”系列丛书，由著名作家阿来和徐则臣联袂推介，团结出版社出版发行。一段时间，这几本书成为我每晚睡觉前的必阅功课。

当我读到晓霞的《时光温度》这本书时，从那流淌的文字中，我对晓霞有了更深层次的了解。看着那一篇篇散发着浓浓墨香的文字，仿佛我并不是在看书，而是在听晓霞给我讲述她的身世、她的成长、她的经历、她的家庭、她的心境……从中我才了解到，晓霞不仅是我们沁源人，而且是在大山深处长大的，她对养育她成长的这块土地，充满深厚的感情，她的文字大多在写这块地方的自然风光和乡土人情。开篇之作《沁源，鸟美人和的地方》，字里行间，锦词丽句，静谧的绿，灵动的鸟，把一个“望得见星空、看得见青山、听得到鸟鸣、闻得到花香”的美丽沁源，展现给了读者，让人不由得向往这个沁人心脾的地方。她的《思念无声》《陪伴》《老布鞋》《古井情》《舌尖的记忆》《奶娘》，让我从中知晓了她的身世，她对生母、养母、奶娘、舅母的养育之恩，那种刻骨铭心的爱和无言的痛，让我为之震颤；一篇《驮在自行车上的书房》让我看到了一个“穷且益坚，不坠青云志”的教书匠、一个爱学生胜己出的人民教师、一个倾尽己力培养女儿养成读书习惯的好父亲。这篇文章在2019年“我的书房故事”全国征文比赛中获得二等奖的好成绩。“操千曲而后晓声，观千剑而后识器”，这是父亲常常对她说的话，我想如果老人家真有在天之灵，如果他能看到女儿今天的成绩，也应该感到满足了。晓霞的文字大多在记述发生在沁源这块土地上的普通人的感人故事，有干部，有教师，有医生，有矿工，有文艺工作者，有文史工作者等等，那一颗盛满深情的心，用一双灵巧的手，敲出了一个个来自基层最接地气的文章，让我阅之感动。尤其是她怀念杨栋老师的《去另一个世界歌唱》，对杨栋老师那生动形象的描述，对他们师生间交往的回顾，字字句句皆是感恩之心，一句“昔人已乘黄鹤去，此地空余梨花楼”，道不尽的思念之情，读来让人伤感落泪。

作为一个业余朗诵爱好者，她在工作之余，把一腔热情都奉献给了她热爱的朗诵艺术。她的身边聚集了很多朗读者，他们不定期地举办活动，为“讲好沁源故事”、传播“沁源好声音”、弘扬社会力量，做出了突出的贡献。2018 年她和自己的学生到北京参加第三届“葛兰杯”经典诵读，喜获全国展演一等奖的好成绩，同时获中国新时代诗文一等奖。晓霞的诗歌写得亦很好，在本书节选的诗歌中，我尤喜欢《山沟沟开满银花花》这首：“山沟沟的薄田/很薄/油牡丹开了/一夜间的薄田里/真的开满了山沟沟从来没有的风景/山沟沟洋溢的兴奋和牡丹比着灿烂……”读着她的诗，我能感觉到她写作时的激动和心跳。是的，那一朵朵盛开的油牡丹，那是基层干部带领老百姓脱贫致富的希望之花，是开在老百姓心上的幸福之花！晓霞是一个热爱生活的美丽女子，其实她自己又何尝不是一首美丽的诗！

为岳晓霞的《时光温度》这本书作序的人，是我认识的两个美丽的文化女子。一个是沁源县文联主席程庆莲，一个是沁源县图书馆馆长闫金萍。庆莲说晓霞是“一个内心有光的人，一个思想明亮的人”，金萍说晓霞是“一个迎风奔跑的女子”，而我更觉得晓霞更像她的名字一样，是“一抹霞，一抹永远缭绕在太岳山上的霞光”，依着大地，偎着远黛，迎着太阳，灿烂自己。晓霞是一个心中有梦想并勇于去实现梦想的人，那就让我祝愿晓霞在她的追梦路上“霞彩满天”吧，愿她那一个个美丽的梦想，成就她的美好人生！

2021 年 3 月 9 日于北京

向文字深处的梦出发

——读韩晓辉《在小地方》有感

韩晓辉，是我在沁源一中工作时的同事韩炎章老师的儿子，我们曾住过一个院子，我和他家的情分虽不深但也不浅，晓辉的妈妈曾帮我照看过儿子龙龙。这一家人非常善良本分，用咱沁源的话说是“很拴知”（注：方言，意为朴实、善良、好相处）的一家人，尤其是晓辉的妈妈性格和善，我们在一个院子住了好几年，从没见过她打骂孩子，和人说话永远轻声细语面带笑容。我和韩炎章老师的工作交往不多，他带高中语文，我带初中历史，不在一个教研组，也没听过他的课，但我知道韩老师的课讲得非常好，管理学生有方法，钻研教学工作认真，深得学生喜爱。三个孩子，两男一女，晓辉是老大，孩子们都非常懂事规矩，我曾给他妹妹带过课，那也是一个很乖巧的女孩子，学习很认真。

记得那时的晓辉，也就十四五岁的样子，话语很少，见人只是羞涩地一笑，常常背着书包，手里拿着本书。听他妈妈说，晓辉爱学习，成绩不错。后来我随丈夫调到宁夏工作，有次回家，和一个同事见面，问起韩老师家的情况，知道晓辉考上了一所中专学校，在太原上学，我听了后很高兴，那时候能考上那样的学校，毕业后能分配工作，已然是很好了。再后来，有次回家偶然碰上晓辉，那已经是参加工作的大人了，简单聊了几句，知道他家的日子过得不错，我告诉了他我的工作单位。大概是 2014 年夏，我收到了晓辉寄来的《小地方情思》一书，看后真的为韩老师高兴，心里有种“韩家有儿已长成”的感觉，只是由于忙碌的工作，加之女儿的婚事，我一直没有给晓辉写点文字，有点遗憾。

又见晓辉是在去年的秋天，他热心地召集了几个文友，有庆莲、冷眉、小燕，还有我原先的两个同事，我们一起聚了聚。当时他们几个正收到校对样书，大家说着书的事，聊得很愉快。“沁之源 · 文之脉”这套丛书出版后，我陆续收到了几个朋友的赠书，当然也有晓辉的《在小地方》一书，晓辉在扉页上给我题了字“秀峰老师存正”，加盖了“铃印”。看了他的题字，我觉得晓辉写的字比他本人给我的印象要硬朗潇洒了很多。通过看他的这本书，我感觉到晓辉是一个内心丰盈、很有毅力，且执着追求心中梦想人，在他看似平静的外表下，却蕴藏着一颗澎湃之心。

家风是一本无字的书，是一个人精神成长的源头。晓辉成长的家庭虽然并不富裕，但是他有一个做学问的父亲——一个受学生欢迎的好老师，他在自己的多篇文章里提到他喜欢上读书，是源自父亲送他的那本《日历上的百科全书——366 天》，这是由中国少年儿童出版社出版的一本通俗易懂的儿童读物，书中有四百三十多篇小文章，介绍了节日、纪念日、著名人物的诞生日，还有社会、政治、文艺、科技等方面的事件和知识。正是这本书极大地激发了晓辉的求知欲，开阔了他的视野，让他的头脑里产生了“理想”的风暴，为他以后的读书之路、写作之路奠定了良好的基础。

有一种幸福叫“三更有梦书为伴”，晓辉是一个喜欢读书、善于思考、勤于写作的人。他阅读的范围很广，古典的、现代的，国内的、国外的，天文地理、历史哲学等等，这些知识让他受益匪浅，增益无穷。身居小地方，目视大天下，凭借读书人的身份，他参加过“第四届全国民间读书年会”，在内蒙古辽阔的大草原上，他结识了众多来自天南地北的“读书人”。2015 年他获得长治市“百名最美读书人奖”。

有一种思念叫心痛，心痛到无话可写。那日，他本想给父亲写一篇文章，可是刚写了“父亲叫岩嶂”（这名字或许是父亲的笔名，或许他另有寓意，用了谐音），因为思念太深，反而无从下笔，思路被卡住了，没有写下去。他对指引他走上读书之路的父亲，充满怀念之情，尽管只有短短几句：“他应该是一本书，他已经融入了我的生命，他也应该是我的一本书，而不应该仅仅是一篇‘岩嶂’，他是给了我生命，给我一个家，给我一本书的人。”我能理解他当时难过的心情，我想天堂里的韩老师，更能理解他看似有点木讷其实很聪明的儿子，他凭借自己的不懈努力，不仅在国家公务员的工作岗位上干得很出色，而且一直没有放弃他的写作初心。

张成仁老师在给晓辉写的序言中，就晓辉的写作特点总结了这样几句：“以自己的真情实感为文，文章都不太长，没有刻意铺陈、装腔作势、人云亦云之感。”读完晓辉的书，的确是这种感觉，晓辉的文章的确是有话则长，无话则短，我手写我心。其文字朴素实在，写的都是真实发生过的事情，都是他的所见所历所思所想，这些或长或短的“老实”到可爱的文字，之所以能打动人心，就是因为他写的是“真实”。正如《那日》中写道：“妻子怒了两次……她很像我的父亲……但是，‘要想欺负我的书，不行！母亲也不行’。”寥寥几句，诙谐可爱，把一个嗜书如命的书生形象活脱脱地展现了出来。再看《古籍与我》这篇：“仔细想来，我家也曾有一本石印绣像版《三国演义》的，奈何，前年翻拣出来的时候发现，竟然被‘硕鼠’吃了很大一部分，可能那家伙也怕把牙‘磕’坏吧，只有书脊一边剩下了。”这段文字我读到的时候，先是忍俊不禁哈哈大笑，逗得小外孙女也跟着我莫名其妙地笑个不停，继而又让我溢出伤心惋惜之泪，那种惋惜心痛只有爱书读书的人才能体味到。

生活，本应自适其性，无须为取悦他人而活着，应把光阴留给自己。只有把生活整理成自己喜欢的模样，才能把生活过成自己想要的模样。生活《在小地方》的晓辉，工作之余，读书写作是他最好的娱乐和休整，畅游在文字的海洋里，他像一条自由自在的鱼儿，和每一个心爱的文字说着自己的心里话，倾诉他的烦闷和苦恼，分享他的喜悦和快乐，而他笔下的那些文字则成了他最忠实的伙伴。写作的时候是他最幸福的时候，他可以尽情地挥洒自己的情感。那些《遥远的记忆》《父亲的书单》《父亲的指引》《一本书的种子》……漫步岁月的长河，捡拾记忆中的碎片，走过万水千山，尝过云烟冷暖，那些藏在他心里的沟沟坎坎，放不下的牵牵绊绊人情世故，都成了他的人生财富。他的每一篇文章，都是他的情感寄托，都是他的心血凝成，都是他对一些人事思考理解后的表达，或不解后的自我化解，是他的人格升华。

从《小地方情思》到《在小地方》，晓辉用了六年的时间，这个成长的过程应该是比较快的。从他的文字中，我能感觉到晓辉内心深处，是一个意志非常坚定的人，也是一个目标非常明确的人，读书改变了他的人生，《小地方有梦》《小地方有大情思》《小地方有大文章可做》，衷心祝愿晓辉为了心中的梦想，去勇敢地劈波斩浪，继续在他的小地方，向文字深处的梦出发，完成他的“小地方”系列，用更好的文字以飨读者。

非常喜欢美国作家、自然主义诗人梭罗的一首诗《种子的信仰》，在这里送给晓辉共勉。

我不相信
没有种子
植物也能发芽
我心中有对种子的信仰
让我相信你有一颗种子
我等待着奇迹

2021 年 3 月 31 日于北京

清风徐徐，灼灼其华

——读子汀《时光煮雨我煮粥》一书有感

《时光煮雨我煮粥》一书，是由沁源县文联组织，著名作家阿来、徐则臣联袂推荐，团结出版社出版的“沁之源·文之脉”系列丛书之一，作者子汀。

子汀有个公众号“汀心随记”，两年前经朋友推荐我就关注了，她的随笔写得很好，很多文章我都浏览过，有几首小诗写得很美很自然。比如《太久》：“不见面的日子/不知发生多少事/听人说，太久没见的人/会慢慢地，连想念也没有了”，《口罩》：“我有万种沉寂/不及腮帮的几道勒痕/清晰，入骨/你成为我肢体的一部分/你疼，我也疼”，《定数》：“人这一辈子/吃多少睡多少玩多少乐多少欢笑多少悲苦多少应该都是有定数的/之前透支了/之后就是填补漏洞/包括健康，也包括感情/包括冷，也包括暖”……这种情愫于指尖自然跳出的文字，有点淡淡的禅意，是我喜欢的那种感觉。

一年前，我们相遇在“沁之源”文学群，我申请加她微信，她很快就通过了。在我的文友圈里，又多了一个有才情的小妹，我自是高兴不已。我们生活在两座不同的城市里，各自操持着自己的日子，一年多的时间，聊天界面中只留下初加微友时的两条记录：“秀峰姐姐好！”“谢谢小妹通过，祝福你！很喜欢你的文字，有时间好聊。”

“沁之源·文之脉”系列丛书出版后，我陆续收到几个文友的赠书，出于喜欢，阅读后写了几篇文章，适逢世界读书日之际，图书馆在公众号上向文友约稿，我把这几篇读后感发了过去，图书馆公众号便陆续刊发了这几篇拙作，之后馆长金萍给我发微信说：“郭老师，这套丛书还有冷眉姐和子汀两个人的书，你没有给写书评呢，有时间给她们写一下，就都有了。”我说：“我也有这想法，但是没有看到她们的书呢。你手头有的话，给我寄过来好吗？”热心的金萍很快便给我快递了三本书：冷眉的《我的传奇姥爷唐志忠》《西窗竹影》和子汀的《时光煮雨我煮粥》。

大约收到书后的两三天，我收到子汀给我发来的微信，希望能给她的书写点文字，我不假思索便答应了。能得到故乡文友们的信任，能用文字记录自己读书时的一种心境，于我来说又何尝不是一件愉悦身心之快事？每天做完杂事后小憩时，静静地看一会儿书，断断续续近一个月的时间，交叉着看完了冷眉的《我的传奇姥爷唐志忠》和子汀的《时光煮雨我煮粥》，于是欣欣然码字。

子汀是我至今未见面的文友，也是这几个书友里认识最晚的一个。当我看到她的这本《时光煮雨我煮粥》时，从作者简介中，我才知道她的本名叫郭清华，和我同出一姓，五百年前是一家啊，也才知道子汀原本就做了十几年的媒体人，一直从事着文字工作。从当代作家郭天印（沁源人）为这本书写的序中，看到郭天印对子汀的这本书和她在省城太原从事的产业，都给予了很高的评价：“大学毕业后曾经在省城一家媒体工作，做过文学编辑……时间不是很长就自己创业了……一个山里来的女孩子，赤手空拳就敢自己当老板……几十人的公司，每年繁杂多头绪的业务，总是那么井井有条，真的令人叹为观止。”看完这本书，直觉告诉我，子汀的确是一个有胆有识、敢想敢干，且颇有成就的事业家庭两兼顾的智慧型女子。从照片中看到子汀长得清秀可爱，当下有句话叫：“明明可以靠颜值，却偏偏要靠实力。”子汀的确是个上得了厅堂，下得了厨房，拼得了商场，写得了文章的实力美女。她喜欢文字、旅途、时光和茶，她关注女性、情感、人生成长。她的这本美文集，在我看来是送给女性朋友的一碗精致的“心灵鸡汤”。从她的文字中，我对子汀有了一个简单的认知。

子汀是一个热爱文字且很会打理文字的知识女性。她的文章似行云如流水，自由漂浮，清波微漾，锦词丽句，舒缓优美。单看这封面上列出的六集小标题“四时与君同”“瑾年谁与度”“烟火照浮生”“且行且念念”“时光不与老”“无言笑忘书”，就已然让我领略到了她驾驭文字的魅力了，甚至让我有种感觉，看子汀的书好像要在一个特定的环境中，才能读出那种韵味和情调。比如坐在春日的暖阳里，清风拂柳，桃花正艳，一杯清茶，一把藤椅，带着满心的明媚来读她的《四时与君同》和《瑾年谁与度》，似乎这样的意境，才不辜负其中的文字。

这些文章可谓字字清丽，篇篇华美，有两篇文章的题目，更是幽默可爱极了，你看《春眠不觉晓，我却睡不着》《微雨燕双飞，引我犯花痴》，尤其是前一篇，本来失眠是件让人懊恼痛苦的事，经她这么一调侃，反倒让人带着一种轻松诙谐的心绪去看文章了。请看这文中的句子：“原来人真的是需要睡觉的。某人日日提醒的不睡觉的女人会老，想来不是诳人的。只是我总想耍些小聪明，找点理由，不遵守罢了，好在领教失眠的厉害之处，以后，我想是不敢乱来了，也算是乖乖听了某人的教导吧。”这文字看似有点傻傻的天真，其实字里行间都是小女人的幸福流露。再看“刚出门外，迎面掠过一对燕子。并肩齐眉，喃喃细语，好不温存。想起一句诗应了景：‘落花人独立，微雨燕双飞’”，于是，引发了万千思绪，引出了从古至今，红尘男女对爱情的向往。“燕子都相会了，如果我们有约，就会遇见。”真的是诗意满满，太有情趣了。

亲情是一种最平常的东西，又是一种最与众不同的东西。子汀的《烟火照浮生》，用充满深情的文字，记录了自己和至爱亲人之间的那种来自日常，于平凡中见真情、于朴素中见真爱的骨肉亲情，其中几篇感人至深。《有人横竖都爱你》中的父亲，打完女儿的屁股后，先是问妻子是不是打得太重了，继而在女儿睡醒后，破天荒骑着自行车捎着女儿逛大街，一路上看见好吃的就买买买，以至于让女儿“竟然偶尔会盼望挨打，但从那以后，父亲的巴掌再也没有落下来过”。厚道的父亲，在女儿结婚时，给新女婿提出的要求是“以后钱别让她管，钥匙别让她管，以后你多操点心，我这孩子邋遢”。这段文字，看得我都掉眼泪了。子汀父亲的这种做派，和我父亲太像了。子汀在《妈妈曾经是美人》中写道：“过年的时候，家里的日子总是紧巴，会过日子的妈妈会在安顿好食物后，悄悄给爸爸、我和弟弟买新衣服，钱往往不够，妈妈自己穿着旧衣服将就。”多年以后，她才知道妈妈也喜欢漂亮的衣服，“可她终其半生都奉献给了家庭，照顾了老人，养大了我们，又开始帮我们带孩子”。子汀的老公是她弟弟的朋友，当弟弟知道他们恋爱时，对他未来的姐夫说：“你要好好对我姐，如果有一天，你们不好了，那我们连朋友都没得做了。”这些文字虽不华丽，但很真实，也最能打动人心。

子汀是一个喜欢诗和远方的女子，也是一个喜欢思考和读书的优雅女性。她的《且行且念念》就是行走于时光中的记录，她的《时光不与老》既是对逝去岁月的回望，又是对未来的期盼，她的《无言笑忘书》是她读书后的思考。这些文章华而不媚，俏而不妖，像一朵朵静立于池塘中的荷花，不蔓不枝，亭亭净植。

读子汀这本书期间，偶遇不快，心绪纷扰。感谢这些精美的文字，让我陶醉其间，于是有了如下的用子汀文章的题目组合成的这段文字，思考也好，感慨也罢，终有所获，心得怡然，一个“煮”字，感慨万千。

红尘攘攘，行走期间，心思明澈的女人，谁不希望自己的爱情永远是《人生若只如初见》《不负山水不负卿》？谁不期盼《一方小院醉光阴》《相思独向小窗明》《满架蔷薇一院香》《月上中天良辰正好》的好时光？可是谁的日子不是还在《未及相顾年华里》，就匆匆忙忙走进了《人至中年花事浅》《时光煮雨我煮粥》《寻常日子寻常过》的岁月？生活真的是《一场漫长的妥协》，有时候，忽然间会有种《觉人间，万事到秋来，都摇落》的寂寥，于茫茫人海中感叹《每个人的归宿都是自己》。红尘多扰又多累，《我们都要安》《不妨不妨，来日方长》《小满即安，小乐即喜》。

清风徐徐，灼灼其华。我是在完成这篇文章时，才最后确定的题目。读子汀的文字，的确有这种感觉和意境，也刚好能嵌入她的真实名字。

希望未来有一天，我能走进子汀的“东悠小筑”，和她喝喝清茶，谈谈文字，聊聊愿景……

愿更多的朋友，尤其是女性朋友能遇见子汀的《时光煮雨我煮粥》，领略她的文字风采！

2021 年 6 月 8 日于北京

人间有味是清欢

——读郭孝民《听取蛙声一片》有感

郭孝民，是我在沁源一中工作时曾经教过的一个学生。时隔三十多年，我们相遇在微信“沁之源文学群”里，两年前孝民在群里通过头像认出了我，主动加我为好友，并在申请中告知我他是我的学生，我欣然通过，我们从此成为好友，但私下联系并不多。

去年十二月底，孝民给我发微信，告诉我：“郭老师，我出书了，送你一本，发个地址我给你邮过去。”还给我说，“书里面还有你说过的一句话呢。”而且特意拍了照片，给我发了过来。他的书名叫《听取蛙声一片》，封面设计很精美，我说过的那句话是这样写道的：“历史老师说：‘初中生了，长大了就应该懂得自觉学习。’”一句很普通的话，他从少年走到中年，还能记得，还能写进他的书中，我看到后非常感动，真的感谢他这么多年过去还能记得当年的我，一个走上讲台不久给他代过副课的年轻老师。感动之余，我急忙告诉他：“不用寄了，我年底有事回家，回去好见面拿书。”他给我留了联系电话，让我回去告知他，他给我送书。腊月二十二我和他相约在政协晓辉的办公室见面，当我到达时，孝民已在办公室等我，当年的小孩子已经长成了一个伟岸的男子汉，亦已人到中年了。因临近春节事多，我们没有多聊，互相问候了一下各自的生活情况，便匆匆告别了。

孝民的这本书，是由县文联组织出版的“沁之源·文之脉”系列丛书之一。孝民在扉页上题写了“郭老师斧正”几个字。看了作者简介，我才知道，孝民的文化程度仅是“初中文化”，他18岁就进金属配件厂当工人了，下岗后长期从事各种涂料油漆装修工作，业余时间看书写作，是中国散文诗协会会员、长治市作协会员，他的散文收录于《沁源五十年优秀作品集》《沁源文化志》《漫话沁源》《采撷时光的微笑》等书籍。2018年他开始研究地方志，主编了《沁源县粮食志》《燕家坪村志》等。这段简介，让我急切地想在书中去寻找他辍学的缘由，他的成长历程是怎样的，他的生活状况怎样……带着这些疑问，我开始在他的书中寻找答案。

孝民在他的自序中，一开始便写道：“妈妈在世时常说手纹乱的人，一生像蚂蚁生就忙碌命，我的手纹和妈一样乱，走进社会屈指三十年，为发财致富劳心劳力，依然还是只能养家糊口，惭愧万分……”他的这篇自序，虽然有点宿命，但更多的是对自己的反思自省，对家人的感恩，对家族的寄望……文字流畅似行云流水，言语真挚，叙述感人，可见他心怀善意，不甘平庸，谦卑而不自卑，自信而不自傲。我在读他的文字，其实也是在跟着他的思绪穿越时空，去了解他的心路历程。他的这本书共分了三辑：现代诗、散文、诗群笔记。在每一辑的前面都有一段两百多字的美文，即心灵感悟，可见他对自己的这本书编写用心之深。阅完全书，我对孝民的成长经历有了一个简略的了解。

家风是一本无字的书，家庭是一个人精神成长的源头。孝民的父亲是县金属配件厂的一名工人，做了一辈子老实本分的木匠，母亲是一个安分守己的家庭妇女。他在《送魂灯》里，用这样两段文字来描写他的父母：“我凝望着送魂灯，由大到小渐渐熄灭，痴痴地回忆其父亲艰辛的一生。在漫长的岁月里，父亲同木头打了一辈子交道，上班也是，下班也是，常常骑在木凳上，两手按着刨子，身体前倾，用力推向前，迅速而又频繁，白花花的刨花飘飘洒洒地落在地上，要不就是用斧头使劲地砍，或者有节奏地钉钉子，发出刺耳的声音，抑或就是手把锯子，吃力地拉，一下一下，锯末纷纷扬扬地落下来，就像他度过的一个个平凡的日子。在这平凡的日子里，他养育我们姊妹成长，奉献了一生，父爱如山，恩情似海。”“父亲偏瘫的日子里，母亲靠卖豆芽维持家计，我放学回家后，常和她一起捡豆芽皮，一手抓一把，一手将豆芽皮一个个地挤出，时间长了，异常烦恼。”这两段文字描述得非常形象，细致入微，很有生活气息。也许正是父母的这些做事一丝不苟的日常生活，于不知不觉中养成了他观察生活的细心认真。

人生是一场艰难的跋涉修行，无论达官贵人，还是贩夫小卒，是否幸福，关键在个人的心态。很多时候，人总是困于境而累于身，能否走出困惑，自立于世，这是考验人毅力的时候。生于普通人家的孝民，也有过顽皮的童年，也曾是个叛逆的少年，也经历过失意的青春，并为此付出过疼痛的代价。在《安放灵魂的书屋》里，我知道了他长存于内心深处无法言说的懊悔和无奈，因为过于捣乱不好好学习，由优生变成差生而被校方劝退，他目睹了母亲的哭泣，经受了父亲的责打、当小工的挨骂受苦和渴望上学的焦虑，最终在父亲和兄嫂的努力下，他转到另一所中学，发愤图强，如愿以偿考上了高中。一年的勤奋学习，他取得了令老师和父母满意的成绩。就在他踌躇满志，准备向更高的理想发起奋进时，天不假力，父亲却突然偏瘫了，母亲整日以泪洗面，一边伺候病人，一边卖豆芽维持生计，无力支撑时，就和他叨叨：“念不成呀，回来哇。”他理解母亲，严酷的现实让他快速成长，他明白除了父母“其他人没有义务为你付出”，于是在高二开学时，他在教室呆呆地坐了一天，带着万分的不舍黯然神伤地离开了学校，无可奈何地结束了自己的学生时代。

他之所以《至此逢阴恨雪天》，只是因了两件刻骨铭心的事件：一件是小学三年级和小伙伴“比赛撒尿”的事件，在严寒的大雪天，不仅被老师狠打，而且撵出教室罚站，让他体验到了生命中最冷的一天，以至于多年以后，每每想起这件事，他就不由自主地打冷战；一件是在一个大雪纷飞的小镇上，初恋的情人和他含泪分手。如果说童年的冷是身体直觉的冷，那遭遇初爱遇挫的他，虽然立于风雪中却并没有感到天气的寒冷，心里只有无奈和悲伤。他记住了姑娘的话：“贫穷在这个世界上是多么可怜，记住女人是希望你成为一棵值得依赖的大树，绝不只是爱情的缠绵。”望着姑娘远去的背影，他匆匆踏上了最后一班长途客车，告别了小镇，因为“明天，我还得挣钱买一车过冬的黑炭，还得照料偏瘫的父亲，妈妈说，我是家里的顶梁柱”。这两场堆积在他心上不化的雪，一次让他的身体有了“知觉”，一次让他的心灵走向“成熟”。

有时候，人的长大是在一瞬间的。他经历了辍学的辛酸，走进社会这所没有围墙的大学，饱受了世事沧桑，懂得了人情冷暖。不甘命运摆布的孝民，打工之余，如饥似渴地学习，一盏孤灯一本书，伴随他度过无数个漫漫长夜。读书之余，他慢慢摸索着开启了自己的写作生涯，并且一发不可收。在这本书里，他写的无论是散文还是诗词，都是写他身边的人和事，并且都用的是真名真姓，他用朴素的文字，真实地记录着生活中的凡人琐事，他用一颗感恩的心，敲打出历经岁月洗礼而凝练的友情，他的《发小情深》《初中伙伴》《高中战友》《隔壁班的同学》……一个个生动的场景，一张张熟悉的面孔，往昔的情谊，温暖的趣事，随着岁月的逝去，在他的心底幻化成了一幅幅明丽的油画，他用键盘敲出一篇篇散发着生活气息的文章。我想当他的这些同学们看到这些文字时，当他们的普通生活走进孝民的文章中，成了读者眼中的故事人物时，当那些尘封的往事再一次出现在他们的面前时，他们一定会能感受到孝民为了他们用心排列文字组合时的用心良苦，这份情谊是时间积淀成的无价之宝。

孝民是一个用心生活的人，也是一个重情重义的人。他为自己的家乡、为抗疫的白衣战士、为本土的能工巧匠、为身边的很多朋友都写过文章或诗词。他用自己的文字，广交四方之友，记录普通人的生活，弘扬社会正能量，在这条清苦的文学之路上，他乐此不疲地行进着，也快乐着。他的“诗群笔记”为他喜欢的未曾谋面的微友们，写下了一篇篇美好的文字。他的“诚斋诗词”汇集了一百五十多首诗词，内容丰富多彩：花草、树木、景点、节日、文友、拳友、歌友、工友、书友、诵友等等，每一首都写得生动朴实又有诗词凝练之美，尤其是写人物的，有好多人也是我认识的，读之如见人。在这里摘录几首，以飨读者。

故居石磨

断壁残垣石磨幽，枯黄衰草几经秋。
儿时嬉戏田间叫，却见妈妈转不休。

秧歌群之晨光

平生痴恋曲，余热感其深。
大地响天籁，山风传妙音。
游园亲击缶，案下自挥琴。
兼管秧歌事，身忙惜寸阴。

秧歌群之魏一先

一曲秧歌一盏茶，风和日丽漫天霞。
陪孙半刻看飞鸟，扑翅瞬间停树丫。
悦目芳菲常美好，文思灵感又萌芽。
知音微信滨河会，小调怡人争相夸。

读书群之黄贵河

当年盛会畅怀陈，独爱沉吟汪国真。
从政呕心添白发，教坛耕梦忆青春。
悬窗明月齐眉案，逝水远山留影身。
他日归田无职去，悠然还做读书人。

风雨人间路漫漫，当我们走过红尘，历经风霜洗礼，踏过万水千山，看惯世事沧桑，我们便会明白，其实，岁月的一朝一夕，无不在每一个寻常的日子中。孝民的妻子是一个虔诚的佛教徒，坚持素食，无欲无求，天天快乐。劳作之余的孝民，在他自己的“诚斋”以码字为乐，这样的日子真的就如同杨绛先生说过的“人生最曼妙的风景，是内心的淡定与从容”，亦如史上大文豪苏东坡词中所言“人间有味是清欢”。褪去浮华，还原生命的本真，我们会欣喜地发现，简约朴素、平凡安然的生活，才是一个人最本真的形式，也是灵魂最放松的状态。

在文章的最后，送孝民几句话：在追求文学的路上，幸有素心人，陪你数晨昏；愿你三冬暖，愿你春不寒；愿你天黑有灯，愿你下雨有伞，在平淡的生活中，享受人生的美好！

2021 年 4 月 21 日于北京

红尘多少事，都付笑谈中

——读关保林《跋涉心语》有感

关保林，是我上沁县师范时的师兄，也是我在沁源一中工作时的同事。虽说是师兄，但是上学期间我们没说过一句话，只是后来听别的同学说起过他的名字，我才知道他是我的上届同学；虽说是同事，但在一中工作期间，无论是工作还是生活我们几乎没有过任何交集或往来，只是偶尔上班碰到，互相打个招呼，感觉他性格不太开朗，说话较少，脸上很少看到笑容，走路似乎总是低着头，好像经常想心事的模样，印象仅此而已。再后来我便调到宁夏工作，此后近三十年的时间，我们再未见过面，我也没有听到过他的任何消息。

“五一”前夕，关保林通过微信加我为好友，并告知想给我寄几本书，让我给他发个地址，我很高兴，马上给他发了过去。这段时间我一直在看故乡一些文友给我的赠书，的确有种读身边认识的人所写的书更有意思的感觉。也就两三天的时间，便收到了他寄来的书，一本是他本人写的《跋涉心语》，另外两本是他参与沁源县三晋文化研究会编写的“太岳文化探源丛书”之一《沁源乡情》上下两册。

当我看了他写的《跋涉心语》一书后，才对他的人生历程有了个初步的了解。这本 18.7 万字的书，内容由“历历尘埃”“讲台上下”“窗口内外”“闲情偶拾”“感悟花瓣”“举步出行”“险滩搏击”“曲折奋进”“顺势转折”“校史资料”“天籁乡音”十一部分组成，真实地记录了他从少年到退休前的人生经历、所思所想、所作所为……师兄的文笔是挺好，但说实话，这本书整体看得我是挺沉重的。

家庭是人生的第一课堂，每个人的成长无不带着家庭的烙印。关保林的童年是苦涩的、不幸的。他在《担柴的苦与乐》中写道：“在我的记忆中，远在十岁之前便开始上山砍柴了（当时村上的农家子弟大都如此），加之父亲常年生病，较之于父亲身体健康的其他农家子弟，我的砍柴生涯无疑开始得会更早一些。”如果说与小伙伴们一同上山担柴虽苦，但乐趣也还是有的。但当正值壮年 47 岁的父亲，因用心用力过猛，加之原本体弱，积劳成疾，终于在给家里盖好房屋后，却酿造了“房成人亡”的悲剧，无疑给这个原本就生活维艰的家庭雪上加霜。为了活命，十几岁的哥哥在二姨的帮助下，迁户别地当了民办教师，母亲带着 8 岁的弟弟改嫁他乡，留下年仅十岁的他和耄耋之年的奶奶相依为命，一家人死的死散的散，从此一年两次和母亲、弟弟的“探亲”之行，成了他终身无法治愈的“心痛”，他在《情感灾难话探母》中这样描写当时的心情：“既是梦寐以求的愿望，也是伤心欲绝的灾难。”继父的冷酷，母亲的眼泪，弟弟追着他的嚎叫，兄弟俩的抱头痛哭，这情景多少年过去了，他一直未曾忘却，成了他生命中挥之不去的噩梦，一直伴随了他几十年的人生。读来真是让人不由得唏嘘叹息。

如果说他和奶奶相依为命的日子，虽然很苦但毕竟还能得到奶奶给予的些许温暖：“我在生产队劳动，祖母有时居然能为我生个火、洗个锅。就这样，一个似家非家的家又苦撑着敷衍了二三年。”那么 1976 年对于关保林来说，又是一次致命的打击：

“在家家户户欢欢喜喜准备忙迎春节的时候，祖母走完了她 85 年的辛劳凄苦历程，没有呻吟，没有嘱咐，没有挣扎，静静地，悄无声息地离开了人世，给唯一在场的我留下了无边的黑暗、难言的孤苦和不绝的思念……”之后，虽然有三爸三妈在经济上的一点接济，但他却从此真正开始了孤身一人的生活，劳作回家连个说话的人也没有，只有一屋一灯一灶台的无声伴随，一个十几岁的小孩，在这样的年龄段无论贫富都该是无忧无虑的成长期，他却要整日忙于打理自己、算计自己该如何过日子，如何生活下去，无数的寂寞孤苦，只能自己吞咽，真是一言难尽啊。也许正是这样不幸的人生经历，遇事无人商量只能凭自己的判断去理解的特殊情形，造成了他比较孤僻甚至有点“一意孤行”的个性，比如在对自己孩子的教育成长过程中的一些问题上，诸多事情上以自己的评判为标准，和孩子之间缺乏倾听与沟通，让小孩一味地顺从家长式的教育，留下了《永难弥补的歉疚》。值得庆幸的是，他因为学习不错，在村里当了民办教师，恢复高考后，他又考上了沁县师范，毕业后成了一名吃供应粮的正式的人民教师，命运眷顾他脱离了苦海。

在“险滩搏击”这部分中，关保林写了关于自己创办沁源历史上第一所民办学校“新星初级中学”的实况。自始至终，让我不由得替他捏着一把汗，那一段段的文字叙说，于艰难中的跋涉，为了心中的理想，四处游说化缘而又不断碰壁的尴尬，其中的困境甚至绝望，那些无法言说的痛苦，让人感慨不已。虽然历经磨难与不堪，但他最终实现了心愿，学校不仅办起来了，而且还取得过令人瞩目的成绩。从 1998 年到 2005 年的八年间，新星中学共招收学生 1100 余名。2001 年，首届学生参加中考便取得了“四项全县第一”和“四项全县第二”的优异成绩，可谓旗开得胜，赢得了家长和学生的信任；2002 年中考再创辉煌，新星中学取得了“八项全县第一”的好成绩！在第十、十一、十二届“希望杯”全国数学邀请赛中，新星中学荣获沁源赛区“三连冠”的佳绩；“新星”独立招收的五届学生，中考取得了“五连冠”的优异成绩！这样的发展势头，按常理推断应该是顺风顺水继续向好，但最终由于种种原因，在不得已的情况下，新星中学与别的学校合并而终结了它的使命。命运再次给了他沉重的一击，甚至一度拖垮了他的身体，使他心力交瘁，真不知他是如何挺过来的。

作为一个遥远的局外人，我不敢也不能对此事妄加评判。我觉得新星中学的命运就像一颗流星，它的生命也许从它诞生的那一天起，就决定了它的短暂，但是它毕竟让自己的光芒闪亮过。再回想师兄个人的成长奋斗的经历，在一无靠山、二无雄厚的经济实力、三无广博的人脉的情况下，势单力薄筚路蓝缕走到这步实属不易，这条路虽然走得万分辛苦且伤痕累累，但从另一个角度看，也在一定程度上证明了自己的能力，而这种强大的意志力，一定和他从小就独立生活养成的韧性有极大的关系。

走出新星之痛，关保林担任了“沁源县三晋文化研究会办公室主任”，任职期间参与编纂了《三晋石刻大全·沁源县卷》《沁源金石志》《沁园民俗风情》《水韵沁河》《沁源乡情》等书，并担任执行主编。作为一个普通的文化人，他为沁源文化的繁荣和发展做出了一定的贡献。

掩卷而思，其实我们每个人都是肩负一定的使命来到人世间的。人生的岁月，一半是忧愁，一半是喜乐。只不过每个人经历的时间顺序不同而已。于我的师兄关保林而言，也许他昨天的故事浸透了泪水，也许他昨天的道路走得疲惫，未来的路上也许还会遇到些缠缠绕绕难以释怀的事情，衷心希望花甲之年的他，真的能拿得起、放得下、看得开、想得通。过去了的事情，能用文字记录下来，其实已经是一种释然了，再难再大再坎坷都熬过来了，所有的经历都成了他人生的财富、生命的丰盈。其实无论谁的人生，都是喜忧参半，说白了大家都是《断章》中人：“你站在桥上看风景，看风景人在楼上看你。明月装饰了你的窗子，你装饰了别人的梦。”时光珍贵，人生有限，不要让生活中的一些繁琐碎事挤走自己的快乐开心。

很喜欢电视剧《乔家大院》中的歌曲《远情》，在这里与师兄保林分享：“尘缘苦短叹人间路长，不能够容我细思量，繁华瞬间如梦幻一场，世上人有几番空忙。春去秋来叹世事沧桑，算人生成败相当，登临远望看山水迷茫，情通天下一路奔放。几番起落雨暴风狂，转眼间鬓已成霜，留住所爱留住所想，留住一梦相伴日月长。”红尘多少事，都付笑谈中，只要自己心中有个明亮的太阳，就能让生活充满阳光、充满明媚！愿保林师兄的余生，能与健康相伴，与温暖同行，愿他的生活少一点痛苦，多一些笑容；少一点烦恼，多一些快乐，在前行的路上，享受美好的人生和幸福！

2021 年 5 月 15 日于北京

牵手诗书，一路芬芳

——读王冷眉诗集《西窗竹影》有感

“为什么我的眼里常含泪水？因为我对这土地爱得深沉……”这是著名诗人艾青留给我们的经典诗句。

断断续续近两周的时间，读完了冷眉的诗集《西窗竹影》，掩卷沉思，感慨万千。冷眉和艾青先生虽然生活在不同的时代，但是她对养育自己的这片土地一样是倾尽全力去爱，用尽全心去写，这份炽热的赤子情怀，一样让我看得热泪盈眶。这本17万字的诗集收录了她的140首诗歌，当我一首一首认真翻阅后，发现其中百分之九十的诗歌，是在写我们共同的家乡——山西沁源，一个大山深处的美丽家园。阅读中有一些诗让我情不自禁地朗诵了出来，似乎只有读出来，才能领悟到冷眉的这份情怀，才能对得起这些充满生命活力的文字。

一条流淌不息的沁河，给了冷眉无穷无尽的灵感。她经常独自坐在沁河岸边的一块石头上或一块草地上，一个人默默地和母亲河说着自己的心思，心随流动的河水，写下了很多首诗歌。这块朴素而神奇的土地，孕育着无数勃勃生机的事物，生长在这块土地上的大山、石头、树木、花草、飞禽、走兽……一切一切的生命，都成了她眼中永远的风景，进而演变成她指尖跳动的文字，积攒成一首首美丽的诗歌。我跟着她的诗歌，可以尽情地畅游故乡的山山水水，可以领教灵空山猴子的顽皮可爱，可以听苍鹭放歌，可以看黑鹳起舞，可以随褐马鸡大摇大摆漫步山中，在青山绿水间，享受故乡母亲给予的种种美好。

冷眉是一个活力四射的奇女子，更是一个文思如泉的美才女。她的这本诗集最大的特点，是每一首诗的后面都记录了创作的时间（有的甚至精确到分和秒）、地点、当时的情形和心境，所以读她的诗，就好像能看到她生活中的每一个日子。生活中的酸甜苦辣皆是她创作的源泉，似乎她身体里的每一个细胞，都是一首随时等待开发的诗歌，她的确没有虚度和辜负属于她的时光。她心思透亮，爱憎分明，对自己的情感情绪，对一些人与事的看法思考，不藏不掖，表达起来淋漓尽致，故乡一位读者在一篇文章中曾这样写道："……读冷眉老师的书，就等于看到了她的全部，根本没有隐私，就像一尊水晶雕像。"我亦有这种感觉，读她的书就是在感知她的生活，她的文字极具感染力，无论是诗歌还是散文，随时随地可以把你拉进她的每一个日子里，随着她的情绪起伏波动，我可以跟着她尽情地玩，开心地笑，也可以跟着她气愤伤心，甚至流泪。她让一个个文字随性自如排列组合成一首首能完全表达自己心绪的诗歌，更为神奇的是她能把一些家乡早已淘汰掉的俚语，也写进自己的诗歌中，恰如其分地宣泄自己的心声，实在让我佩服之至。

冷眉是一个特别勤奋随时随地用心记录生活的人，在她的镜头中，在她的文字中，在她的诗歌里，她一身诗意，心存浪漫；她喜欢远足，放牧心情；她热爱生活，特立独行。她对一些人和事有自己独到的角度和看法，而且善于用文字表达。她是一个执着、任性、敢想敢干、敢作敢为、说走就走的真性情女子。为了寻找创作的灵感，她一个人下广东奔广西，美丽的大亚湾，漂亮的防城港，都留下了她的一串串笑声、一行行足迹、一首首美妙的诗篇。她一个人上灵空山，住农家乐，于《孤独的狂欢中》去领略《灵空仙境》，《沁源，一个长满故事的地方》，让她感受到了《绿美沁源》和《雨后灵空》的魔力，让她滋生了“这一刻，我亦‘灵空’‘灵空’亦我”的美好幻觉。她的《“火”思》，让我看到那场举世皆知的灾难之中的各色人性，真是让人可气可叹又无奈；《路遇“垃圾人”》的嚣张与可恶，一句“分明是‘三只狗’在人道上横行，中间的这个尤其是患病的‘狂犬’”，实在让人觉得痛快和解气。

《奶奶寄语》《最亲的宝贝》《太阳宝》《奶奶絮语》《又见亲孙》《哪个是我奶奶》，冷眉这几首写给小孙孙的诗歌，真是如春天般的温暖、夏天般的火热，激情喷涌，爱心满满。从她的诗中我也读出了她对亲人浓浓的爱和这些年的不容易。她爱自己的亲人，是一个很有爱心的姐姐，母亲的早逝，给她留下了无尽的心痛，从此她担当起了长姐如母的责任。在《陪着弟弟看病》的日子里，她写下《心灵的祈愿》，面对身心俱疲的弟弟，她苦口婆心地安慰：“你是老王家的根苗，爹妈留在世上的血脉……我心疼的胞弟啊，我不忍再看你悲苦万状的疼痛了，我要你快快好起来……”泣血之言，发自肺腑。她带着亲侄女看病，《“二个小时”的煎熬》《七天》的守护陪伴，终于在一个《霞光满天》的日子，迎来《啊，出院了》的欢愉。为了守候她的亲人们，她发出了《我，不敢变老》的呼喊。而她自己无论是《牙疼》《头晕》，还是《体检》《困顿》，她从《“病”思》中倔强地挺立着自己，《把“思想”放在风里》，像《一朵漂浮的云》，于是《我看见了》《流在心底的旋律》《春满黄河》《我在“画”里》《一“路”芳华》。这是一个多么坚韧的女子，任凭生活给予她多少磨难，她依然像《马茹花开》，带着满身的诗意，走向《诗歌，我的知心爱人》。

冷眉是一个笔耕不辍、非常勤恳的作家。从2012年出版散文《墙角梅集》后，她就给自己立下了要出版“梅兰竹菊”系列丛书，2018年出版了文学与摄影合集《走遍沁源》，一个弱女子背着长枪短炮的照相机，用了将近一年的时间，走遍了沁源352个大大小小的村子，这样的举动和作品，在沁源的历史上也是史无前例的。感动之余，我为她写下了书评《有一个美丽的女子，她的名字叫冷眉》，2020年，她又出版了《幽谷兰集》，她赠书给我，并写下“见字如面”，我满怀深情给她写了书评《有位佳人，在我故乡》。仅仅过去一年，2021年，她参加沁源县文联主席程庆莲主编出版的系列丛书“沁之源·文之脉”，这次她一下子出版了两本书，纪实散文《我的传奇姥爷唐志忠》和诗集《西窗竹影》，不久前，我怀着崇敬的心情，为“姥爷”一书，写了《生命无言，英雄无悔》书评。应冷眉之约，又为她的《西窗竹影》写了如上的文字，希望她能满意。也期待更多的读者能看到这本诗集，感受一个既有浪漫主义气韵又有现实主义思考的女诗人的优秀作品。

在写以上这些文字的同时我也在想，在我的故乡，像冷眉这样的出书人，这样的写作速度，对于一个非专业作家来说，当属高产作家了吧？在故乡这片美丽的田野上，她在不停地耕耘着，也在不停地收获着。相信“竹”之后，她的“菊”已在路上，我期待“菊”花飘香的到来……

红尘有缘，见字如面；牵手诗书，一路芬芳。与冷眉共勉。

感谢金萍寄书！

2021年6月17日于北京

生命无言，英雄无悔

——读王冷眉《我的传奇姥爷唐志忠》一书有感

近来杂事多，断断续续用了二十多天的时间，阅完了冷眉新作《我的传奇姥爷唐志忠》一书。

历史比小说更好看！记得这是写在《沁源文史》某期封底上的一句话。冷眉的这本书无论是从历史的角度还是文学的角度，都是一本非常好的上乘之作。这本17万字的书，由两篇序言、自序、引子、主体十章（84篇散文）、尾声、后记、两篇附录组成。整部作品结构完整、主题鲜明、排序顺畅、布局合理、文字朴素、叙述清晰、事迹传奇、生动感人。这本书不仅是写给“姥爷”的一首“生命赞歌”，也是敬献给以“姥爷”为首的“唐氏家族”的一份值得永远珍藏的厚礼！这本书既是对一段逝去岁月的回望，更是对姥爷过往生命的追寻！当冷眉仅用两个月的时间，把这些闪烁着生命之光的碎片，用一个个朴素而灵动的文字敲出一篇篇文章，而后精心排列组合集成这本书时，“我的传奇姥爷唐志忠”，这个从时光深处走出来的老人，拂去了历史的尘埃，他的生命之花以文字的形式，走进人间重现光彩。

一个人的成长无不打着家庭的烙印，一个人的命运无不和所处的时代紧紧相连。20世纪前半期的中国，正是波谲云诡变幻莫测的年代，外侵内乱，战火不断，民生寥落。唐志忠，1910 年 7 月 6 日，出生在安徽省霍邱县刘集村一个普通的农民家庭。1927 年 17 岁的唐志忠，亲身经历了国共两党合作破裂。那是一个漆黑的夜晚，没有了亲人，没有了家，伤心欲绝的他孤身一人，一边哭泣一边亲手掩埋了亲人，擦干脸上的泪痕，狂奔在下着大雨的旷野里，心中只有一个信念："我要找到红军，加入红军……"苍天眷顾，在一个"夕阳西下的黄昏，一个狭长的山坳里，他终于追上了'急行军'的大部队"，参加了红军，成了红四军的一员。

在红军这座革命的熔炉里，唐志忠犹如一棵茁壮的小草在快速成长，一次次的打仗，一回回的立功，他从一个普通的小战士成长为班长、排长、连长。1933 年他火线入党，不久又升任营长，这时他已背井离乡 7 年了，血雨腥风中的逃离，慌乱中草草掩埋的亲人，那种刻骨铭心的疼痛，时时侵扰着他。终于在一个胜仗之后的冬日，他回到了故乡，在乡亲们的指点下，找到了亲人们的坟墓，失散七年后的一家人，虽然阴阳两隔，但毕竟是亲人又见面了，无法抑制地号啕大哭之后，他给自己的亲人们买了棺木，在乡亲们的帮助下，重选了坟地，重新安葬了亲人，让他们终于"入土为安"。而后他依依不舍地告别了父老乡亲们，急速重返部队随军北上。此去雄关漫道，生死渺茫，一别故乡，再无返程。

戎马生涯，战争无数，在命运的一个拐角处，唐志忠骑着一匹战马，带着二十多个战友，来到了太岳山腹地的山西沁源，在一个三岔路口的小村子，得遇赴沁源上任县长的共产党员谭永华，四目相对，志同道合，红军营长转身成了沁源县公安局的"唐巡官"，他有胆有识，工作积极认真，他训练的"骑兵队"，有力地保卫了新生的抗日民主政府，保护了人民群众的人身和财产安全。风华正茂、意气风发的唐巡官，在一个队友的帮助下，认识了小他 12 岁的沁源女孩王廷英，结婚成家，从此落地生根。然而好景不长，日本侵略者入侵沁源，在共产党的领导下，沁源人民开始了艰苦卓绝、坚壁清野的“沁源围困战”，从战争中成长起来的唐志忠，再一次投身到这场打击日本侵略者的战争中，他能谋善战，带着他的轮战队，在围困日本侵略者“二年半”的日子里，与敌人斗智斗勇，“五道岭”“尖疙瘩”“五棵松”“石桥沟”“霍登突袭战”……一次次漂亮的战斗，打得敌人晕头转向，一次次在夜幕的掩护下回村，为“躲反”的群众抢夺粮食，为了保卫群众大生产，他和既是妻兄又是战友的王天旭，没日没夜给他们村里的群众站岗放哨……在那段难忘的峥嵘岁月里，沁源无数的山山岭岭上都留下了他战斗过的足迹，也留下了他无数可歌可泣的故事。

刀光剑影暗淡了，鼓角争鸣远去了；黄尘古道湮没了，烽火边城荒芜了。战争终于结束了，留给中国人民的是满目疮痍的残破家园。洗去战争风烟的唐志忠，和无数的风云儿女一样，解甲归田，积极投身到建设祖国的行列中。战争结束后，唐志忠先是被安排在闫寨信用社担任主任，“大跃进”开始后，为了赶英超美，全国展开了轰轰烈烈的“大炼钢铁”运动，唐志忠又被派到李元信用社任主任，但其实主要是去参加“大炼钢铁”了。炼钢结束后，组织又调他回城关信用社工作，由于诸多客观原因，他离开城关信用社，回到了王家园村，从此成了真正意义上的“解甲归田”，虽然也在村里担任干部，但此后余生成了一个地地道道的庄稼人。唐志忠和他的妻子过着男耕女织、勤苦持家的生活，在日复一日的劳作中，养育着自己的孩子们。生活再苦再累，他未向国家和集体张过一次口，伸过一次手。哪怕是后来国家落实政策，他也没有以一个老红军的身份和中华人民共和国成立前的老干部，向有关部门提出过自己的诉求，更不用说恢复工作之说了。他就这样身居寒舍，两袖清风，无怨无悔，默默无闻地走完了自己清贫而干净的一生，一口简朴的棺木，女儿们放进去的是父亲那些不为人知的纪念章和几本日记。

冷眉的这本书，看是在写她的姥爷，其实也是在打捞、抢救一段被遗忘的历史。那些被岁月尘封的日子，不会如一片云烟永久被时光遗失，哪怕是缝隙中的一丝光亮，也能让一个执着的追寻者于渺茫中找到星星点点的希望。在参与编写《大美沁河源》时，从早些年出版的《沁源人物志》忠，冷眉无意中翻看到了“唐志忠”这个名字，在《沁源抗战实录》的“英雄烈士篇”中，冷眉看到了刘增胜写的《无名英雄唐志忠》一文。正是因为这点仅存的珍贵的文字，触动了她长久以来默默存于心底的那一次次呼唤，她在自序《心灵的呼唤》中，真实地记录了当时的这种感觉：“当我看到‘唐志忠’这个熟悉的名字时，心里真像有重锤在撞击，我的心激动地‘怦怦’跳，我一口气跑到了沁河边，整整在那里痴坐了一个中午，还把当时的心情写成诗，从那一刻起，我就正式开始了为姥爷‘写东西’的准备工作。”“真正‘执笔’是从2019年的11月份开始，让我没想到的是‘故事’竟自自然然地从‘笔端’流了出来。”“仅仅两个月的时间，这期间还有各种意想不到的耽搁，十几万字的‘历史’便在我的笔端‘复活’了！”当我看到这些文字时，我特别能理解冷眉当时的那种心境。

冷眉说，她和姥爷的相遇是一场温暖的遇见。在她动笔写这本书之前，曾和她的小姨专门去看望了姥爷的坟，她跪倒在姥爷那半山坡上不占一寸田地的小小坟茔前，默默地向姥爷祷告：“姥爷啊，我是您的大外孙女，我想把您悲苦的一生写出来，把您的传奇故事记下来，让世人知道您，让后代子孙记住您，让您的精神永远传下去……您要保佑我顺顺利利完成‘写作任务’啊……”当我看到这段文字时，虽然还未真正读到姥爷的故事，却已经被冷眉以这样一种方式、这样的心情，开启这本书的写作，打动得潸然泪下了。

冷眉在这本书中，不止一次写到姥爷的生命就像一棵蒲公英一样，他来普普通通，随处可见，从不奢望什么，只要一缕阳光、一些露水，就能顽强生长，用生命的力量绽开黄色的小花，结出雪白的绒球，带着一把小伞随风起舞，播撒生命的种子。是的，诞生在淮河岸边的姥爷，在苦难中带着父母给他的这把小伞，努力地飞呀飞，飘呀飘，最终在沁河岸边落地生根，他的生命盛开出了七朵美丽的“梅花”，七个女儿秉承了父母的老实、厚道、本分、守己的品格，在各自的天地里，默默地扑腾着、忙碌着，于酸甜苦辣中享受着生活给予的一切滋味。

姥爷走了，他的生命早已化作泥土，永远留在沁源的土壤中了。姥爷在生活中咽下的辛酸与泪水，早已被这山里的风吹得无影无踪，时间悄悄流逝，黄土之下，山坡之上，姥爷给这个世界留下了一个潇洒爽朗回味无穷的微笑。

生命无言，英雄无悔！沁源的山河不会忘记他，沁源的大地不会忘记他，每一个看过这本书的人不会忘记他，因为他曾在这里，洒下一片深情，留下一段传奇！

期待在未来的日子里，有更多的人能读到这本书，走进《我的传奇姥爷唐志忠》。祈愿姥爷的故事，也能像一粒蒲公英的种子，撒在沁河、撒向淮河、撒向神州大地……

2021年5月31日于北京

一叶秋红，你我相逢

——为与郭秀峰女士相逢而作

王冷眉

多少次我们在文字里促膝谈心
多少回我们在梦境里形影相随
隔山隔水隔不断我们情深义重的乡情
我站在一条河的源头
跟着你喊爹喊娘喊泥土的芳香
你坐在一座城的风中
随着我走村走寨走喧闹的红尘
岁月里你我擦肩
擦亮人生不同的风景

还记得那间简陋的房舍吗
你前脚迈出门槛走他乡
我后脚跳着进来守桑麻
满屋烟火延续着师者仁心蓬勃丰盛的故事
生动了流逝的年华
绚烂了远去的星辰

我撷一瓣幽兰
赠你半生不灭的清芬
苦辣酸甜任你在月光下摇曳或缠绵
见字如面
你用妙笔让故乡的佳人笑靥如花
我的心上从此多了一份丝丝缕缕的牵挂

生命的叶子绿了泛黄
红出一片灿烂的阳光
秋意渐浓你我相逢喜悦翻卷在缘分的天空
纵情欢笑吧
山高水远春常在桃红杏白自风采
霜染流年
佳话插上翅膀在时光里飞
美了心田热闹了文坛
繁茂了深深浅浅浓浓淡淡的情感

故人相见欢

——回赠好友冷眉

去年一叶秋红时
你我初相逢
今年黄叶又飘时
你我聚京城
在缘分的时空中
我们尽情欢乐
感谢神奇的文字
让我遇见可爱的你
我们在耕耘的行间里
找到心灵的伙伴
在跳动的字节里
欢畅雀跃美的韵律

有一种朋友远在天边
却常住心里
有一种朋友相见虽晚
却一见如故
佛说

世间所有的相遇
都是久别重逢

也许你的前世
是佛前的一朵莲
亭亭净植不蔓不枝
在文字的天地里
自由徜徉我行我素
任思绪飞扬不羁
纵横驰骋出一片新的天地

你在故乡采集山丹红
我在他乡撷枝紫薇香
走在人生的秋天里
像两片飘飞的叶子
落在共同热爱的青草地上
享受来自泥土的芬芳
我期待明年春来时
你我同行昆明湖堤赏桃花
我你漫步元都河畔海棠溪
在如歌的岁月里
丽人牵手走时光
踩一串脚印
剪一段光阴
让心灵芬芳
让记忆留香

2021年11月11日于北京

后记一

陈年旧话诉衷肠

张武元

岁月如梭恍若梦，成家已是卅六春。
东奔西走度日月，风风雨雨总舟同。
创业兴家育后代，贤妻比我更艰辛。
携手同行永相伴，共赏夕阳满天红。

上面的这首打油诗，是我在今年二月十二日——我们结婚成家三十六年的日子里写下的。回首我们携手走过的这三十六年，有欢笑，有泪水，有付出，更有收获！三十六年来，你从一个如花似玉的青春少女变成了一个坚强温柔的妻子和母亲，你把你最美好的年华都给了我、给了儿女，给了这个家。我要好好地向你说一声：老伴你辛苦了，谢谢你！

回想起与你的相识相知相爱的时光，往事一幕幕浮现在脑海，清晰如昨。1984 年的我，在当时已经是一个近 30 岁的大龄青年了，经我尊敬的领导和前辈杨洲同志介绍，认识了你。人生第一次见到你，我便眼前一亮：年轻的你纯洁青春，一双眼睛透着智慧和善良，一口白生生的牙齿犹如颗颗碎玉，谈吐之间流露出来的优雅知性、自然大方更让我心向往之。我当时就想：娶这么一个姑娘为妻实在太幸福了！那一刻我便认定了你！我一定要努力争取！

共同的情趣和爱好，用现在的话说叫一致的三观，使我们很快熟络、相恋、相爱。我们在一起聊文学、谈历史，兴致盎然。感谢我伟大的老岳父，善解人意，为满足我家春节时添人进口的心愿，答应了我在年前考虑婚期，并亲自找人帮我们选定了典礼的日子。在岳父大人的主要操持下（我父母在外地），1984年冬天的腊月二十三，我们举行了喜气洋洋的婚礼，单位的办公室兼宿舍就成了我们的婚房。从那时开始，你就跟着我一起东奔西忙，走南闯北，浪迹天涯，无怨无悔。

你也曾经说过，嫁给我以后，你的日子就没有消停过，一直是在奔忙的路上！和我大婚十个月后，我们有了亲爱的女儿。女儿两岁四个月的时候，我们的儿子也出生了！儿女双全，我高兴得合不拢嘴。连我的朋友都说我：当时我一个人骑着自行车，还在偷笑呢！

1991年，已经是两个孩子的母亲的你，又以优异的成绩考取了山西省教育学院。我以此为契机，工作被调动到了我父母亲所在的宁夏回族自治区银川市。从中原到西北，从故乡到他乡，是一个巨大的挑战，更何况那时交通、通讯都不发达。然而，你却义无反顾地在教育学院毕业后追随我的步伐，我们二人合力，你的工作被调动到宁夏大学附属中学，你也因而离开了你的双亲和家人。自此，你跟我一起栉风沐雨，同甘共苦。你不仅要在外适应新的环境、新的工作，在家还要上敬公婆下育子女，然而，你勤勤恳恳，日复一日，交上了一份合格的人生答卷。

在宁夏工作和生活的二十多年里，我绝大部分的时候是在公安系统的基层派出所工作。工作的性质决定了我三天两头值夜班、执勤，几乎无暇顾及家里的事情。你用柔弱的肩膀为我撑起了一片家的港湾，把家里家外打理得井井有条。你在琐碎繁杂的学校教务处整整工作了十五年，年年都是先进工作者，之后因工作的需要又重返讲台，并取得了高级教师的职称，还把一双儿女培养成才，双双考上了全国名校。

而你自己却做出了极大的牺牲。长年辛苦，积劳成疾，严重的腰椎间盘突出折磨着你，并迫使你数次住院手术。在最繁忙辛苦的时候，你累得体重仅有八十多斤，而且整整六年没有探望家乡父母。在儿子踏进高考考场的时候，你收到的却是父亲病逝的噩耗！每思至此，怎不叫人肝肠寸断，泪如雨下！你为我们的家庭付出了你全部的生命和爱，作为你的丈夫，我怎能不深深地感到幸运和幸福！

由于你的精心培养，我们的儿女继承了我们的志业！女儿考取了北京师范大学，并且留校任教，继续在人民教师的岗位上播种桃李，在太阳底下最光辉的职业中耕耘奋斗。儿子考取了国家公务员，成了一名中央国家机关的人民警察，继续在惩恶扬善、维护正义的道路上前行。

子女在你的养育下，长大成人，渐渐让我们省心了。近几年来，我们的家庭有了更多的变化、发展和进步，女儿、儿子相继成家立业，在京置房购车，添人进口。在女儿怀孕之初，爱女心切的你又果断提前退休，当起了全职保姆，一颗心都扑在了孩子们身上，为他们小家的稳定和发展奠定了重要的基石。我在2016年也退休了，我们一家人终于可以在北京团聚了。你我含饴弄孙，共享天伦之乐，真是忙、累并快乐着。

忙里偷闲，在孩子们的大力支持和鼓励下，你和我一起去旅行，饱览祖国的大好河山。这几年，我们走过了海南、扬州、洛阳、西安、天津和首都周边等地，如果不是某些原因影响，我们的国内港澳之旅与国外新马泰度假应也早已经成行。每到一地，我总是乐此不疲地为你拍照，发朋友圈。朋友们都说我是宠妻狂魔，我知道我做得还很不够。别人都说夫妻之间有审美疲劳，可你在我眼里总是那么美好，那么可爱，那么年轻，为人处事总是那么细致得体，我永远欣赏不够！

在北京照顾孩子们的日子里，夜深人静时，劳累了一天的你又打开电脑，把对亲人、对故乡、对朋友、对生活的爱付诸笔端。你不辞辛苦，笔耕不辍，写出了一篇篇情真意切的文章，累计起来也竟有三十多万字了！作为你的第一读者，我捧读你的文字，仿佛看到了你的这颗善良纯洁、热情向上的心，我的心灵也得到了净化，思想也一次次地升华！

常言道：一个好女人是一所学校。你就是一所属于我的大学。一直以来，我脾气急躁，处理事情总是过于简单化，但是你不厌其烦地用你温柔又智慧的方式影响着我，引导着我，在不知不觉中，我也有了不少转变，我们对世界和生活的认知，也在切磋和琢磨中，凝聚了更多的共识。也正是这些共识，使我们的生活过得有滋有味，也使我们在这么多年来取得了不少让我们骄傲和欣慰的成果。

秀峰，我深知我不是一个完人，但我是一个好人，我也会永远深爱着你！深爱着我们的孩子们！深爱着爱我们的亲人们、朋友们！让我们在慢慢变老的路上，继续相辅相成，相映生辉，从胜利走向胜利！

你的丈夫

2023 年 4 月 20 日于北京

后记二

感念与致谢

许多年来，阅读都是我重要的生活方式。在品评自己喜爱的文学作品时，我的精神生活也变得丰盈而深情起来。更多的时候，我也通过阅读来自故乡沁源的报刊书物，一次次地亲近我魂牵梦绕的故乡。

从阅读到提起笔来，从阅读故乡到描摹故乡，来自一次偶然的尝试。

那是2003年，我也“触网”有了自己的QQ账号，开辟了QQ空间，在自己的网络田地享受闲暇、自在“涂鸦”，断断续续写了近20年的文字。这些篇目或长或短，积累了数百篇，其中的一些文章还在不同的报刊上发表过。这片文学创作田地在我的耕耘下，竟也欣欣向荣起来。

每个写作者都有其创作的情结，就像沈从文的湘西、莫言的高密、贾平凹的商洛、池莉的武汉。而我的笔下写得最多的，就是生我养我的故乡——沁源，虽然在故乡的守望中，我已经走了很远。但是走得越远，我对故乡的眷恋就越深，对亲人的记忆就越鲜明。故乡就像一条远逝的河流，无论我走了多远，依旧在我的身边，在我的心里流淌。

再后来，刚参加工作的女儿，给我送了一部苹果手机，而且给我申请了微信，手把手教我如何使用。微信的使用进一步扩大了我的朋友圈，我被一些相熟的文友拉进好几个微信群，结识了更多的文学爱好者，读到了更多的高品质作品，也针对相关的作品展开了许多深入的探讨，可谓受益匪浅。

前不久，在山西省沁源县文联的“沁之源文学”微信群里，看到了一个令我兴奋的消息：“沁之源·文之脉”系列丛书第二辑开始征稿。这个系列的第一辑丛书每一本我都看过，文质兼美，饱受好评，我给每本书写了书评，并在文联和图书馆的公众号上发表。此前，文联的程庆莲主席也力邀我参与结集出版自己的文字，参与家乡的文化建设。能够将自己多年来怀念与歌咏故土的文字呈现在父老乡亲的面前，对我而言无疑是一件快乐而幸福的美事。

怀揣着激动的心情，我和家人商量此事，全家人一致大力支持，他们给了我更多的信心和动力。于是我便开始了文字的归类、整理、补充工作。在这些文字集结成册即将出版之际，太多的感恩之情涌上心头，流向指尖，在此我一并表示感谢：

感谢生我养我的故乡——山西沁源，这座依山傍水的晋东南小城，是我无数的灵感来源，也是我永远的根！感谢沁源融媒、文联、作协、政协、秧歌协会、图书馆等单位提供的优秀文化平台；感谢庆莲主席为丛书出版辛苦操劳；感谢故乡文友们一直以来的鼓励和认可；感谢出版社所有参与者为此付出的辛勤汗水。

感谢我的人生路上，一路走来，遇见并给予我帮助的所有亲朋好友；感谢养育我的爸爸妈妈和陪伴我一起成长的弟弟妹妹们；感谢所有亲人们一直以来对我的关爱与牵念；感谢我的丈夫和女儿、女婿、儿子、儿媳对我的全力支持。衷心祝愿我的外孙女团团、圆圆和孙子小满茁壮成长，快乐成长，幸福成长！

陌上红尘，似水流年；送走春耕夏锄，迎来秋收冬藏。花开半季，情暖三生；笔耕人间大爱，乐享风雨人生。在我的花甲之年来临之际，仅以此书，作为送给自己的生命礼物，更感恩这份来自岁月与故乡的馈赠。

2023 年 4 月 30 日于北京